송계월 전집 1

# 송계월 전집 1
## ―서사편―

진 선 영 편

역락

머리말


　송계월(宋桂月), 가만히 이름을 불러본다. 마음속으로 천 번쯤 더 불러보았을 이름. 이름을 부르고 나면 울컥하기도 하고, 그립기도 하고, 화가 나기도 하고, 아주 가끔 웃음이 나기도 한다. 이 다단한 감정들은 송계월의 작품을 발굴하면서 느낀 감정이지만 어쩌면 송계월이 당대 남성들에게, 혹은 사회에 대해 느낀 감정인지도 모르겠다. 그렇게 함께, 5개월간을 송계월의 마음처럼 살았다.

　우리가 알고 있는, 들었던 송계월은 어떤 지점에 위치해 있는가? 사회주의 여성운동가, 부인기자, 여류문인 정도라면 다행이지만 기생, 이혼녀, 백철의 애인, 처녀출산 등으로만 기억된다면 대단히 애석한 일이다. 기실 이 서로 다른 두 극점 사이에 송계월이 있다. 전자의 삶을 치열하고 열정적으로 살아냈지만 후자의 소문에 목숨이 붙들린, 그 사이에 23세로 요절한 여성문인 송계월이 있다.

　송계월의 삶은 식민지 과도기를 살아낸 한 신여성의 미시사가 아니다. 신여성이라는 존재론적·사회적 근거를 바탕으로 현실을 냉철하게 인식하고, 적극적이고 투쟁적인 방식으로 당대와 길항하였다. 이것이 굵직한 식민지 역사와 겹쳐질 때 송계월의 삶은 식민지 여성사가 될 수 있는 것이다. 더불어 송계월은 삶의 목적의식을 문학의 주제의식과 일치시키고자 노력했던 인물이다. 그것이 세련되지는 못했을망정 최소한 정직하고자 했던 자기 결백의 인물이었다. 핍진한 삶의 경험으로부터 발생한 사회적 쟁점들—젠더, 계급, 조직의 문제는 강렬한 주제의식으로 송계월의 서사를 지배하게 된다.

　현재까지 송계월의 기초적인 사실조차 충분히 밝혀지지 않았으며 소개된 경우에도 부분적이거나 제대로 된 평가를 받지 못한 경향이 있다. 자료의 발굴과 재평가는 학문에 대한 근본적인 문제제기이며 인문학 분야에서 후행하는 연구에 대해 선행연구가 가질 수 있는 미덕이다. 그러므로 『송계월 전집 1, 2』는 후행연구의 토대로서의 기반을 마련하고자 하였다.

송계월 전집을 계획하고 작업을 시작한 것은 올해 4월 초였다. 2권의 책을 내어 놓기에는 짧은 시간인 듯 보이지만 사실, 송계월과의 인연은 2005년으로 거슬러간다. 석사학위 논문의 주제였던 유진오의 소설을 읽던 중 송계월을 알게 되었다. 『수난의 기록』 속 지적이고 매력적인 인텔리 여성 '애라'가 실존 인물 송계월을 모델로 하였다는 것, 그녀가 23세로 요절한 미모의 여류문인이었다는 사실은 연구자로서의 호기심을 자극하였다. 그때부터 꾸준히 송계월의 작품과 관련 담론, 사진 등을 수집하였고 올해로서 그 긴 여행의 결실을 보게 되었다.

원래 송계월 전집은 한 권의 책으로 기획된 것이다. 송계월의 서사를 1부로 담론을 2부로 기획되었던 것이 『신여성』지를 벗어나 다른 잡지로 눈을 돌리자 그 양이 상당하였고 서사로만 한 권의 책을 꾸릴 수 있게 되었다. 그러다보니 송계월과 관련된 담론(문학비평, 소문, 맹휴 및 여학생 만세운동 관련기사)을 별도의 제명으로 내어놓는 것이 어색하여 전집이라는 이름에 걸맞지 않지만 무리하게 함께 넣게 되었다. 넓은 양해가 있길 바란다. 두 권의 전집과 함께 내년 초 송계월의 낱낱한 삶의 이력, 역사적 현장, 사진, 논문 등을 수록한 『송계월 평전』을 내어놓을 예정이다.

1933년 5월 31일 오후 1시 5분. 궂은 비 내리는 늦은 봄 송계월은 세상을 떠났다. 베개 밑까지 차가운 바닷물이 밀려든다는 북청의 쓸쓸한 어촌에서, 죽음을 상징하지 않는 꽃이라면 뭐라도 좋으니 한 묶음만 보내달라는 편지를 보냈으나, 북쪽의 작은 어촌은 이를 허락하지 않았다.

2010년은 송계월 탄생 100주년, 2013년 올해는 사후 80주년이 되는

해이다. 철저한 역사의식과 식민지 현실에 대한 날선 감각으로 23세의 짧은 생을 열정적으로 살다가 그녀. 언론인 이서구의 말처럼 '그녀에게 10년의 목숨만 빌려 주었던들' 우리는 지금과 다른 문학사를 꿈꿀 수 있지 않았을까!

발굴이라는 고고학적 시간을 등 뒤에서 응원해준, 감사드려야 할 선생님과 동학들이 있다. 도서관의 어두운 고서실에서, 즐비한 신문, 잡지들 속에서 길을 잃었을 때 토닥이고 보듬어주신 분들은 바로 이분들이셨다. '문학전집을 내는 일은 작가를 사랑하는 방식'이라고 알려주신 서정자 선생님, 앞선 여성들의 선택의 의미를 통해 오늘날의 우리를 되돌아보게 해주셨던 이상경 선생님, 여성작가 복권이 의미하는 것에 대해 깊은 통찰을 주셨던 김복순 선생님, 넓고 깊은 연구로 페미니즘문학 연구자의 '길'을 보여주신 심진경 선생님, 이 책의 출발점을 제시해 주신 박정애, 김연숙 선생님. 외롭고 고달픈 시간을 선생님들의 머리글로 위안을 받았다. 이분들의 선구적 연구와 저작이 이 책의 연구적 두덕성이었음을 고백한다.

이화여대라는 연구공간은 여성 연구자에게 더 할 나위 없는 고마운 공간이다. 같은 곳을 바라보며 함께 고민하는 동학들이 있고, 앞서 이 길을 걸으신 교수님들의 따뜻한 시선과 독려가 있다. 김미현 교수님은 '여성-연구자'로서 길을 열어주신 분이다. 선생님이 나에게 '눈'과 '목소리' 주셨다. 알뜰하게 주신 시선과 목청을 잘 벼리어 작가와 작품을 '살리는' 글을 쓰고 싶다. 어머니와 같은 자애로운 인품으로 안부를 물어주시던 김현자, 김현숙 선생님, 연구자로서의 자세를 몸소 보여주시는 정우숙, 연남경 교수님, 그 외 연구적 자양분을 길러주신 많은 이화여대 교수님들께도 감사한 마음을 드린다. 전집의 기획과 발굴을 옆에서 함께 해준 동학들, 김윤정, 김소륜, 황지영, 서승희, 원은주, 임선숙,

손자영에게도 깊이 깊이 고마운 마음을 전한다.

함께 공부하는 연구자 외에 송계월이라는 이름만 듣고 선뜻 손을 내밀어 주신 분이 역락 이대현 사장님이시다. 역락에서 『신여성』의 영인본을 출판했던 것이 인연이 되어, 연구자의 입장에서 조언과 격려를 해주셨다. 원문 발굴의 어려움을 연구자와 나누어 짐 지신 분은 편집을 담당한 박선주 선생님이시다. 발굴과 그것의 현실화에는 간극이 있다. 이에 현명하게 대처해주신 선생님에게 고마운 마음은 이로 말할 수 없다. 앞으로도 역락과의 소중한 인연을 기약한다.

가족들에게는 왜 항상 고마운 마음보다 미안한 마음이 앞서는 줄 모르겠다. 연구자의 연구적 노력과 결과물의 산출은 가족들과 함께하지 못하는 공백과 비례한다. 교수자이자 연구자이면서, 엄마이자 아내이자 며느리여야 하는, 아직도 이 사이에서 균형을 찾기란 요원하기만하다. 박창성, 박성준, 박경민 고맙고 미안하고 그리고 가장 크게 사랑한다고 말하고 싶다. 더불어 본인의 역할에 작은 손을 보태어 주시는 모든 분들에게 감사와 존경의 마음을 보낸다.

2013. 진선영

■ 머리말
■ 일러두기

# 송계월 서사

● 제8장 좌담회



● 제9장 편집후기

# 송계월 담론

## 송계월 문학 관련 글

### ● 제1장 송계월 문학 비평



### ● 제2장 여류문사시비론



### ● 제3장 문단 소식

# 송계월과 소문




# 송계월 추모 글

## ● 제3장 애도문



# 동맹휴학 및 여학생 만세운동 관련 기사

## ● 제1장 동맹휴학 관련 기사

# 제1장
## 소 설

# 工場消息

S언니!

창압헤 아까시야나무에는 힌눈이 듬북이싸이고잇습니다. 아마도 겨울도 쏘다시차저온모양이지요. 벌서라도 붓을들려고하엿습니다마는 열달이지난오늘까지 병마의손에붓들니여 언니에게 하고십흔 이야기한번못하고 병상에서 외롭게외롭게 오날까지 지내왓삽니다. 오늘은 억지로 붓을들어 내가 죽기전에 모-든 동무들을 대신하야 멧마듸올니려합니다.

그러나 S언니?

웬일인지 기침이나온후면 의레히입안에서 피덩이석긴가래가나온답니다. 아마 이러한병은 폐가납버지면 생기는병이라지요.

그러나 이붓을놀니는순간이라도 기침이좀덜하여주엇스면 좃켓습니다마는 글자석자에 한번쯤은의레히 기침이나니 갓득어수선한 머릿속이 컥컥맥히여 하고십흔 이야기도 다- 이저버리여진답니다. 멧칠전에 금돌(金乭)이란동무도 나처럼 이런병을알타가 그만 세상을써낫답니다. 바로내가누은 건너편동쪽제이호실방! 차듸-찬 랭돌방에서 열다살을 일긔로세상을 써나고말엇습니다. 이러한제가 자긔들의게

덜조흔인상을주엇든지 오늘은지점장이직접차저와서 집으로나가라고
하고갓답니다. 물론 나도남과가티사랑하는 부모가잇다면야 이곳에서
천대도밧지안코  죽어도어머님아버님의슬하로  도라가겟습니다만은
언니도 아다십히 우리아버지는 긔생첩을어더가지고 어대로 행방불
명이된후 아즉까지소식도몰으지요 쏘나의사랑하는 어머니는 그후이
공장에드러오시여 일하시다가 손이부프러오른것이 잘못되여 곰기더
니 나종에는 전신에퍼저석달열흘이나 랭돌우에서신음하시다가 급기
야는이곳에서 도라가시지 안엇습닛가? 그러니 집도부모도업는 이외
로운고아가갈곳이 어대이겟습닛가? 그러나 언니 나는 결심하엿습니
다. 죽드라도 어머니의누어알으시던 이자리를 써나지안으려고 작정
하섯답니다. 오-직 내눈압헤는 어머님의 그여위듸여윈 얼골헛트러진
머리! 고통을참으시는 그신음소리! 이모든것이 얼는거릴짜름입니다.
나는 이러케지리한저세게를 바라보며것고잇습니다. 응당 죽어질 이
목숨이것만 열아홉해동안을 오직 괴로움(苦)과 설음으로더브러 싸우
다 가는생각을하니 쎠가압흐게 원통한생각도 납니다그려-
　S언니!
　언니도아시다십히 이공장은 ×창제사공장입니다. 바로서울서 한십
리쯤써러저잇는 교외입니다. 아츰다섯시반에이러나면 오후닐곱시반
이래야 긔숙사로 나오게된답니다. 그중에 점심시간 三十分을 제한남
어지 시간은전부 이공장을 살찌게하기위하야 우리들의피와쌈을 짜
내이지안으면 안되는것이랍니다.
　대개 이곳동무들의 나이로 말하면 열세살부터인대 혹은 싀집갓다
리혼당하여온사람 혹은싀집사리하기실혀 다러나온사람 혹은 강제결

혼에몸을 피하여온사람 혹은 보통학교졸업한사람 못한사람 이러케
잇스나 이중에는 보통학교도졸업못한사람이 제일만흐며 둘재로리혼
당하여온사람이 제일만탑니다. 대개이부인들은 자긔남편이 서울모모
전문과대학에 재학중인분들인만큼 중등이상게급의부인들이나 그괴
롬을이길려고 하로에열세시간노동을 달게밧고잇답니다. 드러온지 몟
달만지나면 혹은 손이부플거나곰는사람 각기병으로 고통밧는바람
소화불량로 고통밧는사람가지가지의 별별병이다-생기인답니다. 하
는일로말하면 고치를 남비에늣코 펄펄끌는물에 손을너어 실을쏩아
내기도하고 또 실을쌜기위하야 찬물에헹겨내기도하고 또 실을얼네
에감기도하고- 이럿케 헤아릴수업시 각부분으로 정하여잇습니다. 혹
쓰거운물을다르는사람은 고열이고 엄동설한이고 간에줄곳이일만하
게되고 또찬냉수를다르는이역시 치운겨울이거나 더운녀름이거나 이
일만하게된답니다. 그런까닭에 손은열세시간이면 열세시간은 물속에
서 헤염질을하게되야 썩은 사람의손처럼 누-러케 된답니다. 하여간
이러한공장작업에대한 이야기는언니두 다소짐작하실듯하여그만두기
로하고 다른 이야기로 넘어가겟습니다.

　이러케일이심하고 고되고하니 견대기어려움을 알게된 이들은 혹
다른공장이나 나을가하여 긔숙사뒷담을넘어다러난사람이 부지긔수
이랍니다. 이러케 가만히 다라나는사람은 대개 옷상자와 빠스켓트를
그냥버리고가게되야 긔숙사의창고에는 그걸노 갓득차잇답니다. 그래
서 뒤로 옷상자보내여달라는 애원편지가하로에도 수십장씩오것만
이들은 조곰도보낼렴이도 안하고잇습니다. 더욱히 임금여재를보내여
달내도안보내주니 더말해 무엇합닛가? 그러나 그다음에 또한가지 치

가쩔리고 무서운것은 요새우리공장에는 풍긔물란으로 일관하여잇답
니다. 작년정월에 지점장과 ×순이와의사이에 ××관게가잇슨후부터는
감독들은 제작기얼골이 어엽븐동무들을 농락할려고긔숙사로부터 공
장으로들어가는 어둠컴컴한 복도나 으슥한창고속으로 불녀내다가
순진한 우리동모들의 정조를쌔앗는 것을 내가알기에도멧번인지 모
른답니다. 닷새전에 입분이는 최감독이와서 나오라고 하기에 나가보
앗드니 쓸데업는 말을쓰내여 한참 이야기하다가 임금을올려준다거
니 무엇을해준다거니 하고별별말로다쏘이는것을거절하고 들어왓드
니 그이튼날 당장내여쫏고말엇답니다. 더욱이 위험한것은 견습생들
이랍니다. 이동무들은 대개가산골에서 제사전습소학생으로 쏩히여오
는만큼잣칫하면 이놈들의 감언리설에 속아서 타락하여 간동무들이
만흠에 우리는적지아니 걱정에 잠기여잇답니다. 그리고 쏘이것은바
로한달전에 생긴일인데 내가여전히병상에서 신음하고잇슬째이랍니
다. 갑자기 웃방에서어린애우는 소리와함께 누가 흙흙늣겨가며우는
소리가들니겟지요. 이째에도 나는 직각적으로 그러한일보해서 우는
동무로알엇습니다. 그리하야 나의몸은 나도모르는 순간 어느듯 그웃
방의문틈으로 가만히안을듸려다보앗슬적에 그곳에는갓난어린애를안
고안진 동무하나가 노-란약병을들고안저서 작고울고잇겟지요. 그리
더니——이어린것이 불상해어쩌나!! 하고는 다시 울면서 병마개를쌔
려할째 자서히보닛가 그것은쯧밧게도 쥐잡는약이겟지요 나는 내몸
에압흔것도니저버리고 두말업시 쮜여드러가 그약병을쌔아섯나이다
그에대답은 아래와갓습니다. ——제이공장검반으로로잇는 리검반과는
작년이월부터 친하여지게되엿섯는대 불의에아이가생기게되자 그이

는 곳리검반에게 그뜻을 이야기하엿드니 자긔가 그후책임을 지여주
겟다고 하든이가 결국아이를난 그째에는 발서 복순이라는 다른녀공
과친히지내면서 이분은절대로돌보지안코 쏘한 공장동무들의게서도
별말로 자긔를모함하고함으로 세상에살기가구찬어 벌서죽어버릴려
고하엿스나 자긔뒤에는 칠십의로부모와 어린남동생 이러케 만흔식
구가 자긔의 손을 바라고사는짜닭에 입째까지 꾸준이 싸웟스나 오히
려 세상이 괴롭기만하여 모ㅡ든시름을이즐려고 죽으려고하엿다고합
니다. 더욱히 불상한것은 어린것이엿습니다. 쌔쌔마른 엄마의 젓쏙지
를 물고 젓안난다고우는그정상은 말할수업시 비참하엿답니다
　사랑하는 S언니?
　쯔트로 부탁하옵는것은 삼백팔십오명의 동무들을 위하야 아니 우
리와한가지로울고잇는 무수한동무들을위하야 언니힘잇게싸워주소서
그러고 남은내뒷동무들의 참다운동지가 되여주시기를바라며 이붓을
놋습니다. 그러면 영원히편안하신중에서 힘잇는 건투를빕니다.


십일월 일일 경성

김분옥 상서

●『신여성』5권11호, 1931.12.
●<特輯文藝> 職業女性主題의 女人短篇集으로 기획. 崔義順, 「求婚者」(女敎員篇),
崔貞熙, 「尼奈의이야기」(女店員篇), 金源珠, 「엡쑨이는어대로」(女下人篇)과 함께
수록되었다.

# 街頭連絡의첫날

　방금―점심시간을 고하는 사이렌이 울니어왓다 제사복의 읜동무들은 마치 우리에게 처음으로 노여난 가엽슨즘생쩨처럼 조와날쯰면서 책보속에는 차듸―찬쩬도를 가슴에안고 동편쪽 식당으로 몰려간다 어제짜지도 나는 그들처럼다만 주린 창차를 채우는것이 우리인간에 가장 지여진 행동인것처럼 무의식하게 날쮜면서 동무들의 한틈에끼어 식당으로 가군하엿다 그러나 보다도 더위대한 사명을쯰고 잇는이시간에 나에게는그처럼 날쯰면서가는 동무들을 바라 볼째에 그들의 행동은 너무도 가엽고 물상하엿나 그것을 째딜은 나의 마음에는 한층더―이 사명에 대한 책임감이 중하여젓다 나는 이러한생각을 하면서 그들과는 반대편쪽으로 쌔저나와 제사부뒷문을것처서 큰길로나왓다 큰길에나온나는 내가 살고잇는 그공장을 뒤로 한번더―처보앗다 ××의 사를 낫낫치 고백하는 석탄재와 검은연긔에 더덥히여진 붉은 굵둑! 안으로부터 크게울려나오는 긔게소리! 모도가 오날의 나의귀에는 죽임에 림박한 어미사자의 신음성소리와도 갓치들렷다 이러한생각에 저저진나는 언으듯 신설리 전차정유장을 압헤놋코서 섯다 그러자니여서 나의귀에는 『스톱』! 하는 소리가들니엇다 나는 얼는 동대문

행인 그 쩌스에 몸을던지엿다 사실전차를타는 편이 나의약한 긔질에
빗최여보아 안전하고 편할것이나 시간이 밋니못할가바 쩌스를 집어
탄것이다.

쩌스의 한모통이에서 몸을 부닺기우는 나의온 전신은 이상한 홍분
으로 마비되여 모-든 일에 판단성과 리해력을 상실한 사람갓햇다 주
위의 사람들도 그리고 밧갓경치도 별로 보고 십지 아니하엿다 다-
만 이짜금 쩌스가 정유장에 도착될때마다 녀차장의 「오-라잇」「스
톱-」 하는 소리가 들려오고 하엿다 그리고 그때마다 녀자차장의게로
나에 주목은 집중되는것이엿다.

노동을하는 사람들! 그러타!간곳마다 ××를 당하고잇는 동무들은
잇는것이다 이러케 생각하니 나는 그자리로 쮜여가서 그녀차장의 손
목을 붓들고! 「오! 다바리싯치!」하고 힘것나의 악수를 보내고십헛다.

두고보라!얼마아니하여 그들도 반듯이알어질 째가 닥처올것이다
안이반듯이 우리들은 그들이 일어서도록-에서 ×워야할것으로 늣기
여 진나는 새삼스러히 나의 심장의 고동이 요란이쮜는 것을 째달엇다.

이러는 동안에 「쇼-로!」「종로올시다」 하는 소리가 귀에 들니어왓
다 나는 무엇에놀난 듯이 황망히 자리에서 일어서서 동아 백화점압
헤서 내리엇다.

그리고 혹은 내태도가 주위의 사람들에게 이상가게 보이지나 아니
하엿나하고 한번곳처 주위를 휘둘러보앗다 그리고 벅적찌근히 쩌드
는 백화점의 아우성소리에 내귀와눈은 한층더-새로 워젓다. 밤낮-
잠자듯하든 종로에도 불경긔를 모르는듯이 쩌들게하는 백화점이 생
기여 정자옥이나 삼월오복점만알든 조선신식녀성들의 굽놉흔 구두

가 이곳에 멈추어버리는것도 오랫간만에 밧갓구경을 하는 나에게 잇
서서는 새로운 우에도 더- 새로웁게 보이엿다 더욱히 희귀한 풍경은
털옷에뭉처진 귀부인과 신녀성들이 문을들고 날고하는 그쌈에서 「어
서오십시오」! 하며 허리굽히는 나어린 쏘-이의 간열흔음성이 한칭
희귀하고도 남은 편이엿다.

나는 백화점의 이러한 풍경에서 발을 돌리엿다 나의 할 일은 이제
부터 시작된다! 손목의 시개는 지금 열두시 십삼분! 아직도 련락시간
까지는 꼭 칠분이 남어잇섯다. 혹은 내시게가 틀니지나 아니 한가하
여서 두세번 점방귀둥에 걸린 시게를 맞추어보앗다.

종로 네거리에서-황금정 네거리의 중간! 이것이 우리들의 련락장
소다! 여러번 경험도 업고 오늘이 첫경험을 갓는다! 이제부터 나의
중대한 첫사명을 달해야 한다는 것을 생각할째에 머리는 한층더-흥
분되고 가삼은 한층더-울넝거리엿다 나는 될수잇는대로 마음을 침
착하게 가지려고 무한히 노력하면서 종로 네거리에서 동일 은행압을
지나 외인편 작을끼고 거러가지 아니하면 아니된다 그리고 나의 의
복과 태도에 한버더-주의를 할필요가 잇섯다 검은 두루막이에 검은
양말! 힌고무신! 그리고 외인편손으로 두루막이 녑구리에 팔장을 지
를 것을 니저서는 아니되는 것이다 이러케 의식적으로 모-든 행동
을 할려고하니 모든것이 자연스럽지못하고 무리한생각이 잇섯다 혹
은 다른사람에게 이상한 녀자갓치나 보이지아니 할가? 이러한나의
행동을 피이쏘이 알면 어쩌케하나! 나는 몃번을 주의를 둘너보고 사
람들의 눈치를 채여보앗다 그러나 거리의 사람들은모다 제갈길에 밥
분듯하엿다 나는 비로소안심을 하면서 울넝거리는 가슴을 어루만지

면서 「종로×선에는 이상이업다」하고 스사로 위안을 바덧다.

　그러나 나의 불안은 결코여긔에 쯔치지아니 하엿다 분회(分會)에서 주의식힌말! 종로에서 황금 정을 향하야 십오분 가량부터 것기시작 하면 대개중간에서 저편 레포-터-와 맛나게될 것 저편 레포터-은 남자! 검은 중절모자에 검은 대모테안경 키는보통키 보다는적은키! 구두는 황색외인편팔에 남색책보를 찌고잇는것 등등이엿다 그러나 이것은 그리확실하다고는 생각지안엇다 하고만흔 이거리사람에 엇지 이러케 차린사람이 한사람쑨이랴! 물론 검은중절모자에 대모테안경 노란구쯔 남색책보 씬사람이 업다고 할수업는 것이다 그러나 행동에잇서서의 문제이다 나는 이러케 쏘 곳처생각 하면서 그사람을 몰라보고 지나가면 엇쩌케하나! 그리고 쏘한 저편에서도 나를 볼라보면 엇지하나 이러케 생각을 하여 보앗다 혹은 발서 그 사람과는 지내 치지나아니 하엿나 하는생각이 나서 나는두번재 세번으로 뒤를도라보고 쏘는 오는 사람 가는 사람의 행동을 주목하여보앗다 그나 그쑨이랴! 혹은중간에서 그이가 붓들리지나 아니하엿나 만일우리들이 만나는 장소에 스파이가 잇스면 엇지하나 하는 모-든공포심이 제어할수업시 복밧처 오르는 것이엿다.

　그러나 나는 다시정신을 쏠쏠 하게차리엿다—이레서는 일을 못한다 될수잇는 데로 온갓 것을 굿세게 생각 하려고 노력하엿다 이와 갓치 정신업시 거니는 중에 종로네거리에서 이지간이 만히거러왓다 지금 공상에 잠겨온것을 후회하면서 손목시개를 황겁히보앗다 이십분! 분침은 정확히 이십분을 지적하고 잇섯다 이십분! 오! 련락시간! 그런데 그이는 어쩌케 되엿슬가? 마즌편을 바라볼째 나에시선과 맛치어

지는 한사람의 사나희! 그는 낫닉은 듯이 목레를 도로혀하면서 내쪽
으로 아라보며 행하여왓다. 그청년! 내가 한번 곳처 눈을부비고 볼째
에 그는 다른이가 아니고 내가 지금썻찻고 해매이든 그이 검은중절
모자! 대모테! 그리고 노랑구두 넘헤 남색책보! 일호도 틀님업는 그이
엿다.

그러나 여긔서도 나는 즉시저편에게 동지의 인사를 하기에는 넘무
나 모-든 것이 익숙지 못하엿다.

찻고 긔딸리든 이를 맛나서 무엇이나 안전하엿다는 것이 깁부다는
것보다는 도리혀무슨 큰곤란이나 새로히당하고 잇는것갓치 가삼은
한층더-쮜노는것이엿다 그러나 검은 모자를 쓴 동지는 별로 어색해
하지도 안엇다! 그는 그저 침착하고 랭정한 태도로서 나를 대한는 것이
엿다 각금말할째 두볼에 약간의 미소를 쮜우면서 나에게 갓가히왓다.

그리고 우리들이 서로마조 치게되는 째! 그는 민활하게 나의손에
조고마한 조희뭉치를 쥐여주면서.

「조심하세요!」 하는 그는 다시말을니어

「오든길로 다시가시지 마는것이 조와요 위험하닛까요」 그는 맛치
갈길이나 밥분사람 모양으로 언으듯건너편 방적회사 사무소를 행하
여 거리를 가로건너 저편좁은 골목으로 종적을감추는 것이엇다 나는
지금 나의 처지가 위험한 것도몰으고 그의 뒷 모양을 멍한히 바라보
고 잇섯다 전선에선 우리들의 용사, 나는 감격의 눈물을 먹음고 그의
뒷모양을 바라보면서 그의 건강을 촉복하엿다. 그리고 나도 오늘과
갓치 이러한귀한 경험을 싸어서 그이와 갓치 훌륭한-××가 되어야하
겟다고 결심하엿다. 공장에서 일시작할시간은겨우 팔분밧게 남지안

엇다 밥비나는 그의 충고대로 이번은 종로로 가지아니하고 황금정으로 부터쩌스를 타고 가기로하엿다

쩌스를 타고 잇는동안―그리고 쩌스에서 내려서 공장문을 들어설 째까지 나의 흥분된 마음 새사명을 달한자존심은 나의 가슴에서 앗가보다 더울넝거리엿다 이러포를 조곰이라도 밥비 분회에 가저―가야하겟다는 이마음 쑨이엿다 긔숙사문을 들어섯슬째에는 발서 사이렌이 울니여왓다.

●『삼천리』 4권3호, 1932.3.

# 新昌바닷가

신창항넓은바다수평선을넘어 무수한뱃대째가 개안으로 개안으로 힘차게노저어들어온다 뱃전을물어뜯는 파도의 흰닛발을기운잇게 거더차고다섯척의배들은 비장한행진을가티하고잇다.

삿대머리에쏘저진 귓발들이 거이넘어가는저녁노을에 불게 혹은파랏게 휘날리나 몹시부는바람결에 포기포기한테엉키여 어느배가 누구집배인지 알지못하여 개안에서 배마중나온부인네들에게는 도모지 마음이상하엿다 그러나 렴려는 업섯다 다섯채가 모조리 귓발을날니고 드러오지안는가

×

해저문 바닷가의하늘은 무한히찻다 저녁안개에엄마일은 갈맥이의 처량한울음소리가 파도의아우성치는소리를뚤코 처량히울니여왓다. 그러나고깃배기달니는 그들에게는 들니지안엇다 다—만 한배갓득실흔 펄펄쒸는 고기만이 눈에보이고 귀에들니엿기쌔문이엿다.

뱃사공들도 저녁에만은고기를 질고도라올째에는 그들 가족보다도

일층신이나고 만족감에넘첫다. 그들은 집봄에못이겨 노래도부르고 소리도질러보는것이엿다. 그러나 오늘저녁마는 그들의형색은 전과는 다르지안는가?

×

이날이항구의 어부들의생활에는 새로운의식이차차들엇다. 그들은 배에실닌고기를 바라보고깁버하다가도 한번 「이놈의 고기를가저다 팔면 얼마나될까?」 하고 예산을칠째에는 신이 나서올너갈째로올나갓든억개는 풀죽어내려안는것이엿다. 짜라서 그들의눈압헤는 ××××이 라는간판과 쑥개들고 뱃마중나온 역원(役員)들의 사나운태도와 우울 에잠긴부인들의 얼골이 번갈아보이군하엿다.

이항구에도 자본주의의 마수는 다른곳과마찬가지손을벌니고잇섯 다. 이마을어부들은 자기마음대로 고기를팔지못하엿다 반듯이 역원 들의임의대로 고기갑시올으고 내리구하엿다. 이곳에 고기시짜가 다 른항구보다 멋화리싸도 하는수업시파러야하는것이엿다.

×

그럼으로 뱃사공들은 암만고기를민히잡어와도 결국그들의주머니 에드러가는돈은 불과쌀멋되살돈밧게 드러오지안는것이다.

이러한현실에대하야 이째까지라도 아무의식도반항도업시 고히견 디여왓다. 그러나 차차날이가고 새로운시대가밧퀴을짜라 무엇인지알어지는것이잇섯다.

　이날오후! 비장한행진곡을 가티하든뱃째들은 도라오는중간에서 움즉이지안엇다. 그들뱃머리를한테모으고 무엇을 소리치며 이야기하기째문이엿다.

　「우리들의고기는 우리들의 손으로!」

　「×××××」

　밤도 이슥햇슬째엿다. 오백여명의 뱃사공들은상륙하자 일제히 그들의가족과함께 ××××을향하야 물저고리를버서든채 쇄도해가는것이엿다. 그들의얼골에는 핏줄이 쑥툭티여올낫다. 팔다리는 철가티 긴 장미가흐르는것이엿다——. (十月八日)


●『신여성』 6권11호, 1932.11.
●<壁小說> 특집으로 기획된 것으로 『신여성』의 목차에는 「바닷가」라는 제목으로, 본문에는 「新昌바닷가」라는 제목으로 실려 있다.

# 젊은어머니

## 第一回　朴花城

「주인댁! 또 요리상 주문 들어왔소」

하고 머슴하나가 미다지를 똑똑 두드리며 소리첫다. 로주인댁 잇을때같으면 두말없이 미다지를 열어제치고 소리 첫을터이나 로마님이 죽은후 두달동안 새댁이 주인 된 후로부터는 머슴들도 다소간 조심을 하는모양이엇다.

「응 어서 차리게 민상(閔サン)은 어대 갓는가? 민상더러 말하게」

새주인댁 우희(羽姬)는 누은채로 말하엿다. 곁에누엇든 유광이가 손을 꼬물꼬물 하다가 획 돌아눕는다.

「민상(이다바=板場)이 복임이네 아주머니 더리러 갓다우 주인댁 아프시니께 못하실거라고……」

「웨 아까 오서서 료리상 차렷지 벌서 가섯나?」

「그때가 언제라고요? 지금이 아홉시라우 아홉시! 오늘밤 상을 셋채 차리네」

하며 머슴이 솥두껑을 여는모양이다.

「대관절 어대서 주문 들어왔나?」

「채주사 아니 채지배인이 오서서 주인댁을 찾으시다가 민상이 앓으신다니께 그냥가십데다」

「채주사가 몸소 오섯든가? 채지배인께서?」

「네 아까 금방 오섯다 가섯소」

하고 솥을 부시며 물을퍼붓는다. 민상이 아주머니를 더리고 왔다. 아주머니는 미다지를 가만이 열고 드려다보며

「정신이 좀 드는가? 도모지 나오지말고 누엇게. 민상하구 내가 할 터이니 민상! 술상이지?」

하고 민상을 돌아다본다 민상은 고개를 끄덕이며 방을 기웃이 들여다본다. 우희는 조심스럽게 일어나며

「민상! 특별히 청하는건 없읍데까?」

하고 머리를 쓰다듬어 다시 쪽진다.

「전복탕하구 갈비찜 빼놓지말라구 당부만 하구 가섯어요」

「어서 누어잇게 다 잇는것이구 새로 몇가지만 하면되니까」

하고 아주머니는 문을닫고 가버렸다.

유광이가 벌덕 일어나며

「엄마 오줌 누어」

하고 엄마에게 안긴다. 우희는 그를 안아서 오줌을누엿다. 자긔에게 기운이 없는것도 리유가 되거니와 다섯살먹은 게집애로는 무척도 무거웠다.

「그가 가버린 지 여섯해째 되엇구나 원수같이 느리던 세월도 지나고보니 빠른것을……」

그는 이런생각을 하자 눈에 눈물이 핑돌앗다. 그는유광이를 잘 누여놓고 곁에 누으며 한숨을 휘-뿜으면서 눈을 감는다. 밖에서는 상차리기에 분주한 모양이다. 그릇소리 칼판소리 이아기소리가 요란스럽게 섞여 들리며 문틈으로는 연긔가 기어 들어온다. 머리맡에들창밖 길에서는 일본나무신 끄는소리가 끊이지않고 들리며 가끔 술취한자들의 무덕이 노래가 길바닥에 질질 끄을려간다. 정월이라고 그들은 마음껏 새해를 즐겨하며 노래하는모양이엇다.

식식거리고 곤하게 자던 진웅(振雄)이가 벌떡일어나서 휘휘 둘러보다가 아랫방으로 가서 오줌을누고 와서는 다시 자리에 픽 쓸어진다. 누어서보니까 진웅이의 키도 몹시 컷다. 지금 아홉살! 보통학교 삼년급이건만 키는 열살넘은 애와 같앗다. 우희는 다시 가느다란 한숨을 길게 쉬엇다.

륙년전 이날! 남편은 밤 아홉시(꼭이때다)에 집을 떠낫다.(그때는눈이왓섯다) 초저녁 그가 누어서 우희의 배를 가리치며

「이 아이를 낳거든 유광(遺光)이라 하시오」

하엿다.

「웨 유-ㅅ자를 넣어요? 아버지가 애를 배놓고 죽어야 유복이라 하는데……」

「그렇게만 생각하구려 나는 세상에 없는 사람으로만 여기시오」

남편은 안해를 힘껏 안으며 말하엿다.

「여보! 힘찬 어머니가 되어주시오 힘찬어머니! 이것이 오직 내부탁이오」

그가 홀로게신 어머니도 모르게 떠날때 대문 밖에서 다시 안해의

손을 잡으며

「나는 당신에게 무리한 요구를 하지않소. 다만 힘잇는 어머니가 되어주시오」

하고 집모퉁이로 휘 돌아갓다. 목까지 올려입은 외투의 등어리와 깊숙이 눌러쓴 켑우에 하얀눈발이 펄펄 나리는것을 바라보든 우희는 빨리들어와 그의 누엇든 벼개를 안고 밤새도록 울엇다. 남편은 손수건 세개외에 모든것을 다 거절하엿다. 그가 말은 아니하나 우희의 짐작으로는 정초라고떠들어대는 이밤에 ××역까지 걸어가서 내일새벽 북행차를 타려니 생각하엿다. 그와 동범자들이든 모든사람들이 중형의언도를 받엇을때 남편의 피착설과 사변설이 세간에 돌고돌앗다. 그러다가 유광이 세살되고 진웅이 학교에 입학하든해겨울 어떠한 사람이 이집을 찾어와서 그의 죽음을 말하고 가버렷다. 그의 홀어머니는 화ㅅ병으로 신음하다가 아들의 대상을 마치자말자 그마저 죽고말앗다. 이리하야 우희는 음식점 젊은 새주인이 된것이엇다. 그의나이 금년 설은살! 백합화 같이 우아한 그의 청춘미는 이때가 한창이라는듯이 쓰라린 마음고통의 정반대로 아름다워 가기만 하엿다.

민상과 아주머니는 눈뜰새없이 밭벗다. 머슴들은 히이―ㄱ리면서 롱담들만 하엿다.

「채주사는 상처한지가 이년이나 되어도 어째 장가를 안드는구? 지배인이 되어도 홀아비로만 살텐가?」

「그놈 별걱정 다하네. 이놈아 네떡거머리 근심이나해라. 나이가 젊것다 인물이 잘낫것다 지체가 좋겟다 흥 다 속이잇서 그런단다 아느냐 이놈아」

하고 눈을 껌벅하며 엄지손가락을 든다.

「나도 알어-마님 도라가신후에 날마다 다니든 김선생은 이틀걸러 다니고 가끔오든 채주사는 날마다 다니드라」

「쉬-쉬- 주인댁 오신다」

하고 다른자가 손을 휘휘 젓는다. 입 한번 아니떼든 민상이 고개를 번쩍들며

「응? 어대?」

하고 고개를 돌리다가 복도로 걸어나오는 우희와 마조치자 고개를 숙으린다. 하얀당기를 드려쪽진 머리가 약간 헝키어잇고 소복한 치맛자락이 끄을리는듯 가만이 걸어나온다. 그를 처다보든 사람들은 각각 마음으로 말하엿다. 아주머니는

「저렇게 생겻으니 청상과부가 되지」

하고 머슴들은

「암만 보아도 사람 반하겟다」

하고 민상은

「아무때 보아도 고상한 녀자」

하엿다. 우희는 쓸쓸한 미소를 띄워

「아이구 벌서 다 되엇구면요 수고들하섯소」

하고 아주머니를보다가 슬적 민상의 긔색을 살핀다. 아주머니는

「조심들 하여가게. 길이 사나우니 부대 조심들 하여」

하고 상을 니고가는 두머슴에게 소리첫다.

자긔방으로 돌아온 우희는 눕지도않고 쪼구리고 앉아서 누구를 기다리는듯이 가끔 귀를 기우린다.

「이틀걸러니까 어제가 김선생 오실날인대 오늘도 안오시니 웬일일가? 또 무슨일이 낫나? 의논할일이 많은데……」

그의 얼굴이 갑자기 흐려지며 눈살을 찌푸린다. 그에게는 의논할 만한 자격을 가진자라고 생각하는 사람이 다섯이 잇엇다. 여자로는 친정어머니와 아주머니가 잇으나 가끔 싀집가라고 권하는 어머니와는 정반대이니 문제밖이요 이말에나 저말에나

「자네 마음대로 하지 내가 아나?」

하여 버리는 아주머니와는 의논할수도 없엇다. 남자로써 세사람이 잇으니 남편의 옛동창으로 현재○○은행 지배인이 된 싀어머니와도 극히 친밀한채주사가 잇고 남편의 친우로 ○○사건에 복역하고나온 김이라는 三十二세의 독신자가 잇으며 지금이집의 이다바로 잇는 민상이 잇다. 민상이 이집의 이다바로 잇게된 동긔는 소설과같앗다.

二년전 남편이 죽엇단 확보를들고 집안의 생소동이낫을때 어떠한 협수룩한 의복을 입은 청년이 적은 보ㅅ짐을 지고 이집을 찾어와 이다바로 잇기를 청하엿다. 녀자로써는 장부의 긔상이 잇는 그의 싀어머니는 대번에 응락하엿다. 그 청년이 민상이엇다. 그는 월급을 거절하고 그대신 방하나를 달라하엿다. 그의방에는 항상 묶어놓은적은 부담상자가 놓여 잇을뿐으로 아무도 그방에 출입을 하지 않엇다. 열두시가 지나서 자긔방에 들어가도 그는 언제까지든지 불을 끄지 않엇다. 한번은 그싀어머니가

「야 민상이 별사람이다. 밤새도록 무엇하노햇더니 책을 보고 잇더라. 별놈이야 참 신통도 하지」

하고 자긔아들의 책읽든것을 몸서리치든 것도 잊어버린듯이 민상

을 칭찬하고 그를 아들과 같이 아껴주엇다.

아모도 그의 과거를 아는사람은 없엇다.

말투리로 보아 함경도 사람인 모양이오가끔 상해(上海) 신호(神戶) 이아기를 하는것을 보면그런곤에서 이다바를 한듯도 하엿다. 하여간 우희에게한 큰 수수꺽기가 민상이엿고 민상도 우희에게많은경의를 표하엿다. 민상은 금년 이십팔세! 튼튼한 그의체격이나 구비한 그의 인격이 (내용은 모르나) 우희를 끌엇다.

우희는 채주사가 자긔네와 딴세게의 사람임을 싫여하야 그와 의논 한마듸 없이 김과민상과와만 의논하여 자긔가 새주인이 된것이엇다.

그날밤일이다. 미다지가 드르륵 열리며 나타난 사람은술이 약간취 한듯한 채지배인이었다.

「실례합니다 갑자기 문을 열어서……」

그는 언제와나 같이 정중히 머리를 수겨 인사하엿다.

「아니, 조곰전에 상을 차려갓는데요」

하고 우희는 당황히 일어나 답례하엿다.

「조곰 상의할일이 잇어서……」

하고 채주사는 들어올듯이 발을 멈츳멈츳하엿다.

「좀 들어오시지오」

우희는 이렇게 말할수밖에 없엇다. 그는 들어와 모자를 벗어 진웅 의 머리맡에 놓으며

「이놈들 모두 자는군. 참 댁에는 애들이 잇으니까 쓸쓸찮으시지오? 우리 집에는 애들조차 없어서……」

하고 우희를 처다본다. 가까이 보니 술이 대취한 눈과 말소리엿다.

우희가 막 대답하려 할때 문밖에서

「현선생!」

하고 부르는 김의 목소리가 들렷다. 우희는 자긔도모르게 빨리 일어나 급히 미다지를 열며

「아이구, 김선생님! 어서오세요」

하엿다. 채주사는 별달리 반가워하는 우희를 힐끗 처다보며 김을 향하여 앉은채로 허리를 굽혓다. 김은머리를 숙이며

「령감 오섯습니까?」 하고 빙긋웃엇다.

「네 잠깐 일이 좀 잇서서……」

「그러세요? 그럼 현선생! 갓다가 나중에 또오지오」

「들어오세요 그러찮어도 의논할……」

우희는 말을 끊으며 난처한 표정을 하엿다.

「그럼 내가 가지요」

하는 채 주사의 말소리는 약간거츨어 젓다. 김은 황망히

「천만에 제가 가겟습니다. 그러면 나중에 또……」

하고 말할때 민상방의 문이 왈칵 열리며 민상이 복도로 걸어나왔다.


## 第二回 宋桂月

나중에 또 들르기로하고 우희방을 나선 김선생과 민상은 복도에서 마주첫다.

「요-민군! 오래간 만일세. 그래 과세나 잘하엿노」

김선생은 그의 독특한너털웃음을 웃으면서 민상에게 손을 내밀엇다.

「자네 웨 그러케 드문드문하가? 요새사람들은 연애만할라치면 동무도 다 잊어버리데그려 딴은 나ㅅ가진동무야. 허허허」

하고 민상은 김선생의 엄지손꾸락을 꼬불여보앗다.

이것은 이집 머슴들에게서 배운작란이엇다.

「이사람 없은소리 제발말게 현선생들을나. 또 누가들어도 나를 실없은놈팽이로 알겟네」

김선생은 약간 미소를 띄우면서 기름칠한 머리를 매마진듯 만지면서 민상과 방으로 들어가기를 청하엿다.

「무슨 좋은이야기나 하나 들려주게」

방에 들어와 앉은 민상은 곱게 빗어올린 하이칼라머리와 요새 류행목도리를 외투 에리에 반쯤 내어놓은 김선생을 처다보면서 빈정대듯 말을 끄내엇다.

「무얼 아무것도……」

김선생은 터저나오는 미소를 막는듯이 입을 속으로 담을면서 거의 부자연하게 낱을찡그렷다. 사실 김선생은 요새 또다시 새로이 얻은 비밀한 쾌락의 단꿈속에서 날어가는줄도 모르는듯이 도취되엇든것이다.

좌익적 언사를 함부로 롱하며 리론으로 가장 정당한 계급의식을 파악할것처럼 뒤떠드는 김선생으로써- 타락한으로써는 그처럼 될것이없엇다. 그러나 김선생으로하여금 바른길을 얻을까하고 일을 꽤하든 여성으로는 그이상더 참패는 없는것이엇다. 이걸생각할때 민상은 그저 잊을수가 없엇든것이다.

「김군」

민상은 정색을하고 김선생을 바라보앗다.

「자네 이번에 획득한 연애 상대자를 나에게 소개해 줄수없나?」

「꼭알아야 쓰겟나? 홍구군의 누의동생일세. 언젠가 그게 망년회때 말잘하지않든가 꽤 똑똑해!」

김선생의 얼굴에 만족의 웃음이 떠돌때 민상의 누른 얼굴에는 핏줄이 굵다랗게 뛰어올랏다.

「이번에는 나는 자네태도를 조곰도 용서치못하겟네」

「그럼 어떻게 할텐가」

「너와 같은 경박한 좌익소하병환자에게 순진한 동무의 누이 동생을 짓밟게 할수없다는말일세」

민상의 목소리는 조금크게 울려나오는것이엇다.

「……」

「네 이말에 잘못이 잇다고 생각하면 자네는벌서나의 동지도 아무것도 아닐세. 우리립장은 새로 엄돋는 그들을 나오는족족 짓밟는데 잇지않고 그들로하여금 더굳센 생활의식을 파악시켜 그들의 새로운 성장과 활약을보는데 우리들의 기쁨이 잇다는것은 군은 누구보다도 잘 알고잇을것이네!」

「민군 자네는나를 오해하엿네」

김선생의 얼굴은 점점붉어가면서 난처한표정으로 겨우 이한마디를 웨첫다.

「나의 이생각이 한낮 오해에 지나친다면 나는 얼마나 기쁠는지 모르겟네마는 내 이말은 우리둘만의 말이아니니까」

「민군! 그래 나를 끝까지 그러 그러한 뿌르조아……」

「아닐세. 나는자네의 생각을 잘알고 잇네. 군의성격은 어듸까지 뿌르조아적일세. 나는 군이 사랑의 미끼를삼은 좌익적 언사를 함부로 입밖에 내어놓고 싶지않네. 그러나 나역시 내생각을 침체해왓음을 부끄러이 아네. 그러나 넘려는 없네. 오래오래쌓아온 정신적 활동에서 조금도 비틀어지지않고-나는 운동에 대한 관심을 점점 길러왓다고 보네. 돈잇고 권세잇는 부자의 자제인 자네와 근본적으로 사상이 달러지는것은 할수없는 일이니까」

이 말에 김선생은 활기를 내는듯이

「오야지(아버지)가 돈푼잇다고 그래서 나를 그러한 웅덩이에 빠치려는군 허허」

김선생의 태도가 약간 풀리니 오히려 오히려 그말이 활기얻는듯한 표정을 살필때 민상은 그에게대한 증오의 불꽃이 더욱 치밀어올랏다.

「어듸 오야지가 돈잇다고 자식이다 그러한 타락한은 아니겟지마는 군의 의사는 근본적으로 계급××에 대하야 조금도 열정을 안가지고 잇는것을 나는 잘아네. 그러기때문에 한발삐끗하면 푸로레타리아의 적으로 급전세 특권적 사회를 응호하는 군이 될것까지 알고잇네. 그러고보니 자네와 나와도 서로 적의 처지가되고마네. 무서운 일일세 군. 이러케말한다고 결코 자네를 무시하는것은 아니네-」

「하여간 잘들엇네. 자네 이번이말을 영원히 잊지말게 그리고 내가 푸로레타리아 운동을 배반하는가 않는가 금후 나의 실천을 보아주게」

김선생은 노염과 분노에서 말소리는 떨려나왔다.

민상도 더욱 얼굴을 붉히면서

「잘 보아두기로 하세그려」

「그러타 서로가 다-게급을 위하야 하는일이니까」

김선생은 더 앉앗을수없엇다. 이모든 언사가 자기에게 잇어서는 모욕과 경멸이엇기 때문이엇다.

「언제 한번 다시 만나세」

이말을 남긴채 김선생은 문을 꽉 닫히고 가버리엇다.

김선생이 뿌리치고 나간뒤에 민상은 아무일도 손에 붙지않엇다. 어느새 시게가 열두시를 치는 소리가 들여온다. 사방은 죽은듯이 고요하다. 다만 멀리서 개짖는소리만이 밤공기를 흔들뿐이엇다.

민상은 자리에 누엇으나 도모지 눈이 감어지지않엇다. 바람벽에 걸린 맑스사진 무질서로 쌓어놓은책 이모든 물건이 맑은 정신으로 또렷또렷이 눈에 빛이기만 하엿다. 찬바람이 문틈을 쏴-쏴하고 몰려들어와 민상의 얼굴을 짜르르하게 스치고 달아난다.

「눈이 오나?」

민상은 덧문을열고 밖을 내다보앗다. 어느듯 싸락눈이 하얗게 나리깔리엇다.

「그새 벌서 이렇게 많이 왓고나……」

하고 무심이 마루우의 구두자욱에 눈을 멈추엇다.

「채지배인!」

하고 그는 혼자 중얼거렷다. 그리고 자신도 알지못할 질투비슷한 감정을 느꼈다.

「채지배인이 왓엇기때문에 김군이 내방에 일즉 찾어온 것이구나」

하고 그는 그제야 깨달엇다는듯이 고개를 끄덕이엇다. 그리고

「우희는 경박한남성과 정신적으로 정당한 물건을 파악한 남자를 구별할줄 아는여자일가?」

그는 또다시

「날같은 사내를 알아주는 여자는 세상에 없을걸! 현우희만은—」

하고 십촉전등불빛이 희미하게 빛외인 회색바지 저고리에 시선을 똑바로 멈추고 생각하엿다.

민상은 언제나 이 바지 저고리를 입을때나 이바지 저고리에 의식을 들때면 의레히

「참 수수걱이다」

하고 이 수수꺾이를 풀지못해 무척애가 키어지는것이엇다.

그 수수꺾이—

그는 민상이 이집에와서 생일을 두번 맞이 하게되는 섣달 초사흔날 아침이엇다.

「민상 게십니까」

「그누구십니까?」

「나요!」

「네 현선생이십니까? 어듸서 료릿상주문이 왓습니까」

「아니요」

민상이 방문을열자 우희는 미소와함께 옆구리에 끼고나왓든 보재기를 민상에게 보내고는 치맛자락을 걷어잡자마자해서 그자리를 떠나는것이엇다.

민상은 감사한 한편 놀라면서 그보재기를 풀어헤첫다. 거기에는 회색바지저고리가 얌전히 개켜잇는 우에 쪽지한장이 놓여잇엇다.

「민상의 생일을 축하하여 말지않습니다 현우희」

이글발은 언제나 민상을 괴롭게하엿다. 그러고 민상에게 잇어서도 커다란 수수꺾이엇다.

「현우희! 현우희같은 부인을 얻는다면!」

이러한 생각이 때때로 낫섯다. 그리고 이러한 욕망은 민상에게 잇어서 무서운 생각이엇다.

「아니다 나는 생활력이 없는 남자다」

하고 밥비 취소해버렷다. 그것은 목구멍에 나오는말이고 마음속에서는 웬일인지 현우희를 생각하는마음이 불일듯 하엿다. 이러한 생각이 자기를 괴롭게 할때 민상은 아니놀랄수없엇다.

민상은 어느사이에 현우희를 세상에둘도없는 여자로 생각하엿다. 그는 현우희를 세상에 둘도없이 사랑하는 증거엿다. ―이러한 표상은 오히려 민상의 감정을 서글푸게만 하엿다.

「나는 그를 사랑한다. 그러나 적극적으로 그에게 사랑을 구할만한 경제적능력이 없지않나? 그를 행복스럽게할 능력이 없지않는가?」

민상은 돈잇는 채주사, 채지배인이 오히려 자긔보다 행복스럽게 해줄 힘이 잇는것이다 하고 생각하엿다.

「나는 돈없는사람!」

하엿다가

「넨장 그까짓거 뭐 다 집어첫다!」

하고 기지개를 폇다. 그러고 혼자 허허하고 웃엇다. 그는 자기가 자신이 쓸데없는 망상에 잠겨잇엇다는것을 조소하는것이엇다.

「인젠 이러한 잡렴망상은 일소해버리자 이일보다 더 할일이 많지

않은가」

此間二十八行不得已省略

「료리상주문 안들어왔나?」

「아직일러서 그런지 안들어왔어요」

머슴들은 눈을 부벼대면서 말하엿다.

「아직 현선생은?」

하고 머슴을 처다보앗을때

「세수물줘─」

마루우에서 진웅이가 발을동동 구르며 발악친다. 진웅이가 민상을
보더니

「엄마가 오시래요」

민상은 밥비 우희방문앞에가서

「현선생」

하고 부르자 마자해서 미다지가 드르륵 열리면서

「오! 민상」

하고 우희는 얼굴을 약간 붉히엇다. 그러고 눈까풀이 쪽 꺼진눈으
로 민상을한참 처다보앗다. 우희는 올려미는 울음을 억제하는듯이
괴로운 표정을하엿다.

우희는 지나간밤 생각을하니 코허리가삥─하게 울리며 눈물이 도는
것이엇다. 우희는 눈물을 감추리손수건을내어 코푸는듯이 숙인채 눈
물을씻엇으나 벌서 민상이 그눈물을 발견한뒤엿다.

「웬일일가? 채지배인하고……」

하고 속으로 중얼거려보앗다.

「어듸 편찮으십니까? 정 뭘하시면 의사를부르죠」

「아니요」

우희는 랭연히 무엇을 회상하는듯이 땅만들여다보고잇엇다. 그얼굴은 점점 흙빛이되어 가는것이엇다. 이것을 본 민상은 거의 본능적으로

「점점 더 신색이 나뻐가는데요」

「그러다가도 괜찮습니다」

하고 억지로 웃음을짓는다. 이어서

「김선생만나보섯습니까 아이구 그이한테 미안을끼첫서」

우희는 난처한 표정을하엿다. 그의 얼굴은 다시 무엇에취한사람모양으로 얼빠저 땅만 들여다보고앉엇다.

×

우희는 어젯밤 채지배인으로부터 직접 혼인청을 받앗다. 김선생이 나간후 채지배인과 우희사이에는 얼마만한 침묵이 게속되엇다. 유광이 코고는 소리만이 밤중의 공기를 흔들고잇을때

「특별히 이야기하실일이 게섯든것같앗는데- 내가 잇어서 방해가 많습니다. 현선생 용서하시요」

술에취한 채지배인의 말같으나 그의정신은 말뚱말뚱하엿다. 이러한 빈정대는듯한말을 채지배인으로 부터 들을때 우희는 아니놀랄수 없엇다. 우희가 놀래어 얼굴을들엇을때 채지배인은 빨앟게 상기된 눈초리로 상대를 의시하고잇엇다. 우희는 무엇이라고 할수없는 전율

에 가까운것을 늣기고잇엇다.

「우희씨. 나의진정한 고백을 들어주서요. 나는 당신이 이런요리집 주인으로 잇는것을 반대합니다. 왜냐하면 나는 당신의 얼굴 성격 태도의 전부가 나의마음을 그저잇게 하지않읍니다. 솔직하게말하면 당신같이 어여쁜 여자은 세상에 둘도없을것입니다. 당신의 곁에 이렇게 앉으면 나는 늘 이러한 충동을 늣기고잇습니다. 잃어버렷든 직무의 렬정이 활활 끓어오릅니다 오- 이말 이말이 당신의 환심을 사려는것으로 들렷다면 용서하서요. 하여간 나는 인생에 잇서서 아무 흥미도 희망까지 잃은 쓸쓸한 인생입니다. 나는 이렇듯 적막한-산송장이로시다」

하고 그는 담배에 불을피어물고 니어서

「제가 우희씨를 자주찾게되는것은 당신을 만나게되는 순간에는 나의 기분이 맑어지는것을 늣기기때문이외다. 나를 완전한 인간으로 구원할사람은 오직 우희씨밖에 없음을 알어주서야 합니다. 그리고 내가 당신을 이러한 요리집주인으로 앉혀두는것은 꼭 이리떼속에 잡힌 어린양으로 생각됩니다. 이무리에서 당신을 하로속히 건저내고 싶습니다」

흥분이 극도로 치밀어 말하고잇든 채지배인은 기운이 시진한것처럼 벽에 기대어앉으며 눈을 스르르 감어버리는것이엇다. 그러고 채지배인의 눈에는 눈물이핑돌며 코를 삐죽삐죽하엿다.

우희는 저항할용기도 잃은듯이 앉어잇다. 그저그가속히 이자리를 떠낫으면하고 채지배인의 눈치만살살보앗다.

「퍽 놀랫섯지요?」

채지배인은 낮은어조로말하엿다. 그러고 얼굴에는 약간의 미소를 띄엇든것이다.

「……」

우희는 움즉일줄도 대답할줄도 모르는듯이 꼼작 달삭하지 않엇든 것이엇다.

「놀라실것도 물론이지오. 세상에서는 당신을 과부라고 개가하는것을 비난할터이요 당신으로는 무엇 보다도 어린것들을 더 중요히 생각하실터이니까— 물론 놀라섯을줄 압니다. 그러나 비난으로 말미암아 자긔생각을 죽여버린다면 현대 사람으로는 좀 뒤떨어진것이지오. 이미 우희씨도 전문지식까지 받으섯으니 이러한 명석한판단은 나보다 먼저 하섯으리라고 생각합니다」

우희는 더앉어 들을수가 없엇다.

「술이 몹시 취한것같습니다. 돌아가 주무시지오」

우희는 올려치미는 분한생각을 억지로참으면서 그의 말막이로 이 말을 겨우 끄내엇다.

「우희씨 나를술취한사람으로 인정해버리려고 하십니까 당신으로는 그렇게하는것이 편하긴하오리다마는—나는 나의 진정한 고백을 알왼것을 시원하게 생각합니다. 하로라도 내마음에—」

그는 다시 뉴물을 씻는것이엇다. 그리고 그도 더앉았을수없다는듯이 모자를들고 일어나는것이엇다.

우희는 세상에나서 이런일로 이렇듯 머리를 썩혀본적은 한번도없엇다. 동지섯달 긴긴밤을 한잠 못일우고 밤을 밝히엇든것이다.

「민상!」

우희는 파랗게질려선 민상을 똑바로처다보며 불럿다.


## 第三回　崔貞熙


× ×


민상은 우희가 부르는소리에 분명히 대답은하엿다. 그러나 소리없는대답은 누구에게도 들리지않엇고 대답하는 자신의고막에도 아무러한 파동조차 없엇다.

전에 듣지못하든 우희의힘잇고 떨리는말소리와 또 그표정에는 민상도 평범한대답은 못던지고 다만 소리없는 시선만을 우희에게 보내엇다.

우희의눈에는 눈물이고엿엇다. 눈물을 뚫고흐르는 우희의 시선은 민상의 얼굴까지 뻗치엇다.

민상은 한참이나 어쭐줄 모르고 섯다가 구석쪽으로 자리를 정하고 앉엇다.

아츰햇발이 창으로 기어들어 두사람의존재를 명확히비최고 잇엇다.

유광이마자 밖에나가고 그사이에는 아무음향도 없엇으니 다만 무거운공긔만이 방안에 떠돌뿐이엇다.

민상은 우희를 처다보앗다.

「현선생 하실말슴이 없으시면 나가서 음식을 작만해야겟습니다.」

　그래도 우희는 아무말도 없이 얽힌눈물만 닦으며 한숨을 가다듬고 잇엇다.

「퍽 괴로우신것같은데 좀 누어서 조리하십시오」

　민상은 그자신이 생각지도 않든 한마듸의 말을 던지고 벌떡 일어서버렷다.

　그러타고해서 민상이 우희눈치를 전연 모른것은 아니다.

　민상도 우희가 불러서 갓을때 우희의태도가 이상함에 눈치채엇든것이다—

　한편쪽으로는 채지배인과의 사실을 보고하지나 않을가 하는 생각도잇엇지만.

　그러나 우희의 태도는 민상을 몹시 충동시키는듯싶어서 민상은 곱고 어엽분 우희의 간얇힌 전신을 한아름에 휩싸안고 싶어서 허둥거렷다.

　—마는「민상 나는 채지배인하고」우희의 고은입으로부터 혹시 이같은말이 나오지않을가 하는생각으로 천연스럽게 미다지를열려고 손을내밀엇다.

　우희도 그제야 당황하게 따라일어서며

「민상 이일을 어찌면 좋습니까」

「네? 무슨일입니까…… 말슴하시지오」

「……」

「주저하실것 없지않어요」

「민상 이말만은 민상하고 이야기하기가 어쩐지 퍽이나 거북한것같애서요」

우희의머리는 숙으려진다.

「……」

「누구에게 하소연하면 좋을지 모르겟어요 어적게밤일을 생각하면
나는……」

끝도없는말을 던지곤 우희는 자리에 쓸어젓엇다.

마는 민상으로서는 우희를 위로할만한 용기가 나지않엇다.

물론 민상의심장은 우희로해서 높이뛰놀고 잇엇지만 그것이 사랑
과질투 그두개가 합처서 작용을일으킨파동이엇기에 숨소리만 높아
갈 뿐이엇다.

「엄마 밥줘 늦엇서」

진웅이가 밖앝에서 들어오는 소리가 들리자 민상은 복도로 나와버
렷다.


× ×


민상의손에는 모-든일이 잡히지않엇다. 머슴들은 저이끼리 서로
수군거리고잇다.

「여보게 뭐니뭐니해야 채나리에게 가는것이 땡이지 뭘그래……」

「암그러치 돈많겄다. 은행소 지배인이라 뭐 부족해서-괜히 구찬
게 음식점을 한다구그래」

「아닐세 자네들 모르는 말일세 그래도 주인댁은 생각이 달르이. 돈
보다도 사람을 본다고 하데」

「올치 그래 나도 그렇게알엇어 그러치 민상!」

풀없이 서서듣고잇든 민상을 휘도라보면서 제일지꾸진 머슴하나가 조롱비슷이 말을던것다.

「아닐세 그것도벌서 이전생각이라네 어젯밤에 채나리가 멫시에 갓는데그래. 요앞반찬가개 영감도 그럴듯이 말하데」

「흥 별수가잇나. 그런데 불상한사람하나가 낫으니 좀랄인데 숫제 우리처럼 생각이나 말게지」

머슴하나가 민상을 힐끗 처다보면서 눈을 껌벅거린다.

민상은 머슴들의 이아기하는양이 마치 자긔를 두고하는 이아기같해서 당장에 화푸리를 해보고 싶엇으나 사실대로 말하자면 머슴들의 눈치빠름에 한갓 경탄하엿다.

민상은 부억큰문을 슬그먼이열고 밖에나서버렷다. 얼굴색을 억지로 태연히정돈하려고하는 빛이엇으나 누가보아도 우울증에 어찌할 줄몰라 헤매는 사람같이보엿다.

길바닥에 깔렷든 하이얀눈은 어느덧 반쯤녹아서 번질번질한 빙판을 만들엇다.

민상은 시컴언 캡에 누런우장옷을 걸처입고 어데라 정처도없이 거리의 빙판을 걷고잇엇다.

× ×

그날밤이엇다.

저녁때부터 하늘이 흐려지드니 솜눈이 부실부실내리기 시작하엿다.

정초라 다른때같으면 료리상채리느라고 칼판소리 그릇소리 요란할것이엇으나 머슴들은 마루에 화로를 끼고앉어서 담배연기만 내뿜고 잇을뿐이고 그외에는 아무러한 소리도 들리지않엇다.

시게가 아홉시를 첫다.

안방문이 조곰열리드니 근심에 젖은 우희의 초라한 자태가 보엿다.

「아이구 눈이또오네. 여태 민상은 안들어왓는가」

우희는 말대답을 기다리기보담 머슴들이 눈치만 슬금슬금 엿보앗다.

「네 아직 안들어왓습니다」

우희는 아무말없이 문을 닫힌후

「무슨변이나 생기지않엇는지 민상이 잘가는데 좀들가보게」

머슴들은 서로 얼굴을 처다보며 일제히 마루아래로 나려섯다.

진웅이 유광이 모두곤히 잠들고 방안은 몹시 조용해서 밖에서 눈나리는 소리까지 들릴것같햇다.

「현선생!」

익숙한 김선생의 목소리가 마루에 들리자 문이열렷다.

「김선생 어적게는 너무도 실례가 많엇습니다」

「원 별말슴 하십니다. 그런데 무슨일이 생겻나바요 형사들이 길거리에서 비상경게를 하드군요」

우희는 「비상경게」라는말에 깜짝놀라며 얼굴을 찌푸렷다.

「그런데 김선생 민상을 못보섯읍니까?」

「못보앗는데요 웨요 민상이 어듸?」

「네!」

우희의대답은 몹시원기없이 들렷엇다. 민상에게 대한사사망념을

더일으키게 하엿으며 몇해전에 피해다니든 남편의정경이 또렷이 눈앞에 떠올랏다.

우희는 김선생을 만난결에 채지배인과 민상 두사람에 대한 사실을 고백하려고 끄집어냇을때 대문이 삐걱하고 열리는 소리가 들리고 또 무엇인가 철석하고 넘어지는소리가 들려왔다.

김선생과 우희는 거이 무의식적으로 대문깐까지 뛰어나갓다.

쓸어진 몸둥이에선 알콜냄새가 코를푹찔럿다. 김선생은 쓸어진사람을 안고 대문깐 전등밑에 가까이갓엇다.

「에구머니 민상이구면. 이게 웬일일까요. 김선생 미안하지만 방에 좀—」

방에들어간 민상은 조곰도 정신을 차리지못했다.

「현선생 민군이 무슨일이 잇엇든가요? 술이라고는 입에다 대지도 않엇는데」

민상의 심상을 잘모르는 우희는 김선생에게 대답할 아무재료도 못 가젓든것이다.

「역시 잘모르겟습니다」

민상은 얼굴과 팔에 전부가 상처엿엇다.

「현선생 찬물과 수건을 좀주시지」

우희는 손수 부엌에나가서 수건에 물을적시고잇엇다.

김선생은 우희가 나간뒤 곳방안을 휘돌아보앗다. 그리고는 맘으로 긔회가 좋게되엇음을 퍽유쾌하게 생각하엿다.

김선생은 아랫목 왼편구석에놓인 조고마한 석유궤짝에 손을 들여밀엇다

한참이나 더듬다가 조희뭉치 하나를 황급히 자긔포켓트에 집어넣엇다

민상이 얼마쯤 생기가 도는듯싶으니 김선생은 자긔집으로 간다고 돌아갓다

머슴들도 모다 잠이든모양이엇다.

민상도 그만바로잠이 든 모양이길래 우희도 자긔방에 돌아왓엇다.

─마는 자리에 누운 우희의눈은 점점맑아젓다.

시게가 금방 두시를 땡땡울리고 나드니 대문안신에문호외가 떨어지는소리가 들렷다. 우희의 머리엔 거기에 실린사건이 뜻하지않은 어떤 사실을 알려줄듯 싶어서 머리를 걷어안고 나가서 호외를 집어가지고 들어왓다.

호외의기사는 순전히 우희에게 어떤의심을 일으키게하엿다.

○○은행과 동은행지배인 채××사택에까지 괴청년이 폭탄을 던지고 종적을 감첫다는 내용이엇다.

우희는 점점 공포심과 전율이 전신을 휩싸고 돌아서 신문을 들고 민상방으로 들어갓다.

아직도 민상은 온전히 정신을 차리지 못햇엇다.

우희는 수건에 찬물을 적시어서 머리에 몇번이나 얹어주엇다.

그러기를 삼십분이나 한뒤에 민상은 감개무량한 표정을 지으며 우희를 처다보앗다.

「정말 죄송합니다」

「별말슴 다하십니다. 이제 좀 어떠세요 그런데 이것 좀보세요」

호외에 눈을던것든 민상은 처음엔 깜짝놀라다가 다시금 침착한태

도로 상처를 어루만지면서 우희를 처다보앗다.

우희는 민상의시선을 피하면서 그의표정을 엿보고는 상서롭지 않은것같은 불안을 가지게되엇다.

그럴수록 우희는 민상의 정체가 알고싶엇고 또그의 남성다운 행동의 그림자가 더 맘을끄을엇다.

「현선생 내일쯤 저는 멀리떠나렵니다. 아무조록 채××과 길이 행복스러운-」

민상의 말소리는 떨리엇다.

우희는 너무나 의외의 억울한 말임에 입술이 떨리고 눈물이 쏟아젓다.

한참이나 두사람의 구슬픈 한숨만이 방안의 무거운 공긔를 조용히 흔들어놓앗다.

맘 약한 우희는 몇해동안 생각해온 민상에게대한 향외를 한마듸표현도못하고 찢어지는듯한 가슴을 억제하고 자리에서 일어서려고 할때 술의힘을 빌린민상은 우희의 손목을 꽉 잡앗다.

「현선생! 용서하십시요. 나는 현선생을 지금껏 존경하고 사모해왓습니다. 내가 짊어진 사명을 달하기에도 노력햇지만 현선생을 위해서의 노력도 적지 않엇습니다」

「나역시 민상을 잊은적이 한번도 없엇읍니다」

두사람의 이아기는 점점 가늘어젓다.


×  ×

그이튿날 새벽이엇다. 형사두사람이 민상에게 포승을 내밀엇다. 민상은 너무나 의외이엇다 자기 궤짝속에 깊이보관해둔 ××가 그들손에 넘어갓을줄은 꿈에도 몰랏든것이다. 끌려서 밖으로 나가든 민상은 우희에게 오직 「굳센 녀성이되어 주시요」란 말한마듸만 남기고 묵묵히걸엇다.

우희는 멀건이 바라보다가 정깊은 뜨거운눈물을 금치못햇다. 륙년전에 가버린남편이 길모퉁이로 사라질때와 조곰도 다름없엇다.

민상이 들어가서부터 우희는 더한층 쓸쓸하엿고 외로웟다. 한갓위안이라고는 민상에게 차입 해주는것뿐이엇다.

그날도 민상에게 차입하고 나오는길이엇다.

거리저편에서 달려오든 자동차가 우희옆을지나드니 그안에 실린 어떤청년하나가 우희를보고 깜짝놀라는 태도를 보엿음에 우희도 한갓 의아한생각을 가젓다.

그뒤로도 몇대의자동차와 경관이탄 오토바이가 최대 속력으로 큰 문안에 들이달리고 잇엇다.

거리엔 호외돌리는 소리가 요란이들렷다.


第四回  姜敬愛


호외돌리는 소리에 놀란 우희는 시가를 둘러 무엇을 사랴든것도 잊고 분주히 집으로왔다. 문안을 들어서니 집안은 고요하엿다 전같으면 료리상차리기에 분주햇을터이고 혹시 한가한틈이 잇을때에도 머슴들이 롱담으로 한창 벌어젓을터인데 웬일인지 오늘은 잠짓함에 의아한생각으로 부역문까지와서 드려다보앗다.

「료리상 주문이 안들어왔는가?」

맥없이 들어서서 수군거리는 머슴들을 향하여 우희는 물엇다.

머슴들은 그제야 주인아씨가 온줄알고 일시에 돌아보며 그중 한자가 우희앞으로 한걸음나오며

「저 영업 간판을떼래요……」

우희는 너무나 의윗말에

「뭐?」

순간에 그의 전신은 매시근 해짐을 느꼇다.

머슴들은 서로 멀둥멀둥 바라보며 입맛만 다시고잇다

「아니 누가 누가 롱담아니어」

우희는 진심으로 그들의 롱담이되기를 마음속 깊이빌며 무서운듯이 그들의 눈치를 삶엿다.

「흥 롱담이나 되면 좋게요」

한 머슴이 쭈구려앉으며 담배를꺼내 피우면서 이런말을한다.

「이제 금방 순사가 와서말햇서요 우리말을 믿지못하시겟거든 뒷거리 마님께 물어봅슈」

뒷거리마님은 우희 친정어머니를 가리친말이다. 우희는 그만 더 알아 볼 용기가 없엇다. 그러고 앞이 캄캄해지며 이 무서운현실에 놀라지 않을수가없엇다.

료리점을하면서부터 더구나 자기가 맡아하게되면서 부터는 머슴들의 나고도는일이며 식료품이 모자라서 금방들어온 료리주문의 응

해주지 못할때의 초조와 머슴들의 월급때문에 왼갓시고러움을 당할 때엔 「내가 이노릇 못하구는 못사나」 하고 탄식을 햇을때도 한두번이 아니엿으나 막상 이런일을당하고보니 그때에그걱정은 아무것도 아니엇다.

우희는 겨우 방문앞까지 왓을때 아모철몰으는 유광이는 엄마신발소리에 좋아라고 뛰어나온다.

「엄마」

「무엇하기 이제야 오느냐?」

아까부터 우희어머니는 차입하러가는 우희에게대하여 못마땅하게 생각햇든 불평이 일시에 쏟아저 나온다.

「아니 순사가 왓서요? 뭐래요」

우희는 유광이를 안으며 풀끼없이 바라본다.

「그래 뭐라기는 뭐라겟니 영업 그만두라지 주인이라는것이 그모양으로되고 또 머슴으로 온놈까지 잡혀다니니영업인들 제대로 해먹으라겟니?」

우희어머니는 담배대로 잿터리를 땅땅두드리며 한숨을 푹-쉬인다.

「어차피 잘되엇느니라 아무래도 시집가야지 혼자살수잇니 어서 임자를 맡겻으면 내가 이제 죽어도 눈을감겟다」

전같으면 우희는 뭐라고 댓구햇을터이나 지금 이자리에서는 그만 말문이 콱 막히고 말엇다.

「엄마 나 과자」

아까 나갈때에 우희가 약속하든 말을 잊지않고 유광이는 안타깝게 졸은다.

딸이 풀ㅅ기없이 앉인것을 본 어머니는 음성을 낮후워가지고

「그런데 채주사나으리 요새도 늘 오시냐…… 어쩌면 사람이 그리 어젓하니 젊은사람치고 그렇게 점잖고 어젓 한이는 처음본다. 그런데 요새 폭탄을 맞엇다드니 그 어찌되엇나 이 조이봐라」하면서

깔아앉젓든 호외조각을 내어놓는다. 무엇보다도 채지배인의 소식이나 알까하는 바람이든것이다.

우희는 깜박 잊엇든 호외를받아 드려다보앗다. 거기에는 이러한 내용이다.

○○은행과 동지배인의 사택까지 폭탄을던진 혐의자로 ××료리점 이다바로잇는 민○○를 체포하여 목하취조중인데 동시에 그집을 수색한결과 ××로의 중요서류를 발견하엿으며 이것을단서로 검거의선풍은 더욱확대되어 다수한청년남녀가 임이도 검거되엇으며 앞으로도 검거될모양이다. 특히 주목할 것은 일년전 해외로부터 들어온 신○○이 금조에 피검되엇다.

우희의 가슴은 두근거렷다. 그리고 얼굴이 빨아케 상기되엇다. 어쩐지 호외를 드는 그순간부터 아까와는 딴판으로 알지못할 새힘이 물결침을 느꼇든것이다.

「뭐라고햇니 채주사나으리 댁은 어찌되엇니?」

딸의 눈치를 살피어 상스럽지않은 내용임을 짐작 하엿다. 그리고어서 채지배인의 소식만이 답답이 알고싶엇다.

우희는 어머니의 말댓구 할 생각은 전연이 잊고 저편벽만 끝없이 바라보앗다.

그날저녁부터 민상의 수상한태도에 막연이 짐작은되엇다. 그러나

지금의 이사실을 읽고나니 그의 침착한 태도와 헌신적노력이며 꾸준한힘! 새삼스럽게 뭉클뭉클 깨다라젓다. 따라서 자신도 그만 모든 이탈을 벗어버리고 뛰처나서 그들과함께 무슨일이든지 하고싶은 욕망이 불불끓어 일어낫다.

「흥! 영업간판을뗀다 누가 그것아니면 죽을까!」

우희는 혼자서 중얼거린다.

「이애 어미말은 듣지않고 그래 폭탄 던진놈은 잡엇느냐?」

「어머니두 그것은 알어뭣해요!」

「늙은이는 어서 죽어야하겟다」

언제나 우희어머니는 딸을대하야 성풀이 하는말이다.

「이러니 저러니 여러생각 할것없이 머슴들은 헤치고 우리집에 가서잇자. 그래서 나종문제는 차차로 해결하더라도……」

딸의속이 어떨것을 생각하니 더말하고 싶지 않엇든것이다.

우희는 새삼스럽게 이모든현실이 저주스럽고 원망스러워 못견딜지경이다. 그리하야 점점 참엇든 분까지 것잡을수없이 일어남에 입을벌려 말하고싶지않엇다.

「이애 내말들어」

한참이나 아무말없이 잇든 우희는

「어서 가서요 내 다 처리할것이니」

어머니가 곁에잇어 잔소리하는 것이 귀찮어젓다. 이 눈치를 채인 그의어머니는 지금에 무슨말을하여도 쓸데없을줄알고 그는 일어낫다.

「오나 그럼 내일또오마 어서 누어서 진정하여라 유광이 내 업고가리?」

「싫여 엄마」

유광이는 할머니를 흘끔 처다보며 어머니곁으로 닥어온다.

우희는 넋잃은 사람모양으로 어머니가 가든지 말든지 내 알바아니다-하는듯이 천연스럽게앉어 팔짱을끼고 석양볕에 빨개진 앞문만 시름없이 바라보고잇엇다. 너무나 복잡해진 머리는 어느것부터 생각할 여유가없이 뒤범벅이되어 돌아가고 잇엇든것이다.

신발소리가 쿵쿵나며 문우에 모자 그림자가 얼씬 빛인다.

「엄마」

진웅이는 언제나 문밖에서 엄마를찾고 들어오는 버릇이다.

「옵바 온다!」

유광이는 맞바다 나간다. 다팔거리는 그의새캄한 머리며 기쁨의 아글아글하는 그의 눈동자!

「이제오니 어서 가방 저 못우에 걸어」

진웅이는 선채

「엄마 우리압바 어듸갓나?」

똑바로 처다보는 진웅이의 그 커다란 눈! 우희는 생각지않은 이 물음에 깜짝놀랏다. 그리하여 진웅의 눈치를 살피며 저것이 누구에게서 애비없다는 조롱을 받엇나? 하는 의심과함께 남편의모양이 스르르 떠오른다.

「웨 그것 왜뭇니 누가 뭐라든?」

우희의음성은 떨려나왓다. 그리고 금시에 목이탁-가라앉은듯 하엿다.

「저 수길이는 저의아버지가 새구두랑 모자랑 양복이랑 그러구 가방이랑 또 작란감을 많이사왓대 그래서 나두가서 수길이와 놀다오나 저동경서 사왓다지」

아까 부럽게바라보든 이모든것들이 또다시 그의 눈에 빛어진다. 그리고 그는 맥없이 머리를숙이며 울멍울멍한다.

「오 내 다 사주지 진웅아 이리온 우리 진웅이는 착해」

말끗을 겨우마친 우희는 손을내밀엇다. 어머니말에 용긔를얻은 진웅이는 빙긋웃으며 어머니곁으로와서 펄석 주저앉는다.

「그럼 나두 다-사줘 응」

「오냐 사주고말구」

봄바람에 투실투실하게 터진 아들의손을 잡은 우희는소릿처 울고싶은 것을 겨우참엇다.

유광이는 무슨말인지 잘 개어듣지 못하고도 옵바의 하는대로 어머니곁으로 밧삭 닥어앉으며 샛별같은 눈을 반짝뜨고

「엄마 나두!」

다섯손까락을 쪽펴가지고 내여민다. 이모양을 바라보는 어머니로써의 우희! 새삼스럽게 자신의 어깨가 묵직함을깨다럿다. 따라서 참을내야 참을 수 없는 눈물이 앞을캄캄케하엿다.

「엄마두 우네 과자먹고싶어운다」

손벽을치며 유광이는 좋아한다. 우희는 얼핏 눈물을 씻고 그들을 꼭껴안엇다.

「게집애두 엄마가 다우늬? 그럿치? 엄마」

우희의 우는것을 보지못한 진웅이는 어른들은 울지안는것으로만

생각되엿기 때문에 굳은 신념을가지고 어머니를 처다보앗다.

우희는 말대신에 머리를 끄득여보이며 눈물을 소리없이 목으로삼키엇다 따라서 륙년전그날밤! 남편이 최후로 남기고간 그말이 다시금 생각키웟다.

「굳센어머니가 되어주시오! 굳센어머니가!」

그때엔 무심히 드럿든이말이연만 오늘에 잇어서는 숨이답답하도록 깨달아젓다.

그때로부터 아니 이애들을 배는 그순간부터 자신은 엇던 보이지안는 쇠철망속에 얽매어 잇음을 새삼스럽게 발견하엿다. 이제까지도 두 어린것을 친정어머니에게 맛기고 자신은 남편과같이 민상과같이 뛰처나려고 몇번이나 생각하여보앗든가! 그러나 그는 이 두어린것들에게 붙잡혀서보다도 이 철망속에걸녀어떻게 버서날수가 잇으랴?

그날밤! 눈이부실부실나리는 그날밤 남편은 자긔들을 헌신짝버리듯하고 뛰처나갓다. 그때에는 다소 원망스럽기도 하엿지만 지금에 생각하니 남편의 그 용감함이야말로 칼을들고 적과대항하는 그 전사보다두 몇배더 용감함을 알수가잇엇다.

진웅이는 아까 그 물음이 언제이엇느냐는듯이 죄 잊어버리고 유광이와 장껨뽀를하며 놀다가 어머니를 처다본다.

「엄미 유광이는 가우랑 돌이랑은 할줄모르고 조희만 한다닛가」

「오 그러냐.」

우희는 그들의 쥐엿다 퍼지는 조고만 손들을 언제까지나 바라보고 잇엇다.

×  ×

우희는 선듯이러나서 놀다가 함부로 쓰러저 잠들은 유광이를 안어다 자리에누이며

「잠시만 내가 보지않어도 이러쿠면」

하고 깔고누어서 밝애진 유광의 손등을 불우에다대고 술술 문지르면서 애처러운듯이 드려다보앗다.

진웅이까지 자리우에 누인 그는 전긔불을끄고 일부러 잠을청하엿다. 그러나눈은 점점더 똑똑해오고 골머리며 허리까지 아파와서 못견딜지경이다. 그리하여 그는 선선한 바람이나 씌이고싶은 생각에 얼핏 일어나렸을때 벌서 유광이의손이 젖꼭지를 꼭쥐인채 평화스럽게 색색거린다.

「어미된몸은 할수가없구나!」

무의식간에 이런말을 하며 가만히 몸을 빼어가지고 문밖을 나섯다.

낮같은 달밤이다. 오히려 전등불이 수집어할 그러한 밤이다.

그는 천천히 복도를것처 나왓다. 그의 칠같은 머리며 눈같이힌 얼굴우에 쌀쌀한봄바람이 간즈럽게 스치고돌아간다. 그때에 우희머리에는웬일인지 남성다운 민상의 그 굵다란손이 자긔손우에 힘잇게 덥혀지든것이 얼핏 떠올라 가벼운 한숨을 몰아쉬엇다.

뒤이어 채지배인의 그날밤 고백이며 김선생등이 휙휙지나친다.

「김선생은 벌서나왓다니 그는 폭탄사건에는 참가치않엇든가? 그어나 왓으면 민상에대한말도 무러보고 자신의 금후태도도 결정을했으면」

하는 생각을하며 머리를 들엇을때 달빛이 찢어지게 드리운 민상의 방문이 뚜렷이 나타낫다.

그도 모르는새이에 그의손길은 민상의 방문을열엇다 훅- 끼치는 이방 독특한냄새! 좀 역한듯하면서도 실치않은냄새는 방안이 터져라 하고 배여잇는 것을 그는 새삼스럽게 느끼면서 방안으로 들어섯다.

한참이나 우둑허니섯든 우희는 전기불을켜고 두루두루삶여보앗을 때 저켠벽우에 붙어잇는 맑스사진이다. 따라서 「저사진이나 붙여주지말엇드면 이번에 잡혀가지 않엇을는지 아나?」 하는 후회를 하엿다.

저-사진을 붙여주든그때는 민상이몇일 앓아누어잇을때다. 그때 마침 김선생이 우희를찾어와서 슬거머니 내여놓는것이 저사진이엇다.

(此間四行不得已略)

의미잇게 바라보는 김선생의 그표정! 우희는 김선생의 속뜻 여하는하여간 그사진에 호기심이 움직이여 감사히 받아두엇다. 그래서 농속에 깊이깊이간직하엿다가 맛츰 민상이 고독히앓아누은지 몇일이되어도 완쾌되지않음에 그는 한번도 드러가보지않은 민상의방에 병문안인지라 그저 들어가기가 무엇하여 과실과 맑스의 사진을 가지고 들어갓든 것이다.

그때에 민상은 약간웃음을 띠우며

「그것이 누구 사진입닛가?」

「모르세요? 다-아시면서도-」

슬적 민상의눈치를 삶엿을 때 민상은 정색을하며

「모릅니다 그것은 어서 나섯습닛가?」

민상이 독서하는줄을 잘아는 우희는 설마 민상이 이사진을 몰라볼

가하엿다가 참말 모르는듯한 그의 표정에 그는 다소 실망을느끼며

「어쩌나 붙여두고 보세요」

「네 고맙습니다!」

이렇게 대답하든민상! 우희는 지금에야 그 민상의 진중한태도에 한층더 감복하지 않을수없엇다.

그리고 저켠구석으로놓인 경관의손에 산산히 부서진 석유상자앞으로 우희는 가서 찬찬히 뒤지기 시작하엿다. 몇권의책과 구겨진 조희조각이며 연필자루 같은것이 수북이 나왓다.

우희는 또무슨 비밀서류같은것이 잇지나안나하는 호기심으로 밑다닥까지 손을넣어 휘저엇을때 무엇이 말큰하고 잡힘에 꺼내어보니 명주손수건이다. 그는 얼핏 전등아레로와서 살펴보앗다. 손수건귀에 어렴풋이 남아잇는 백매! 이것이야말로 륙년전 남편에게준 자긔의 솜씨가 아니엇느냐!

우희는 눈을부비고 보고 또보앗다. 색드려 놓은 백매의 파란줄기가 흐려젓을망정 그의 바늘뜸새는 여전하엿다.

그때에 번개같이 떠올은것은 앗가 낮에 큰길거리에서본 자동차우의 그청년! 경관에게 포위되여 큰 문안으로 드리달리든 그-더구나 우희를보고 머리를 돌리든 그청년……


## 第五回　金慈惠

그청년! 남편이 죽엇다는 소식을 갖다전해주든 그청년! 수탄 머리

가 우희를 내다 볼때 앞으로 내려오든 모양은 우희의 옛기억을 깨우처 주엇다. 남편의 부고를 전해주든때는 우희는 억에넘치는 슬픔에 차잇엇든 까닭에 그청년의 모양에 깊은인상을 못가젓으나 그의 수탄머리가 우울한 듯이 이마를 덮엇든일은 긔억이되엇다.

「그러면 남편의 소식을 전해주든 그청년이 남편의 동지인동시에 민상과도같은 운동을 하엿구나!」

우희는 민상과 남편의사이를 알고싶어 비단손수건이 놓여잇든곳에잇는 책을 산산이 뒤지기 시작했다. 협수룩한 책들이 많이 나왓다. 그리고 그속에서는 봉투한개가 떨어젓다. 분명히 남편의 글씨엇다. 그립기한없는 글씨를 우희는 두손으로 꼭쥐엇다.

간단한 편지엿다.

> 민철호씨!
> 생사를 알수없는 위험한길을 떠납니다. 남은 서류들과앞으로의 계획을 맡기오니 잘 처리하시고 조신에가시활동할 필요기 잇올때는 이레주소를 찻어가시오.
>
> (리)

그리고 그아레는 현우희의 주소와 성명이 또렷이 씨워잇엇다. 우희는 알수없는 야릇한 감정에 매이고 말엇다.

고적! 우울! 싸늘한 밤공기를 통해들어오는 신산스러운 기분이 우희의 마음을 어지럽게 햇다. 꼭같은 운동을 하며 혈안이되어 날뛰는 두남자의 환영이 우희의 눈앞에 떠올랏다.

남편의 얼굴! 그리고 민철호의 얼굴이!

× ×

영업간판을 떼우고난 우희의 집안은 폭풍우 뒤같이 신산스럽고 쓸쓸햇다.

한주일동안의일─ 머슴들의 월급과 외상값들을 청산하느라고 돈에 몰려 애쓰든일 세간과 잡은것들을 넘기느라고 싸움싸우듯하고 바드등거리든일 셋집을 얻느라고 미친사람같이 싸다니든일 그리고 엎친데 덮친데로 진웅이까지 병으로 고생하는꼴을 입술이 바작 바작타서 조바심을하고 밤을 새며보든일! 한주일동안에 우희는 십년이나 더늙어진 것같엇다. 세상풍파 모르든 고즈낙하든 성격까지 억세어지고 잔인스러워진것같엇다.

「엄마 물」

진웅이는 여전히 확확다는 팔을 내저으며 물만찾엇다. 민상방에 들어갓든날밤 너무오래 밖에나가잇는동안 진웅이가 땀을흘리며 이불을 차버리까닭에 감기가든것을 생각하니 우희는 가슴이 아프기 짝이없엇다.

「에미가 단한분도 안돌아보면 이꼴이 되는것을!」

하고 우희는 속으로 뇌이며 물을 먹엿다.

「이런것들을 어떠케길러 사람노릇을 시킬까?」

우희는 자기의힘이 얼마나 약한지를 이번에야 알엇다. 세상이 얼마나 악하고 두려운지를 더깊이 깨달엇다. 돈만잇다면 진웅이도 벌서 다나엇을것인데 입원못시킨탓으로 이렇게 오래끄는것을 생각하면 가슴이 아펏다. 진웅이가 어미없이 못살듯이 우희자신도 어떤군

센힘이 그리웟다. 세상사리에 피투성이가된 자기마음을 어루만저줄 부드러운손길! 그리고 가슴맥히는 모든문제들을 하소연하고 의논할 수잇는 사람이 그리웟다.

「대롱대롱하는 진웅이마저 나를 버리고 죽어버린다면……」

하는 생각을 할때면 우희의 몸은 천인절벽에 깜아득히 떨어지는 듯이 생각되엇다.

이런때마다 채지배인의 말이 우희 마음을 흔들어 주엇다.

「세상사리가 무섭지않습니까? 그만하면 혼자살어나가는것이 얼마나 힘드는지를 알겟습니다그려! 두아이를 곱다라케 키우기위해 그리고 당신과나를 위하여 가장 안전한길을 택합시다」

채지배인은 우희의집이 은행으로 넘어가든날 우희를 불러 은근히 타일러주엇엇다. 그러나 두자식을 생각할때는 그리고 남편과 민철호의 희생을 생각할때는 이런 유혹이 일종의 죄악같이 생각들엇다.

문밖에서 콩콩거리는 유광이의 발소리가 들럿다.

「엄마!」

문을 열어 제치면서 유광이는 소리를 질럿다.

「엄마나도 유치원 가! 저 웃집 인애는 유치원간다고 인애아버지가 양복사왓대 흥! 엄마! 나두 입븐 양복하구 가방하구사줘!」

「유광아! 그러케소리질르지말어! 엄마아픈데 수선떨지말고 내말을 들어웅……」

「뭘! 엄마는 작구 유치원 못가게하면서!」

「글세 못가게가 아니라 엄마가 유치원에서보다 더잘가르처 줄테라니까……」

「엄마! 그럼엄마 풍금칠줄알우?」

「풍금대신 더좋은것을 가르처주지!」

벌써 교육을 기다리는 유광이의 욕망에 우희는 정신이 번적들엇다. 멕이고 입히는것외에 또다시 지식을 넣어주어야하는 우희책임! 두어깨는 천근보다 더 무거운것이 나려늘는것 같은것을 느꼇다. 그리고 더나아가서 즘생처럼 먹고 입는것밖에는 알지못하는 수많은 무산아동들을 생각해보앗다.

어제도 민철호의 차입하러갓다가 이번사건에 검거된 이의 가족들이 헐벗고 영양부족된 자식들을 끌고 헤매는것을 보앗다. 감옥근처의 움막에사는 수많은 쪽제비같은 아이들이 제풀에자라고 못된습관을 길너서 서로 차고 머리를 끄덱이고 싸우는것을 우희는 바라 보다 가문득 옛일을 생각해보앗다.

바로 신혼한지 몇달안되어서 남편이 종일 ××사건으로 분주히 서들으다가 피로해저서 집으로 돌아와서 이런말을 한일이잇엇다.

「우희! 암만해도 이 제도아래서 일하는것은 물을 거슬리어올라 가는것과 마찬가지야! 뿔조아 게급에는 절대복종 절대숭상을하는 교육을 머리의 피도 안마를때부터 받은사람들을 지도해나가려니 어듸 말을 들어줘야지 웬만한 인테리들은 그러코 그남어지는 아주 교육이라고는 맛도 못본무지스러운 대중들뿐이니 참 기가막혀서! 그러기에 근본문제는 아동들의 교육문제와 문맹퇴치문제야!」

아직도 우희는 남편이 괴로운듯이 하소연하든 모양을 잊을수가 없엇다.

우희는 유광이를 꼭끼어 안엇다. 우희의 젊은몸에서 솟은 왼갓 정

열을 함빡쏟아서 유광이의 몸에 부으려는 듯이 가슴에 껴안엇다. 우희의 모성애는 유광이의 몸에서 넘치고 흘러서는 다시 수없이 많은 가엽슨아이들에게로도 쏟아질것같앗다.

「굳센 어머니가 되어주시오」

우희의 머리에는 남편이 남기고간 이말한마듸가 얼마나 의미심장한가를 깨다럿다. 젊은 어머니의 눈에는 굵다란 눈물방울이 맺엇다.


× ×


우희가 눈을 번쩍뜬때는 해볓이 문틈으로 눈이부시게 빛어들엇다. 예전 장지문이 겹겹이 닫혓든 큰집에 살때는 격어보지못한 맑은아츰의 명랑한 해볓의맛을 우희는 새삼스럽게 느꼇다. 영업하든 그집은 마루가 으리으리하고 복국이 높다랫섯다. 그러나 어덴지 몰으게 침침하고 콱덮어누르는 것같은 감을 주엇섯다. 그러나 이집! 감옥근처 움막에서 별로 떨어지지 않은곧의조고만 초가집-은 해볕과 바람을 마음껏 받을수잇는것이 기분이 좋앗다.

우희는 문을 열어 제첫다. 해볕을 밟어 하느적어리는 봄바람이 누어자는 유광이의 다방머리칼을 하늘하늘 불려주엇다. 진웅이는 알코나뒤라서 학교에 다니기가 힘이드는지 복습하는 책을 벼개머리에 헬으려논채 쌕쌕자고잇엇다.

「혼자야 살어갈수잇니? 어린것들을 둘식이나더리고- 집으로가자 그리고 마땅한데 잇으면 싀집이나 가도록하자!」

라고 하며 한사코 이집을 세닐 때 말리든 어머니 말이나

「여자의 힘으로 두자식을 다리고 살어나갈수 잇을까」

하고 멫번이나 혼자 되푸리하든 의혹을 이집으로와서 재봉틀을 월부로 갓다놓고 일하기 시작한뒤로는 차차 깨트려 버리기 시작했다.

초가집웅의 그림자가 담밑으로 비스듬이 누어잇는데서 파란새싹이 움트는것이 우희눈에 띄엇다 굳은땅을 뚫고 솟아올으는 새움의 힘! 우희는 입술을악물엇다.

진웅이를 학교로 보낸뒤에 우희는 재봉일을 시작햇다 장터에서 주문들어온 족기가 쌓인것을 바라보고는 눈에서 불이나도록 재봉침박휘를 둘럿다. 이따금 유광이가 들어와서는 가위작란을 해서 우희의 일을 더듸게 해주엇다.

「엄마! 뒷집 돌이가 엄마보구 선생님이래!」

유광이는 풀각시 작란을하다가 엄마를 처다보며 말을붙엿다.

「그리구 엄마 오늘밤에두 거지애들 많이오우?」

「애! 거지라고 그러지말라니까!」

「그럼 뭐! 해진옷 입고 얼굴이 더러운걸 엄마 저번안저고리 입엇든 애는 바지가 찢어저서 살이다 뵈는데 거지지 뭐야! 그러치 엄마!」

「유광아! 엄마말 잘듣지! 거지라고 하지말고 학생이라고 해라 응?」

「엄마 개들 멫밤잘때까지 오우?」

「늘 온단다 엄마가 밤마다 그애들을 가르치면 나중에 이러케 훌륭한 어른이 된단다」

하면서 우희는 팔을벌려보엿다.

우희가 이집으로 온지 얼마 안잇다가 무산 아동을위해서 야학을 시작햇다. 이런궁벽한곧을 골라온것이 민철호의 차입을 해주는것도

목적이엇지만 빈민들을 찾어온 까닭이엇다. 처음 몇일은 넘우 아이들이 누추하고 거세어서 우희의 결심을 약하게 해주엇다. 전염병든 아이가 온때나 본시 성질이 악성인 아이들이 온때는 우희도 어떻게 처치해야 좋을지 몰라서 당황주저햇다. 그러나 차츰차츰 손이 익어갓다. 이제는 안방이 빠듯하게 아이들이 몰려들엇다. 우희는 자기자식 가르치듯이 꼼꼼히 아이들을 가르처주엇다.

유광이도 처음에는 아이들이 몰려오면 방으로 들어가서 문을 빼끗이 열고 내다만보고 도모지 섞여놀지않드니 차츰 순박한 동리애들 틈에 섞여놀기시작햇다 어떤때는 제주머니에 꼬기꼬기넣엇든 헌겁조각을 꺼내서 게집애들에게 논하주고는 소군소군 이야기하는것을 우희는 보앗다.

저녁상을 채치우기도 전부터 동리 애들은 몰려들어 울밖에서 수군거렷다.

「엄마! 애들이 아니참 학생들이 퍽 많이왔어!」

유광이는 문밖으로 살금살금 나갓다가 뛰어들어오며 설거질하는 우희에게 소리첫다.

「오 그래? 옵바보구 책가방가지고 건넌방에 갓다두고 나와서 종치라고 해라」

「내가칠까? 나두 칠줄아는데」

「아모렇게나 그럼 옵바보고 건는 방으로가서 복습하라고 일러라」

우희는 설거질물을 내버리고 빨래를 걷으러 뒤뜰안으로 나갓다. 저녁햇발이 금빛같이 빛여왔다. 이때 앞뜰에서는 유광이의 종대신으로 쓰는 놋대야 두드리는 소리가 울려왔다.

「징 징 징……」

우희의 눈앞에는 솜방망이 들고 놋대야를 두드리는 딸의모양이 떠올랏다. 그 히고 부드러운 주먹이 울려나오는 소리와 함께 빨앗케 피줄이 슬것을 그려보앗다.

그소리! 우희의 사는보람을 힘껏울려주고 세차게 해주는 그소리에 딿어 문을 박차고 뛰어들어오는 동리애들의 발자최소리를 들엇다. 해에걸어 껌엇코 울퉁불퉁한 볼이며 주먹이 유광이의 징소리에 딿어 불덕불덕할것을 그려보앗다.

우희의 눈은 맑게 빛난다. 그리고 입가에는 웃음이 떠돌앗다.

● 『신가정』, 1933.1-5.
● <連作小說> 다섯 명의 여성작가(第一回 朴花城, 第二回 宋桂月, 第三回 崔貞熙, 第四回 姜敬愛, 第五回 金慈惠)가 각각의 회를 맡아 연작으로 집필하였다.

제2장
일기 ·
수기 · 서한

# 世相日記

무엇이 어머님으로하여곰 자식을버리게하엿는가


十月 ×日


　머리맛책상우에 노인자명종이 오전일곱시를 가르킴과함끠 례대로
세수도구를 손에들고 문을열엇을 적에는 안마당에서장작긔패는소리
가 요란히 집을울니고잇섯다 바로장자긔패는 청년은잠을 채못깨인
사람처럼 「흥 별일다 보겟네 그놈의것째문에 밤도잘자지 못하구」
무엇에분개한듯이 흥분된듯이 표정을하여가나 「男女七歲不同席이요
」 하는 鐵則이잇쓰니 내가 임이 이십이된처녀요 相對편이 二十이 넘
은 남자이라 그뜻을물기는 좀 주저넘은 것도갓헛다 이것은 내가보기
에 그럿타는 것보다도상대편이 너무도 女子를 보면얼골이 붉어지는
것을 늣긴까닭이다 이째에 안에서놀내인듯이
　(아이사람아? 간밤에 자네안에서 도적마지엿나? 웨들그리 들석거
리엿는가 원 겻헤집에서 잠을잘수가 잇던가 원!) 이할머니의노염이
그럴듯하다는듯이

「마님 세상에도 별일 다보앗습니다」

「웨 엇젯나?」

「밤에자는데 우리집에서 어린애 우름소리가날이가 업는데 갓난어린애우는소리가 몹씨나겟지요? 그래서 문을금방열고 전등을 들고 대문을 바라 보니대문이 반쯤이나 열니고 거면 봇속에서 어린애우는 소리가나겟지」

「원저런 그래서」

「안이 그래서 썰여서 가서볼수가업섯서요」

「……」

「그래서 헐수할수업시 그검은것을 덜컥안으니 더- 우는것을 안방마님을깨우고는 어린애를보니사나인데 아주빗돌갓치 잘낫서요 「저런가엽슨일 쏘여학생년이나 과부년의소위이지 저런 오라질망칙시런 게집년덜 그래서엇잿서」 할머니는 이째붓터노기가 등등하여서 청년올 쏘아보면서 말할째는 역시저도 분하엿다는듯이

「그런데 생일도 다-적엇겟지요. 六月二十五日 이라고 그런데 녀학생년이 돈이 몹씨업섯던지 어린애옷이 누덕이젓서요 아이참 말하자면 종로네거리에 거지옷보담못합듸다.

「파출소에알엿나?」

「그래 내가 즉시경찰서에 갓서요 그래순사도 와보앗 지요 그리고 조사해갓는데 오늘래일잡히겟지요 그놈년들」

「주인집에 아이는 멋치나잇서」

「유치원단이는 게집애 쏙하나인것을 알고는 우리 집에 보낸것인가 바요 하여간드러온 아히는 길너야 복이잇대요」

女學生이 한소위나 男學生이 한소위이거나 이것은 우리직접목도 한바가안이니 별문제로 치고라도 어머니그가 이子息을 내여버리게한 것은 과연 무엇인가 우리는 이것을 몬저생각하여볼것이요 이를 해부하지안어서는 안될 것이라고 생각한다.

이세상에 가장 참다운 사랑은 어머니의 사랑일 것이매 어린애의어머니는 이子息을 내여버림으로서 그가 마음편히잘쉬일안식처가 어듸멘가?

생활난에 쫏기여 하로에한째거리 어려운 그들에게는 또한 어머니로서 참아 견듸기어려운 짠사랑이生하게 한것이니 그는 한방울 나오지안는것으로 그를길느기보다 좀더 부유한가정의 짜뜻한 가마목에 누이여 길니으리라하는 어머님의애닯은심리! 그는 한째 두째굶어본 가정이 아니고는 참아 상상도하지못할 전율할사실이다 그러면 이어머니가 이子息을 웨? 부자집에 大門간에서 몃시간을 썰게하지 안어서는 안될원인의 그곳은 社會制度의 不合理로 生起인 罪이라고하야 그 누가 이를 반박하라!


**女子이닛까!**

十月 ×日


社의 急한 事務로 帝大病院으로 가는길이엇다 맛치B라는 同窓生이 나젓길네 「숫냇콜」로 질너가기로하여 우리는 서로 이야기에 열중하여가고 잇슬째 저-쪽으로 부터는 아래에 힌줄돌닌 ×明女學校 學生두 사람이 달여오다 말도못하면서뒤로 존짓만한다B와나는 무슨 영문인지도 모르고 압흐로 오는 두사람의 것헤가서서 말을 물으냐고 할째는 紳士한사람과 사각진모자쓴사람과쏘 한한사람 루바시까를입은로서아 청년비슷하게 차린사람 이러케세사람이 범잡는 포수처럼 쒸를 좃차달려온다 엽헤섯든B도 나도 무슨큰일이나난것인가하고 생각하엿스나 그들의 태도는 우리두사람을보매 다시태도를 일변하여 술에 반취한사람처럼 이리비틀 저리비틀 하고는 이쪽으로온다 그중에 루바시까입은 청년은 「여보소 당신에게 좀할말이잇소」

　두녀학생을 보고말하니 키적은 女學生은 키큰女學生보다 좀 용기를내면서.

　「웨! 말하시요」

　「그런데 당신들은 웨 사람을보고 달어나오 학교에서 공부나할게지 괜이 부량녀처럼 창경원구경을 단니다 남자를보고 달러나니 우리가 쏙당신들뒤를 일부러 싸른것갓수구려응?」

　그러나 쏘한 女學生들은다시 다러날려고 몸을 피할째 紳士服한 청년이.

　「여보! 나도 당신과 가튼 누이동생도잇고 한데 공부보다도 구경을 더조와할째는 좀 덜 조흔페가 만히 생기는데 내가 당신옵바 가되어 당신을 간수하면 엇덧소」

　그러자 그엽헤 섯든 四角帽子쓴남자도

　「여보게 그런 알부량자 계집년과무슨말인가 우리는 가세 응」

　이러케 女學生들의 소맷자락을 붓들면서 수작하는것이 피차라는듯

이 洞里근처사람이한 十餘名 모이게되엿다 이째에 金빗단추 다섯개
느러부친 ××專學生은

「우리는 저런女學生을 그저둘수업소 한번혼 좀내야지 공부하지 그
러치안으면 놀너만다니는 그런녀학생을 우리는 훈계하며 지도할 필
요를 늣겻슴으로 우리가 이사람들을 붓들고 추격한것이요」

광고 선전자처럼 손을 들고 말하는그에게 감동함인지사람들의입
에서는 쏘한 욕설이 나오기를 시작하엿다.

「그러기에 우리딸들은 자리워서 촌으로 시집보내야지 저러케 막내
여노코 자래우면 못서요덜되서」

「그럼요 장히 아는척이나 하지」

여기에對한 問題비판은 讀者여러분의 명석한 두뇌로 해부하여주리
라고 생각하지만 자긔들이 다리고놀여다 그욕심을다못채인 그마음
이 결국 순진한 녀학생들에게다 일반 家庭부인들에짜지.

「工夫식히는 것은 버린다 이러한 인식을 너어주는 그심리 나는 男
子이요 強者로다」 이것이 男子그들의 자칭마튼 명사요 「弱者요無知者」
그것이 女子의 명사로 부치여준 그들로 말미아마 이페해가 그들자신
에짜지 얼마나 미치는것을 좀더 생각하여줌이 엇덜는지?

가장 여기에 적절한 례를하나 들어본다면 이社會에 三分之二를占領
한 無產者?이들은 가정이란 世界를 이미버서나 남자그들과 한가지로
억개를마추어 일을한다고하시마 는男子들이 씨워준汚名 그것으로因
하야 賃金에도 얼마나 差를 두게 하엿는가? 필자가 이세상청년의 소
행이미웁다고이 말한다 는것보담도 이러한 행동이 자저짐으로써 지
금 겨우 움틀려고하는 純眞한그들에게는 나는 弱者다 쏘한 女子이니

짜」 이러한 까닭모를 자포자긔가 생하게됨으로써 자연 退陣曲을 부르는폐가 만흠에 쓰는 것이다 찿흐로 女性여러분은過渡期의 이러한 시험을 힘잇게 익여 우리압헤서 지도하고잇는 로-자 룩센부룩과 니푸쿠넷트와가튼 女性이 男子들의 머리우에서 얼마나 만흔活躍을 하엿스며 이들은 全無産者解放運動에 잇서서 얼마나 만히 鬪爭하엿스며 指導하고 잇섯다는것을 알무로써 男性그들이 만들어노흔 이러한 썩은道德을克服할힘을 養成함이 올치안을가!

●『삼천리』 3권11호, 1931.11.

# 漁村잇는동생에게
## ―비료회사에서노동하는동생에게

창옥아!

눈오고 바람찬 이겨울모진추위도 벌서차저왓구나 이곳이이러케 추울적에는 해안에달린 어촌이야 얼마나더-치웁겟느냐. 그러나 옷만코 밥잇는사람이야 모진바람부는 추운겨울도 무엇이무서우랴마는 우리가티 아무생산이업는 우리들에게는 마지막목숨을 앗기는것이나 무엇이다름이잇겟느냐. 산산히찌저진옷틈으로 부비고드러가는찬바람에 너의여윈살을 어여내는 그등에는 한섬에비료섬이 업혀잇는것과 쌀쌀한조밥덩어리를 쩔면서 깨무는그형상이 지금 평안히안저 이글쓰는 나의온몸둥이와 가슴한편을 콱쩔너주는듯하단다.

그러나 창옥아.

괴로움은 즐거움의씨라는말은 너에게두고하는소리라고밋고 너의생명이요 너의생산인 팔하나로써나마 이모진고통을 우스며익여나가거라. 그러면 압날에 월게관도 쏘한너의것이될것이니… 그러나 쏘세상은 이상하여서 벌면 벌사록 고생은 더하야오는것이라고 너는 벌서 늣기엿슬것이다. 그러타 우리가살고잇는이모-든 사회가돈잇는사람

은 점점 더-부하고 돈업는사람은 작고만몰락을당하고잇는것이 오늘
의현상이란다. 그럼으로써 돈업고 남에게부림을밧는우리에게는 절대
로 지식그것이필요한것이니 쨈쨈이 책을만히읽어야만하는것이다.

물론 이른아츰에 일하러나가면 저녁하눌에별이반짝일쌔라야만 돌
아오는너이니 무슨책볼사이가잇겟느냐마는 우리의선생님들로써 위
대한 사업을하신이들은 전부너와가티 고생하면서도 틈을어더 공부
하여나종에 큰사람이된이가만흠은 너도잘알 것이다. 그러니 너도 무
지를무서워하여 새로운지식을배움으로써 이사회에잇서서 실익실용
의직접위대한관게가잇는것을 알어야만 우리압헤지여진 사명을질수
가잇는것이다 쏘책을보는데는 선택하여보아야한다는 것이다.

사이잇는대로 김창환씨를방문하면 책을줄터이니 그책은 네가보기
에도쉬웁고 자미잇고 쏘너의처지에 알마즌 내용이실니여잇스니 중
학교강의록보는것보다 만흔실익이잇슬것이다. 자조차저가 시국에대
한 이야기도듯고 쏘모르는 글이잇스면 그곳에 가서물으면 잘알으켜
줄것이다. 그러면 너는이제부터라도 힘을내여노동하고 책을보아라.
나는 이것이 늘-부탁이다.

창옥아.

멧칠전신문지상에보니 어선세책이행방불명이되고 긔선하고 어선
이충돌되여 어선이파쇄되여서 사람이셋이나죽엇다는 긔사를보앗는
대아즉도 누구집배가그러케되엿는지알지못하야 몹시답답하구나 아
버지타신배는 혹무사한지를알지못하야 이러케황급히붓을드럿다 이
런소리만드르면 나는 작년에본 그참경이쏘눈에쩌오른다. 아버지외에
다섯사람이먼-바다에가서 명태한배를잡어실코드러오시다가 바로 물

싸에서한오간되는곳에드러올째에 그만 눈엣개비가쏘다지고 풍랑이
심하고하여서 할수업시 배를돌리다가 큰파도가드러와서 배가업허지
고말지아니햇니 그래그째아버지는 천행으로 배우에올라섯섯고 그다
음한사람은 배뒤에 매달렷스나 그다음 네사람은 그냥물에 써러저서
살려달라고소리를첫스나 배를가지고 구하러나가느사람까지죽겟고하
여서 그만못나가고 바줄을던지엿섯지. 그째에 배에달린 두사람은 겨
우붓들엇스나 네사람은 우리가번-히 서서보구잇스면서구하지못하엿
슴으로 그냥벌서무서운파도에 삼키여업서지는것을 보앗단다 그해에
도 그뿐아니라 다른배도 만히그러케참혹하게된것이 부지기수이며
아버지탄배가 한해겨울에 세번이나적지안케 이런참경을격것단다 그
러니 천리객지에잇는 이자식으로는 언제나 그생각이써올라 걱정이
되고마는구나 아못조록 눈오고바람부는날은 주인이내보내지말엇스
면 얼마나조켓느냐마는 배주인은 자긔리익을위하야 소나도야지처럼
사람의목숨을부릴려는 그생각을너도하여보면 그들의마음과 이세상
이얼마나 살기어렵다는것을 알것이다.

　아모쏘록 너는 아버지와가티 이러한무지로밧구는죽엄 선고를물니
치기위하야 이를이기며 나갈무긔를장만하여 무엇을알므로써 대하야
나가기를 바란다.

　내내 건강한가운데서일을하며 공부만히하고 부모님말슴잘들어주
기를 바란다. 멧칠후에 너부탁한 고무신과 양말을 보내줄것이니 안
심하고 잘잇거라.

一九三一年 十月 十六日　누이
창옥 보아라

●『어린이』, 1931.12.

# 봄과監獄女性

무거운듯이 무엇을내리고잇는 쇠창살틈으로 고요히빗처최여들어오는 햇볏은 브드랍게 나의 업드려 글읽는등 등을 오붓이 내리쏘여준다 각금 간드러운봄바람이 빗줏차 희미하게 물드려진내머리카락을 나폴나폴흔들어줄째는 꿈에 자애로운 어머님의손길이 내머리를 쓰다듬어 주는듯십어 더한칭 감옥에서 맛는 봄이 서러웁기 그지업다. 엽방에드러누은 동무도 이봄의 향긔로운 바람에 그마음이 괴롭고신산하엿는지 「아아!!」 하는 긴-한숨이 벽에으르렁! 울니여 그애처러움을 하소하는듯하나 쏘한 一號室 잡빔의감빙에시도 봄을 지주하는 녀수인들의 긴-한숨이 가늘게 귀를스친다

「복 복 쑥 쑥???」 하도송일 기심과가슴아리병에 시신하어진 동무는 답답하다는듯이 문을열고이야기 하자는 신호가 멋번들어오니 갓득이나 악박골뒷산에 나븨쎄처럼 나붓기는 사람들의 옷자락이 이봄바람에 고히 고히 란무하는 시적정경에더한칭 애상을 늣기는 나의게잇서서는 이신호가 더할수업는위안이엿다. 비즈시열리는 창문소리와 함께 C의목소래는 가늘게 쩔려나왓다.

　C 「애! 저산에저사람을보니? 저힌옷입은 사람을! 아이야! 어쩌면

날새가 요로케 따뜻하냐?! 이벽이라도 쑤들겨부시고 나가뛰여놀고십
구나 그러나!」

　락망에저진 그머리가 벽에 닷는 쿵소리가들리자

　R「애봐! 지금이 어느쌘줄아느냐? 四月! 四月이야! 밧게는 꼿구경에
취하여단이는 동무도 ……」

　처음에 기운내여 말하든 R동무도 어머니엽히몹시그리운듯이 그의
말소리는 썰니는중에 중단되여버리고말엇다. 나는 이동무들의 생각
이 이봄을당하야 이가티감상적으로 흘너감도 무리가 안이라고 생각
하엿다. 학생기분에 아무 의식도업시 그저붉은 ××를 뿌리면되는줄알
엇고 남에게 지지안케 소리놉히 ×××××를 부르면조흔줄알고 날쒸다
드러온 이로써는 당연한일이라고생각하엿다. 나도 웬간히센치멘탈에
게 헤게모니를전취당하엿슴은 각금이동무들의한숨장단에 나의한숨
도 연긔석겨나오는데서 한칭더늣겻다.

　「우리가 이곳에 드러온지도 임이 五·六개월이로구나! 우리가××당
에 ××의××에 갓처잇슬째 첫눈이오지안엇니? 그래서 ××고보삼학년학
생한사람이 눈오는 그밤에 밧게서 잠을자는걸우리는보고 간수와 싸
우지안엇니? 생각하니 벌서넷날갓구나! 그러나 이쯤이야 멀! 팔방에
간도×××사건에 들어온 Y동무 K동무 R동무 이사람들은 벌서 이곳에
서 세번 봄을 마지니 그들의 ××에서 세번맛는 그봄이야 얼마나 우리
보다 괴롭고 쓰리겟느냐?」

　C「그래 어적게 ××가 ××를가저다준것을보면정말그럿타드구나 그
래도 퍽들 씩씩하드라 간수와말하는걸보아도 장래에 뼤오닐을 양육
하드라도 조곰도 손색업겟서!」

그의말소리는 한썻탄복하엿다는듯이보곰 굿세게 흘너나왓다. 이와
가티봄의애상을노래하는 우리세동무는 언제나 쇠그물에다 머리를맛
대고 틈을엿보아 이야기를 게속하는것이엿다. 각금 붉은옷입은 죄인
들의쏭통을메고 그압흘지날째 애처럽게 소리나는게다소리에 낫도쎵
그려보앗고 발맛지안은 게다신은맵시에 허리굽혀웃기도 한두번이
안이엿다.

어느듯 저녁이다. 짜치쎼가 담밋 버들가지에 저녁우름을 처량히
울째면 우리가 제일기대하는 저녁밥 시간이다 동무의 마음의건강과
힘의 건강을 축하는시간이다 「쿵! 쿵!」 이것은 「밥남기지말고 다먹어
라. 그러고 힘잇게살어나가자!」하는 신호이니 제일즐겁고 쾌감이 흐
르는 시간이다 짜라서우리들에게잇서는이식사시간이 가장 유쾌한시
간이요동무의건강과 아울너 마음의건강을축복하는 거륵한시간이라
하여도 조흘것이다. 이러케지내는사이에 어느듯 봄도 깁펏다.


×


어느날 二○에잇는 H先生으로부터는 이러한 편지가왓다.

「동무! 잘잇섯는가? 봄요 엇째! 쾌?불쾌? 봄도 어지간이 짓헛스니
얼마나 어린마음에 괴롬을 늣기는가? 그러나 우리는 이러한 봄일긔
에 유혹당하여 거긔에서 인생의덧업슴을노래하여서는 안되는것을잘
알지? 후일의아름다운성과를 멧고저싸우든 우리는 언제든지 마음을
굿게 가저야하네 어느째 어쩌한장소에서 어쩌한물건에게 어쩌한 괴
롬을 당할지라도 그마음이 움직이지안을만한 단련을 이곳에서 바더

야하는것일세 그래서 이곳에서 우리동무들이영영세상에 발길을못돌
린동무들이 만일우리가 이와가티 봄을마즌그마음을세상에 헛된물건
에 팔려버린다면 우리는 차라리 아무소용업는사람일것이라고노할것
이요 오직 이곳에서 그마음을굿게단련식혀 후일우리전야에서 ××시
다 몬저나가드라도공부만히하고 동무만히사괴고 일만히하시요. 그러
고다시우리는죽엄을 긔대하는 ××의××긔밋헤서 맛납시다 그러면 주
의해요 이것을…」

그의편지는 나의약한심장을 콱찔럿다. 나는 그편지를 멧번이고 나
의볼에대고 감사함을 웨첫다. 나와 멧동무들은 맛치 꿈에서나 깨듯
이 새정신을말숙히 어덧다. 비록 철인(哲人)깐듸가 가지고잇는 랭정
한리지를 근본적으로 못가젓다고할지라도 가질려고 애를 만히썻섯
고 그러한 리지의 인간이될려고 무한히 애썻든것이다. 그후부터는
오히려 이감옥에서 봄을맛는것이한칭더! 그의미가 심각하고 새로왓
고 통쾌미가 아우성치며 나의마음에흐르는것이엿다. 우리 벽밋 수도
에서 쌀래하는 「소-지」와 백사장 고흔모래우에 오굴 오굴모여안저
하날찔르는 붉은벽을첫다고 눈물짓는옷쌔매는 부인들- 이들에게잇
서서는얼마나 이봄이 저주스러울것이냐? 사랑 하는 부모형제 어린
자식 남편 그들은 이곳을 일너 산지옥이라하드라마는 우리는 이곳이
단련소요 안식처요 휴식처인줄알고 지내엿스니……?


(一九三二年 日記中에서)

•『신여성』 6권4호, 1932.4.

# 病床의片想
## —北國漁村에서

　복잡한서울을떠나 고향에발을멈춘지도 벌서 두달이갓가워온다. 서울을떠날때에「한달가량— 잘정양하시오 그러면 쉬-쾌차하겟소이다!」극도로 여위여가는팔에다주사를질르면서 의사는 이러케말하엿다. 물논 나도「한달이 채되기전에 낫겟지! 아니 반듯이낫도록 노력을해볼테야!」이러케결심하고 서울을떠난것이다. 하나 정작와서보니 나의병은 예상한것과가티 여의하게되지못하엿다 더욱히 일즉이××에서 조곰고생할때에걸린胃病이 이번이肺炎까겹하야 일시는 스사로죽엄을 재촉하리만큼 심한고통을바더왓다.

　三一八度의高熱이 니의몸을음습히어올때면 외례히나는 기침-거기에는 언제나 붉은피ㅅ덩어리가 덩이덩이엉키여나오군하엿다. 그뿐말아니라 胃의고장으로말미암아 胃病은 말할수업시심하여지며 짜라서 神經痛까지겸하야 몸을 움즉이지못하리만큼 위독하여 가족들은밤에도잠을못자고 나의病을념려하엿다. 이러케되엿스니 무엇이든지 樂觀으로생각하다가 죽자! 病이중하여저가는째는 항상몽롱한 의식중에서 이러케 생각하엿다. 그러나 한편으로 이러케生을「アキラメ」하면서는

쏘한편으로는 「아무것도 해보지못하고-더욱히 내가실행하여보겟다
는일이 한두가지가아닌데 이제 죽어버리면어쩌나!」 이런원통한생각
과 분한마음이복밧처올나 병이심하여질때면 눈물과함께가슴을지르
는것이엿다.

「결코죽어서는안된다!」

나를간호하는 동생의말을드르면 잠만들면 이러한군소리를반복하
엿다고한다. 이러한결심이 나의病에어쩌한효과가잇섯든지는몰으지
만 나의病은 최근에확연히차도가잇서가는것이다. 그증거로는 소화가
잘되며 쏘한기침이덜나고 體溫計의水銀이三十六度내지三十七度를가
르킴이엿다. 그리고 실오리하나쯘을만한힘조차업든몸이 간신히나마
아츰에는 동생과함께東海岸널븐바다짜로散策도나가며 日光浴도해가
면서 漁村의아츰경치를 바라보고 大自然의위대한힘을 힘껏노래하며
찬양하기도한다. 그쑌아니라 새로히創作도쓰고십허지며 우연히조흔
「테-마」도 생각이나고하여 각금 原稿紙에 붓을쓰적어리기도한다.

물논 쉬지안코服藥은 게속한다. 평생에藥이라면 보기만하여도 진
저리치든내가 이번이病에는 아주藥먹는데는익숙한사람이되엿다. 그
러고누가 주사마젓다는소리만들어도 소름이쪽-끼치든나는 팔의血脈
이 파-라케질니도록 매일가티 Peetol注射를맛고잇다.

「내압흐로온 財産도 아무것도업는나! 그러나 몸하나만은 유일의貴
한 財産이다!」 이러케생각하면서 나는 쓰듸쓴湯藥도 쩌속싸지쌔르르
한注射도 눈딱깜고마저가면서잇다. 의사도 이제는섭양잘하면 완전히쾌차
할수잇다고한다. 역시 내자신도 이달안에 완전한사람이될줄로 확실히 미
더지는것이다. 나는 그쌔싸지 나의몸이 튼튼해지도록 온갖노력을集中해

야한다!

×

　이러케오래동안 病床에누어잇노라니 나의귀에는 들을소리 못들을소리 별별갓지안은풍설이다-들려오군한다.  그중에도 나의극도로예민하여진 신경을더-극도의극도로 홍분식히는것은 S某라는사람의행동이다.  그사람은 나에게대한 허무한惡宣傳을어쩌한出版會에서卑劣하게街頭演說이나하듯이 무엇을지절대엿다고한다.  나는 이러한쓸데업는생각은 고만두려하나 나는분을참지못하여생각하여보앗다.  나는 過去에잇서 그사람에게물논아무 감정바들행동을한일도업다.  坐한 말의主人公S某가 어쩌한人物이라는것은 겨우알고잇스나 어쩌게쪼락선이가생기엿는지도 물논모르는것이다.  다-만그人物이 푸로레타리아를云云하는사람이라는것은　쑤르新聞紙上을통하여아는것이다.  이러케사이가먼그가　어쩌한理由로써　나에게그러한卑劣한行動을한것인가?  이러케생각하니 나의疲勞한신경은 마비되리만 큼홍분되엿다.

　아모리 할일업기로 한사람의허무한이야기를쓰내여演說하도록 그사람은遊閑한가?　一時는푸로레타리아-트니　무엇이니쩌들든그사람!  사람이 타락될랴면그러케까지도타락되는것인가?  이러케나는생각해보앗다.  그리고 다시생각하엿다 이러한무리가더-만허진다하여도 나는 그들의생각과가티 쉬-쩌부러지지안으리라고….  나는 굿게돌진하련다. 아니죽을힘을다하야 나가야하겟다!고.  나는본래쑤르조아意識으로보면 결코高等學識은 가진사람이아니다 그리고 지금까지도하여온

나의行動이 지금도라보면 모-든것이說謬투성이다. 그러고 지금도쏘한 나의意識은분명치못하고 막연한점이만타. 그러나 나는過去에나지금에나 다만한가지강한一面을가지고잇다. 그것은언제든지 나의智識과經驗의不足을늣기면서 그것에대한 알고십고배우고십흔熱情과競爭心이라는것이다. 나는언제나 이러한決心을가지고잇는까닭에 지금까지적당한동무면 男女를불구하고 한동무로사괴엿다. 물논그때마다 나는소위戀愛관게와 동무관게를너무나 엄정히구별하여 동무의경게선을넘어본일은 한번도업다는것은 나를아는이들은말할것이다. 그리고 이는 지금생각하여도 심히 정당한行動이엇다는것을 말하고십다.

그럼에도불구하고 都市에말조와하는무리들은 그것을(男子와길거리에서 입만쎄어도) 惡宣傳의好材料로삼어가면서 온갓비열한 말을하고단이는것이다 나는 이러한무리들에게 이러케부탁하고십다. 한個人의事情에대하야쓸쎄업시 神經過敏이되지말고 한거름나아가 社會全體에대하야 좀더큰關心을가저보라고!

×

모진北風이 어즈러히모라불든 北國漁村에도 이젠완연히 봄빗이쩌돈다.

경쾌한봄바람은 엄도나 입피는 풀닙의香氣를전해주며 만경창파 큰물결에 고요히날쓴 漁船의배스노래도 한층더-한가로히들려온다.

봄이다! 쇳바람휘모라처드는 이쌍에도 인젠정말봄기분이완연하다. 나는아츰마다 밀려드는파도에발맛추며海岸을걸을째 봄맛난 외갈메기 두활개짝펴고  바다가에춤추는것을보고는  혼자서  자신에사모진 속살거림을이러케중얼거리엿다.

自然의봄! 그것은왓다. 그러고 이自然의봄에서 나는 그윽히人類의 봄을생각하고 새로운希望에웃는다. (끗)


(一九三二, 五月七日아츰六時 新昌海岸에서)


●『신여성』 6권6호, 1932.6.
●이 작품은 1933년 7월 『신여성』에서 송계월 사후 특집으로 마련한 <애도집>에 「유고」로 수록되어 있다.

# 婦人記者의 日記

## 九月二十日 (火)

아침하날은 무한히 맑고 놉핫다 새틋하고도 神秘스러운 바람이 옷
속에 살살감겨든다.

서리에부댓끼다못하여써러진 오동닙 두어개가 물항아릿속에 써러
젓다 아무렴 조락의가을이라드니 벌서 나무닙을 털어트리는구나!

아츰아홉시 社로향하여 써낫다 내다리는 무겁다 심장은 고동이자
젓다 머리는 장잼이에마진젓갓치 씽-하다 밤잠 못잔탓이겟지만은.

내가가지고잇는 직업 그것은 女性에게로 새로 開放된 生活이다. 職
業女性으로서의 女記者生活 이記者生活이라는것은 가튼직업生活이면
서도 女性의 工場生活 卽現代的機械압헤서半分은 기게가되여 로동하
고잇는 女工들의 生活과는 根本的으로 달른-徹頭徹尾 小썍루조아女性
의 生活이다. 그럼으로 이生活은 巨大한 集團의 흐름(流)가운데서 굿
세게 살어가는 要素가업고 늘- 個人的으로 浮動되는 生活이다.

나는그러한 生活을 하고잇는탓에 조고마한 데마나 곤란압헤도 굿
세게 익여나가지못하고 신경과민으로 울기만한다 결국 나의건강만

해하고만다. 나는 좀더 굿세게 세상일을 극복해나가야한다. -좀더 굿
세게 살어나가기위하야는 나의소쌀루조아的生活을 곳처야하겟다 이
職業을 能히가지고 잇스면서도 얼마든지 나의 小쌀루적 행동을맑게
淸算해갈수잇다고 생각키우는것이 잇기째문이다.

　나는지금썻 멧개의소설을 내노앗스나 대개는 발표못되엿고 그중
겨우하나만은 발표되엿다. 그러나 이것모도가 남에게 보일만한 作品
은 한개도 업섯다 그러나 락망치안코 이文學方面에서 오래취미부칠
려고 노력한다. 그러나 이文學을 연구하고발전식히랴면 個人的行動으
로서 온갖것을 써나가는것보다도 힘잇는데까지 어쩌한 크룹의한 멤
버-로써 조직을통하야 연구하며 창작하는데서 비로서 참된 창작을
쓸수도 잇슬것갓다. 나는 일간에와서는 이것을 제일 늣기고잇다. 어
쩐그룹에참가함으로서 소쌀루의根性을 조곰이라도 淸算할수가 잇슬
것갓다.

　어느듯 社에도착되엿다. 出勤時間에서 한시간 삼십분이나 느젓다.
車 蔡 白 李 金 申 崔 其他다른 社員들은 다드러와서 原稿整理에 분주
하다.

　李先生은 如前 머리를붓들고 아름소리치신다 나혼자알키보다 알는
동무가잇스니 그래도 길가다 동무맛난것가태서 위안이된다. 오후네
시에 社를나왓다.

## 九月二十三日 （金）

이날도 하늘은 무한히 맑엇다. 점심째 나는××日報 ×申日報두곳을 방문하엿다. C氏에게 原稿부탁하는이외에 오래간만에 氏들의 얼골이 보고십헛다. ××××社 응접실에서맛난 우리둘사이의 이야기는 퍽기럿다. C氏는 극히 말하기를 주저하는빗을 보이면서 나에게 한마듸 물을 말이 잇다는것이엿다.

하도안달아 재촉하는데서 들여진이야기 그는너무도 나를놀내게하엿다. 卑劣하고 흉악무비한 데마! 나는 격분을참을수업섯다 내전신의 핏줄은 푸득푸득 떨엿다. 안면근육의 여윈쌤볼등을 부르르쩰게하엿다 분함을참지못하는눈물은 비오듯하엿다 물론 이러한나에게對한 데마꼬기를 이C氏에게서만 들은것이아니다. 仁寺洞R동무를 차젓슬째도 그러한 同一한 말이나왓다. 그동무는 일일이 이야기하며 데마를 날니고단이는者　即計劃的으로 말을꿈여대는 「놈」이 누구라는것까지 말하여주엇다.

C氏와 나는갈너젓다 나는더머물너 이야기하고십지안엇다 나의다리는 한충더-무거워진다 나는 전차에몸을실엇다.

데마! 데마에도 너무도 간악하고 卑劣한데마이다. 너무도 非人間的 행동이다 너무도 女性이라고 한손넘겨본 작란이다 그러나 나는 나를 注目하여본다! 나의將來를내디본다.

「비록 病魔의 難관에 처하야 시들어가고잇스나 내意志 내意識은 꼿꼿이 正義를爲하야 싸우고 잇짜고!」 (四十行略)

## 九月三十日 (金)

午前中에 멧멧女學校를 단여왓다. 그러고 午後二時까지 訪問記事를
整理하여노앗다. 午前에 그리조튼天氣는 午後가되여서는 갑작히 변해
젓다. 지금까지 해낫든 하날이 갑작이 우박으로 변하여 퍼붓기시작
햇다. 새양철집웅의요란한소리! 유리창문이 깨여저 내려안는소리! 통
쾌하기짝이업는 장면이엿다 내몸은 옷삭옷삭 가을풀처럼 뼈속에말
니여드나 내마음은 몹시 커지고 살쩌가는듯하엿다.

「아이구 오래갓만에 풍년이 이놈의 우박으로 쏘녹아내리겟군!」

여러분들의 걱정스러운눈초리와 근심하는 양도아무것도들니지안
엇다

나는 엇쨋든 주먹만한 우박이라도 내려서 어느집이구 탁 부서노앗
스면 속마음 짝짝 버러질것갓탯다.

天氣의變化와함께 熱이쏘올으는것이엿다 다리가쩔리고 턱이 덜덜
쩔리고 얼골이파래젓다 더안즐수가업섯다. 갓가운 任明宰氏內科에 차
저갓다. 진찰이 끚난뒤-「쏘 륵막이 납부오 륵막관게로 외인편억개
와 가슴이며 엽구리가결니는것이요..」 신경통으로만알엇다 엽구리결
니는것도 熱오르는것도 亦是 그놈의 작란으로알엇다.

그러나 이제 이러한 진단을밧고잇는나는 녯날갓치 病에對한 공포도
증오도 온대간대업시 움즉이지안는다. 나는 이만츰病에단련된것이다

下宿에돌아왓스나 쓸쓸하기짝이업다 마당가운데 노인 뱃추단이 픽
쓸쓸해보인다. 電氣가드러왓다 나는 그대로 자리에쓰러젓다

●『신동아』, 1932.11.

# 제3장
# 수 필

# 우리가을은내일아츰에!!

가을 가을 가을!

놉-다-라케 말쑥하게 개인하날.

넓고 넓은 들판에 머리숙인 누-러케익은곡식이삭.

힌물새 오락가락춤추는 앙개바다.

그바다에 힘잇게노저어나가는 一葉片舟.

뒷산에 노곤-히느러진 푸른松林.

부자ㅅ집 庭園을 곱게물드린 붉은단풍빗.

아-나는 지금 이러케 가을을생각하고 눈에그리고잇다. 아츰햇빗에 검푸르게빗나는 잠못깨인 靑年의푸로필. 누러케 우물진 눈동자의 월급날을기대리는 고무工場의마님들.

그리하야 가을이온줄도 모르고 쌈과 추위에잠겨일하는 로동자 농민!

아스팔트우를 샤리치고 달어나는 自動車.

驛前入口에느러선 金剛山探勝客들.

우리사는 세상! 이-가을을당하여서도 아즉도 이러케가튼 사람으로써 틀닌생활을 하고잇구나!

그러나 나는 지금에 눈에보고잇스니 저-멀리 섬나라에서 붉어오르
는 햇님의쑤리를 쥐고 칼날을돌니는 장쾌한 싸움소리와 노래소리를

한숨쉬며 나무밋헤
쓰러진다 ××군
가슴에서 흐르는피
푸른불을 붉게해.


무주공산 가마귀야
시체보고 웃지마라
몸은비록 죽엇스나마-
××정신사럿다.


이러한 새벽노래가 지금나의귀를 요란케 한다. 그리하야 自暴自棄
에서 生을咀呪하고 工場모퉁이에 배곱하을든우리는 타오르는 햇발에
서 열과피에쥐여진손을합하야 그들잇는곳으로 가서합하리라. 그리하
야 우리들은 우리의해방을노래하며 새가을 말쑥한새空氣를마시리니
이가을에서 내일의우리살든터를 곳치기위하야푸로레타리아여 힘을
합하라─.


●『신여성』 5권9호, 1931.10.

# 北靑의 點描

　열다섯살에 故鄕을 써나서 이래 五個星霜을 複雜한 서울에서 지내게된 탓인지 얼엿슬째 손목잡고 노든동무들과 여름이면 목욕감든 그 바다나 쏫썩쓰러 단이던 뒷동산이 늘 그리웁다. 실로가장 꿈이만튼 그째에 이러케 天眞爛漫하게 열다섯해동안이나 쮜고놀든 그곳이 언제나 그리움을 늣기게된다. 이것을 말하여 소위 愛鄕心이라고나 적어서두면 마음이나 편할넌지…….

　내故鄕! 그는 咸南北靑郡新昌里라 하는 한 漁村이니 京元線汽車로 北으로 北으로 이러케 열여섯時間을 가는곳이나 海로나 陸地로나 交通이 貫通되어 便利한 점은 만타. 바로 千餘戶의 村을 둘너 압후로는 東海바다가 한편에 노여잇고 바로 엽흐로는 南大川이라는 江이 보기 좃케흘너잇쓰며 뒤로는 連峰山과 人峰이라는 山이 矗立하여잇씀으로 景致로도 퍽-조흔 곳이다. 이곳에 바로 한三哩쯤나가면 俗厚라는 곳이잇쓰니 이곳에는 녜로부터 有名한 모래山이라는 山이 東海바다를 한편에 끼고 구름갓치서고잇다 이모래山으로 말하면 녯날 장수들이 싸움싸우든 곳이라하는대 한장군이 싸움싸우다 그만칼에마저 죽게되엿쓸째 그의하는말이 『네가 만일죽거던 나의묘를 이모래山에 정하여다오! 그리하야 내가 우리朝鮮을 위하야 다시 살어나게 되는 표시는 이모래山이 점점놉하갈것이니 그리알라?』하고 죽엇다고 하는대 그洞里 사람들의 말을 들어서는 아마점점 山이 놉하간다는 이야기도 잇다. 그다음 자랑할 만한 곳이 만흘것이다 歷史를 十餘年을 배운나로써 내故鄕의 일름난곳이만흠에도불구하고 모를것은 누구든지 認定하여 줄줄알며 다시 漁村이야기로 넘어가기로 한다.

東海바다의 産物은 明太, 대구, 가재미, 준치, 미역, 생취, 조개, 거이, 새우, 정어리, 民魚, 칼치, 호이, 소이 等等의 여러 가지 물고기가 나는곳이다. 卽 이漁村人民들은 이 물고기 가 어머니요 生命이다 그리하야 順眞과 順眞그것만으로 뭉치어진것이 이漁民들의 속깁히든 마음이엿쓰며 自己이상의 무서운것을 몰으는것이 보통 사람들의 人心이 되엿다. 그리하야 오-직 白沙場 너른벌판우에는 집신짝과 헌-고무신의 자국만으로 고흔 모래를 밟게되엿든것이다. 그러나 極速度로 變遷하는 이社會制度가 흐리여놋는물은 이 조고마한 窮僻한 漁村에까지 흐려노앗쓰니 집신짝 밟은 白沙場우에는 「게다」의두이(二)字 그은 자리와 철신작의 구두자리가 雜踏하게된 한편에는 쓰한 洋鐵집웅과 그압헤는 鰮肥工場 ×××太郎支店이니 대구工場 괴工場 이러한 새로운 風景이 느러가게 되엿다. 그리하야 어기엿차 노저어하며 푸른파도를 밀며 드러오는 그들의 뱃마중은 검은 黑影이 그들을대하며 餘地업시 배칸을 휘둘르니 이들은 쯧도 생각도 하지안튼 새로운 공포와우울을 늣기게되는동시에 어린妻子에 배곱픔과밋 어린子息들의 밥달라고 우는소리가 놉하가게 되엿쓰니 이漁夫들이 한숨소리는 밀니여드러오는 파도소리에 그저 征服되고마는 이工場을 물니치울 힘과精神은 아직도 이漁民들에게 오지안은것이니 장차에 닥처오는 이氣勢를 무엇으로 막을것인지…… 그러나 내가 특별이여기에 잇서 一千萬女性 동무들에게 자랑삼아 紹介들일 것이잇쓰니 咸鏡南北道女性으로는 가장 자랑하지안이하여서는안될經濟的獨立 그것이다. 讀者여러분이 생각하기에는 혹이말에대하여 거짓말(!)하고 입을삣죽할이도 업지못해잇쓸것이다마는첫재로 이婦人들의 머리는 깨끗하게 淸算하여 오히려 온宇宙라도 혼자征服하리라는 이러한 偉大한 抱負를 가젓다는것을 말하여두려한다. 더욱이것을 具體的으로 들어 이야기 할것은 어린애 네다섯 더만허일곱 여덜둔부인들이 집안일다—보아가면서 구루마끗코 다리를넙적다리까지옷을것고팔은 소매업는 洋服모양으로 것고 머리에는 머리수건쓰고는 온市街를함박이고구루마끗고 단니는것은 아마 이곳이 아니고는 보지도 듯지도 못할形象일것이다.

더욱이 中産階級以上의 婦人들 일지라도 이러케 로동하는것을 神聖히알어 한집에서 두세며누리가 나아가 서는 해가 저무러 드러올쌔면 한사람압헤 一圓 一圓五十錢가량의 수입으로 질니게된다. 이러케 이곳은 부자 싸움이란 階級的差別이 업슴은 이婦人들의 勞動으로보아 足히 알수가잇다. 그다음 장이라고하면 다른곳은 대개 나흘에 한번이 잇고 사흘에 한번잇는대 이곳은 한달이면 서른번! 이러케 날마다 이러케 하로에 한번식쪽쪽 장이잇다. 그런데 장이라면 서울이나 三南地方갓흔곳은 男子가 나가 장을 보는대 이곳은 男子가 나가 장을본다던지하면 그男子는 졸장부라하며 곳 흉을 보리만큼되여잇는 곳이무로 장이라면 전부 女子들이 모이여 쌀장사 나무장사 나물장사 이러케 엇더한장사를 물론하고 전부 女子들이 모이여팔고 사고 하는대 엇던

婦人들은 한번에 三十哩가량 도보로 거러야만 장 보라오는대도 불구하고 게란(鷄卵) 한개나 두개 이러케 가지고와서는 五錢이나 六錢을 바더가지고 가서는 이것을 모아 공부간 남편의 勞資를 다하는 女子가 태반이다.

그다음 엇던 婦人은 子息工夫식히기 위하야 쏘한 먹을것못먹고입을것 못입고 여름이나 겨을이나 이러한 무수한 고생을 하여나가 조흔 인물만히 내는例가 여간만흔것이 아님니다. 하여간 어느점으로보든지 勤實하고 活潑하고 마음구든 女子는 咸鏡道女子라고 하여두어도 누가 좀認할이 업스리만큼 모-든점으로 進步되고잇다는것으로 씃을 맺는다.

●『삼천리』 3권12호, 1931.12.

# 가고십흔곳

　내가 가고십흔곳은 일즉이 詩人의 붓대를 멈처두게못하든 저-멀리 베니쓰도 안이오 나포리도 안입니다. 그러면 갓가히 世界의 公園이라고 일으는 金剛山일가요? 그것도 아님니다 내가 가고십흔곳은 쪽 한 곳쑨인얘요 그것은 나를 지금까지곱게 길너준 내故鄕-北靑이람니다.

× ×

　보고십흔사람도 만흡니다 그러나 누구보담도 第一먼저 보고십흔사람은 世上에 두분도업는 나의어머님이람니다.

●『삼천리』 4권3호, 1932.3.

# 봄과 치위

———탕! 쑤쌍! 쑤쌍! 애구이놈아 네짝총보다 내짝총이 더소리가
크다! 한번더- 드러보아 으흐 하하하.

겨우 꿈나라에서 해탈을당하여 눈을부비고안진나의고막을 흥분식
히든것은 이짝총소리엿다.

쌍! 쌍! 쌍! 맛치북만주한벌판에 외로운길을 쩌낫다가마적에게 위
협을밧는 늣김이새로히머리한구통을점령하여 가슴을두군거리게한다 쑤
쌍쌍! 하고 쏘두번째들닐제는 일중교전이 한참백열화한사이에금주성
돌담우에안저 머리우에서 화약이터지는듯한늣심노 금시에꼿처서 온
몸을에워싸고돈다. 나는 어섬푸레-쏘다시 쌍! 소리를들엇다.

「일중군병이 내머리맛헤서 교전을하나?」

「지금 꿈인가 생시인가?」

나는첫재로 내가현실에서 이쌍! 소리를 듯고안젓는지 꿈에서이런
봉변을당하는지 분간할수업섯다. 사실그럿타면…? 하고일어서서 전
등불을켯다. 사방이 죽은듯이고요하다 아즉도 푸른새벽의검푸레-한
습기가 나를삼킬듯이싸고돈다. 나는썰리는 다리를억지로 가다듬으면
서 마루아래에내려서서 중문을열엇다———화약냄새가 코를 찔은다———

—비린피냄새와도 가튼 그리고금시콸콸흐르는핏소리와함께 나는듯
하엿다.

「이놈아 그래 네짝총보다 내짝총이 더-잘소리가나지안느냐?」

핏냄새나고 화약냄새가 분명히나의코를찌르릉하게 찔너준것가튼
데— 쏙찔너주기는한것가튼데—— 나는말을되푸리하면서 구두밋헤
노앗던 석냥불을켯다 그러고 그쪽으로발꼿을돌리엿다. 무슨사람의
그림자가약간얼른거린다 그러자 바로 내발 밋헤서 짱——하고울리는
소리가낫다 나는 갓득히나 예민하여진머리를 달리돌려볼사이도업시
이짱소리와함께 「으하하하 누나!」 하는 우슴소리까지 희미한녯꿈에
서 드럿든가 말엇든가하게 거이혼돈상태에 이르럿다. 조곰후에 나의
몸이 마루우에힘업시 걸터안짐을쎄달앗다 밥짓는 어멈도 어린애들
도 나를 손짓손짓하고 깔깔깔우서댄다. 나는 어쩐영문을 도모지몰랏
다 그쌔에 영숙이의손에 네모진붉은조히에 가지가톡쎄여진 쌈안알
이백인것이눈에쓰이고 약간붉으스레한 똥그란알을손에들고 「쏘—
— 짝총사홈해볼가!」 하는 영숙이에게서 비로소 오늘아침의 연극을
쌔닷고 나의어리석음을 쌔다른셈이다 실로 그짝총과알은 내가지갑
에든 돈전부를쓰내여 압집가게에서 사정사정하여사준것이다. 나는
서늘-하여젓든 간장을녹이기위하야 나오지안는우슴을 한바탕우섯
다. 그러고 날씨가쌋뜻하여짐을 쏘한쎄달엇다 실로 봄날아침이아니
고는 보지도 상상하지도 못할일이다.


×　×

이번겨울은 겨울답게 추워보지도못하고 그대로立春을마젓다. 짜라
서 우리들의눈압혜는 확연히 이새해의 봄소식의첫편지를 짜뜻한일
기로써마젓다. 겨울내 밧갓바람에 푸르락 붉으락자주빗으로 얼이보
앗든사람들의 얼골빗도 차차로 그색이변하야 도화색으로 변하여짐
을볼수잇다.

「이제는 정말봄이오는가보다! 저나무가지가 저러케 물살이통통불
어올낫슬제는…」 한대의 푸른버두나무를 눈앞헤그리고 무한히 봄날
의새맛을갓췃다고 깁버하엿다.

아닌게아니라 겨울에——찬바람에시달니우든세게도 이제는봄이오
는구나 나는自信에넘치는마음으로 이러케창문에긔대여 속살거려보
앗다.

그리하야 얼마아니잇서 마른나무에潤氣가돌고—— 엄이도다——
드듸여 늠늠한푸른닙이 피여날 그날을 상상해보앗다. 그리고나는거
기에서 확연히 닥처오는「봄, 향긔를맛보앗다'

그러나 아! 너무나意外가아니냐! 어제저녁짜지 불기시작한暴風! 오
늘도 종일토록씃씃내 이바람이 자지를 아니하니! 오오! 앙상한¡무기
지는 다시生氣를일엇고 온세상모-든사람은 다시전당포에들어간 외
투를원망하지안느냐?

세상사람들이부르는 랏쉬 아와! 살이리썰-로의 한사람으로서의나
나는간신히 페이부멘트우에얼어오는발을쩨이며 생각한다—— 二三日
전짜지라도 짜뜻하든日氣가 그리고정녕히 봄이오리라고미덧든것이
아무리갑작이 변하기쉬운日氣라도 그러케야 변하는것인가? 이춥고험
악한 이째-만리 여행을쩌난사람이잇서 그사람역시 짜뜻한이날에 日

氣만밋고 防寒具에對한準備가 업시쩌낫다면 이무서운추위에 그사람
은 너무도惻慌햇슬 것이다. 그럿타! (나는다시공상을게속한다!) 세상
이란것은 무엇이나 다-그런것이다 一時, 그것이平和스럽은 氣味를일
너준다고하여서 決코 그것은永久的의것도아니고 언제나 그表面 平和
裏面에는 무섭고險惡한暴風과가튼것이 內包되여잇는 것이다 一時의
安定期! 그압헤는 언제나險惡한現實이 기다리고잇는것이다. 그럼으로
우리들에게 필요한것은 적히 安定期를 通過하고잇는쌔라도 우리들의
압헤는 언제나 困難과危險의過程이잇다는것은 恒常念頭에 색여두며
거기에對하야 모-든準備를하면서行動을해야 하는것이다.

　나는 이러케 생각하면서 두루마기 안자락에돌돌 숨여드는 칼바람
을 옷섭으로막으면서 집에도라왓다 오늘의 나의가슴에는 확연이어
쩌한 새힘의 결심이 나를 정복하엿다——.

• 『혜성』 2권3호, 1932.3.

# 北國의동무

一九三〇年도 그해의 날거빠진幕을 닷처버리는 섯달금음날이엿다 함바꽃 힌눈이 소리업시 펑펑내려붓는 밤이엿다 서울을떠나는 貴한 동무 KT君을 餞送하고저 풀랫폼에서 나리는 눈에취하여 서잇섯다

憧憬의北國! 눈만흔나라! 그나라를 向하여 떠나는KT와나는 눈송이를 손바닥으로 바드면서 눈오는나라 북족의이야기에 꽃이피엿다

「K야! 나도갓스면 너와함께동무하여 나도갓스면! 죽더라도 갓치죽고!」

나의눈앞에는 未知의그나라! 위대한그나라의光景이 廻轉빠른 필름같이 도라가는것이엿다 KT의 그찰란한 거름에 나는얼마나 부러워하엿는가?

「오! S! 부대 말만흔곳에서 몸조심해라」

이러한 대화를 주고 박굴때 會寧行준비하라는 소리가 우리두사람 가슴에 방망이를첫다 게단을 시름없이 것든 나의등을 어루만지며 KT는 부르지젓다

「S야! 나의이거름을 힘것축하하여다오 나의 이앞길에 걸니는것이 업도록 빌어다오! 빌어다오」

그의눈에는 진주알같은 눈물이 서름에북밧처서 쉴새없이 똑똑 떠러지는 것이엿다

그리자 會寧行列車는 出發의警笛과함께흔들니기 시작하엿다 급히 車간에올은KT를실은채 汽車는 北으로 北으로 레-루를 돌리기시작하엿다 汽車의 뒤ㅅ꼬리와함께 KT의핸커치푸는 고요히 내려퍼붓는눈속에 사라저버리려는때에야 나는 몸을 겨우돌이켯다

그때가 벌서 二年前이다

창박게힌눈으로 은세게를 지을때 고요한 서울한끗을 밥부게 다름질치는 요란한기차가 레-루를 굴너가는소리가 들니는밤은 그의 뒷일을 생각하는 회포 더욱 간절히 가슴에 서린다

마음이 너그럽고 온후하고 듬직한 KT 오! 사랑하는 동무! KT! 트로이카타고 험한산골작이에 눈길을햇치다 파수병에게나 붓잡히지 안엇나?

페치카 둘너싸고 사모발의 물끌는소리를 들어가면서 이나라의×장한 이야기에 긴장된 너의 꽃다운자태가 뵈는듯 하구나!

●『신동아』, 1932.12.

# 眞正한새해 새날은오리니!

한녯날의내고향의설날정경

한녯날내고향 새해마지는 이러하엿습니다——

컴컴한어둠을햇치고 수평선한줄기물결우에 새해새날의행복을상중하는 햇님이 우숨우스며쩌오르니 바다는 금가루뿌린바다갓치 영롱한빗을내며넘놀아어린마음을 몹씨 어즈럽게하엿습니다

힌돗단배는 금빗태양의찰란한빗을바더 힘잇게게안으로 행진을게속하며

「어기엿차! 어기엿차!」의평화와 행복을노래하는-뱃노래는마을에버너신싸노소리와 어울터시일대교향릭이시긱되는 것이엿습니다 이마을의 새해는 이러한 자연의 주악되여서 새해의 첫막이열엿다고생각합니다

사공의짤 順이나 地主의 짤 金玉이나 쑥갓흔 뭇초냉기드리고 양니사치마에 분홍주완단저고리를입어 시기 질투 암투는이들에게서는 차즐수업시 생활은 평탄햇습니다

그래서 이어촌은 마을처녀들의 박아지장단과가티 마을풍경은 아

름다웟고 안옥한살님사리는 깨질줄모르고 계속되엿습니다

　말하자면 퍽은 아름다운 정경이엿지요!


## 그후에자저든 새해마지는?


　백만년살고살어도 그래도 변함이업스리라든 새해마짓날!

　귀엽고아담한풍경은 이즈러지고헐벗기우고 고요히 살님을게속하든마을은 물끌는가맛속갓치뒤집혀서 소동소동하는 수라장으로변하엿갓습니다 달박아지장단에새해마지행복을노래하든 시악씨들의 생활에는 그만변동생기여지니 아름다운 노래갓치맑고 청청하든마을공기는 천길만길파노은쌍속갓치 흐려가는것이엿습니다

　그의멧가지현상은──!

　명문가집의손녀가인륙시장에 팔려가서「노예여! 해방의눈을쓰자!」는슬로캉을부르짓고비라를뿌려 경찰에피검되엿다는것이며 제사공장간쌸이 스트라익을이르켜쏘겨와서 마을을놀내인것이며 방에갓치여서 함부로밧갓출입못하든 처녀들이 정어리공장에서 임금인상투쟁에 새해의맛은 씀직이변한현상입니다

　그럿습니다 이들은 이러케 직접으로생활전선에서 싸우지안코는 먹을수업섯든것입니다 녯날갓치 고기잡이만으로는 도모지유지해갈수업서서 혹은 귀여운쌸자식을 인륙시장으로 제사공장으로 정어리냄새코찌르는곳으로 눈물지으면서내보낸것입니다 아마 이새로운 우연치안은현상이 물론여기에싸라 압흐로만흔 형태를지을것을우리는

잘알고잇습니다

(이하四행略)

진정한 새해 새날을 기대리는마음이여!

●『매일신보』, 1933.1.7.

# 淸凉里停車場에사라진少年

　나를태운남행렬차는 흰눈을담북듸리켜서검푸르게 느물거리는북국의동해연안을　엽헤끼고　봄향긔자욱하리라는　서울을향하야　남으로남으로　부즈런히다름질친다.

　열다섯살에　나어린나는　장차전개될서울첫번맛보게되는　서울유학!모도다나에게잇서서는　위대한희망이요　큰포부그것뿐이엿다.

　서울학교(굉장이큰건물)　서울선생(괜이동경되엿다)　서울녀학생((웨그리상냥하고 미덤직스러웟는지) 이모-든 희망이 나와오래오래 동행하리라 생각하니나의 마음은 연긔갓치가벼워지는것이엿다. 나의좁듸좁은시야에는 이러한무수한공상이 연두빗 우단필처럼 파-랏케빗낫든 것이다.

×

　차창에 머리박고 이궁리에싸엿든나는 유리창문에 「화!」하고김을쑴고 「서울!」 「언니!」 「전차!」 이러케 글자를써보앗다. 차차 글자가잘보이지안엇다.

어느듯 차창에는 저녁의붉은놀의 세차게반사되여 나의붉은얼골을 더욱붉히는 것이다.

「어듸로가오?처네」

달박아지엽헤씨고 올으는여편네가 나에게말을건닌다.

「서울가요!」

나는 이기양양하야대답하엿다.

「서울누구잇소?」

「서울시 잇슴(언니잇소)」

그는그저고개만쯔덕이엿다. 이시간이얼마나흘너갓는지 차창이 쌈아케물드려오면서전긔가 「획」 하고들어왔다. 내눈이다시박글내다보앗슬째는 쏜살갓치달어나든 마을도 밧갓풍경은 밤의짓흔황혼이 마시여버린뒤엿다. 차가 몹시흔들리면서한정거장에다엇다. 「어딘고?」 압헤안진부인의 혼자말에 나는 장명등에 어스름히빗최이는 「前津」이란글자를 발견하고 「벌서 전진이구나!」 나는 다시차창에 머리박고 공상의날개에안젓슬째

「여긔혼자안젓소?」 그건분명히 나에대고하는말이엿다. 그러고그음성은 남자의음성이엿다. 나는직선적으로

「네!」 하고대답하엿다가

「난압허서 누어야하겟소!」

나는거이불쾌한어조로톡쏘고는 두루매기를걱구로뒤집어 머리까지 쓰고는 드러누우워버리엿다.

×

얼마나잣든지  퉁퉁부어올은눈을부비면서  이러나서한칸건너칸을 바라보앗슬째 거긔에는 분명이함쎄안끼를청하든 남자가 이러나는나를힐끗처다보고 다시책을 읽는것이엿다. (그가신은구두를보고 그남자인줄알았다)

포도알갓치쌈앗코 옴푹한-영채돌돌도는그눈! 꼭담은-무게잇는입! 선명한륜곽! 이 두사람틈에끼워안저 책읽는것을볼째 미안한한편 불상하게도생각되면서 「끼워서 어쩌케책읽을가!」「얼마나눕고십흘까!」 나는 동정에갓가운눈초리로 그를보앗다. 그러다가 「남자가아니엿드라면!」 남자가이니엿드라면! 외롭고쓸쓸한 려객인 그를 두손으로영접하엿슬것이다. 그러나 그는불행이남자엿다. 남자옷을입은…….

나는 이러한 생각에 잠겻다가 다시 잠이들기시작하엿다.

×

청량리! 소리에 나의눈이번적써지면서 자연적으로 그남자에게시선이돌려젓다. 그남자는 조용조용이내릴준비를하는것이엿다.

「괜이…… 저러케안존하고 순한-착실한놈인줄알엇스면」 나는 그와나의년령히 비등함을 생각하면서 이러케아니웻칠수가업섯다. 차가 정거되면서 기여코 그남자는내리엿든것이다.

근늬년이란 길고긴──세월이임이흘으고잇것만 그째그날청량리정거장에서 내리든그남자의뒷모양은 아직도잇처지지안는다. 아마영원히 내머리에 살고잇슬넌지몰을것이다.

●『제일선』 3권2호, 1933.2.

# 難破船

눈퍼붓든 어느겨울날의 추억이다!

폭풍우가 진동치고 한박눈이 펑펑 퍼붓는 북국의쓸쓸한밤이엿다.

문풍지가 탕탕울고 파도소리놉하가니 사람들은 이불속에서 소스라처 일어안젓다.

「허허! 이날이 또사람잡으려는군!」

경험만은 동릿노인은 킹킹잔깃침과함께 중얼거렷다.

「또 망하게하는구나! 이놈의배깨여지지나 안켓는지!」

이짓은 배주인의 걱정이엿다.

「다행히 배가 포구에서 풍랑을맛낫드라면 아무일업슬터인대 어쩌거나 지금 이찌게되엿슬께! 그러니 염려업디 우리는 가난한죄밧게!」

파도의신음소리가 크면 커질사록 아버지 어머니옵바 아들 일가친척들이 탄배의거처를 생각하는이들은 장차 압흐로전개될 무서운현실을 부정하여버릴랴고 애를쓰는것이엿다.

이불안을 안은채 창문이 검푸르게밝어왓다 바람만은자잣는지 문풍지가 울지안엇다.

「배업허젓다!」

사람들이 다름질치며 외ㅅ치는소리가 들녀왔다.

이러한 불안과는 인연이 먼듯이 단잠자고난내귀에도 어쩌한 무엇을 예상식히는것이잇섯다 나도모르는사이에 옷을두틈이 거더입고 눈펴붓는 길가에나섯다.

울고지나가는녀인! 아버지하고불느며 뒤ㅅ짜르는어린게집애 가슴을치며 애통하면서 업허젓다 이러나 다름질치는 로파! 이들은 맛치 쏜살가티 헐쩍이면서 다름질처가는것이엿다.

아지못하는사이에 나도 부두에와서 발이멈추어젓다 눈발은 엽사람조차 잘보이지안케 썩가루가티 내리펴붓는것이엿다.

「웨들우니?」

나는 설게 설게울고섯는 나만한 게집애를 처다보면서 물엇다 그러나 그는 여전히 바다만 바라보고 눈물흘니는것이엿다.

나도 바다를 바라보앗다.

×

아! 그바다에는 여섯사람의선원과 금시 배가 업허질려는순간에잇지안엇는가? 팔간밧게안되는 그사이를두고도 사람들은 구조선을 못내보낸채 가슴만쥐여뜻고잇섯다 파도가 배우에 넘친다.

그들은 부르지젓다.

「오! 하나님 죄를용서해주소서 살녀주소서」

×

그중에한노인은 눈물흘니며 하날을 우러러 비는것이엿다 쏘그중
에 젊은청년은 돗에다 자긔몸을함께묵고 사람살녀라! 하고외치는것
이엿다 그러나 풍랑은 도시 잣지안엇다 오히려파도는 더 심하여가는
것이엿다.

잇째!

부두에선사람은누구나 업시 앗!하고 본능적으로가슴을붓들엇다 그
러고 눈을 쌱감엇다쎳다.


×


배업허젓다! 사람이안보인다! 사람들은 제각긔이러케웨치면서 더
큰소리로 통곡하기시작하엿다 나의눈에서도 눈물이 핑돌기시작하드
니 엽헤서 몸부림하고 울고섯든 게집애등을 어루만지면서 한참이나
울고서잇쓸째 사람들은 우루루몰녀 개안으로 들어가는것이엿다 내
엽헤서 설게 설게 늣겨울든게집애도 허둥거리면서 군중이밀닌쪽으
로가는것이엿다.


×


그이튼날 해변에는 두사람의 시체가 나와잇섯다 그우에는 씃칠줄
모르는 듯이 내리는 눈이 한치가량이나 어러부텃든것이엿다.

눈속에서 주슨이야기ㅡ.


●『별건곤』 8권2호, 1933.2.

제4장
평 론

# 朝鮮文人의프로필

　이러한性質의 글을쓰는것은 나의無知가 極히 말니엿습니다. 마는
懇切한 부촉대로 印象그것을 내라는 한一個人의 主觀的, 感情과觀察을
通하여 未熟하나마 漫談的으로 써보려는것이며 人身에關한 問題인만
큼 널분 諒解만바라는 同時 아울러 그들에게바라는바멧가지를 無順
으로 적어보려하나이다.

×

　李孝石. 내가 氏를 처음맛나볼쌔에 印象中에서 第一 나에남어진것
은 氏의칼날갓흔 쏘족한코와 영채가 반짝이는 철긔흐르는 두눈이엿
습니다. 이러케 칼날갓흔코와 철이라도 쏠울듯한두눈 발산하는것인
지 몹씨도 매웁고 쌀쌀하여 보엿습니다. 그러나 意外에도 氏의 말소
리는 順하게 둥글둥글하게 굴너나왓습니다. 아마도 기-타를 잘하신
다더니 여긔에맛처 더러성악이나 연습하여 그런것이아닌지요……
　그러나 氏는 沈滯한 우리朝鮮文壇에잇서 한異彩이라고도 보앗습니
다. 그것은 임이 世上이認定하여주는 氏의 處女作인 「露領近海」에서

氏의 頭腦의精銳한 部分을 깨달을수잇섯쓴 까닭이겟지오 그리고 氏의最近發表한 作品의 取材를 들추어보면 直接 勞動者와農民의 生活의 現實에서 取한것으로 한보더-다른 作家보다압선다는것을 알수잇슴니다.

그러나 氏가 그려내인 現實的事實은 아즉도 만히抽象的이라는것을 볼수잇씀니다. 그는 氏의自身도 임이잘알것이겟지마는 그理由는氏는 머리로써만 理論으로써만 프롤레타리아階級 鬪爭을 理解하엿스나 現實에잇는 勞動者大衆의 生活事實에잇서 階級鬪爭의 場面을 具體的으로 經驗못한까닭이라고도 볼수잇슬가함니다. 말하자면 프롤레타리아-트를 理解하는대잇서서 單히理論으로만 그리는것보다직접 체험하는대서 거게서참다운 프롤레타리아를 그려노은 作品이라고 생각함니다. 그러나氏는 敎養이 豊富한 「인테리겐챠」이엿슴으로 冷情한理智로서 여긔까지는 傍觀하는 것이나아닌지요……?

要컨대 氏의글에는 緊張味와 情熱의燃燒가 잇짜는 것을 나는 氏의 作品을 일글적마다 늣기는바임니다. 쯔트로 새로운意識을 把持하엿스니만큼 이後부터 不斷의 努力으로 우리압헤 더-조흔 作品을 내노아주시기를 부탁함니다.

金基鎭氏. 東洋人으로서는 드물게 크신키와 좀검으스레-한얼골빗이 보는 사람으로하여곰 沈默家이라는 것이氏의 印象이엿슴니다.

氏는 우리朝鮮文壇에잇서 벌서프로文人으로 몬저손을쏩게 하엿다고 일즉이 드른것갓슴니다. 그는 氏가 프로文人으로서의 志操를 직히기위하야 每申을 나와 時代中外等의 新聞社를 거처 지금은 朝鮮日報社會部長으로잇스면서 新聞을通하여 일하는것이며 쏘한편으로 캅프

의 一貝으로서만흔 活躍과 鬪爭을 보이고 잇는 것입니다. 그러나 近日
에잇서서는 氏의 글을 그리보지못한 감도만흠이니다. 이것은 내가 氏
의 작을 몰라보앗는지 혹은氏가 發表안하섯는지는 잘몰으겟슴니다마
는 압흐로도 게속하여 만흔活躍과猛進이 잇기를바라는것이외다.

● 『문예월간』 2권1호, 1932.1.

# 女人文藝家크룹問題
## ―崔貞熙君의 「宣言」과 關聯하야

「東光」新年號에 崔貞熙君은 女人文藝作家크룹結成問題에 對하야 새롭게 提議하고잇다. 그리고 이問題는 요즘 二三의동무들사이에도 濃厚한熱情을갓고 傳波되여가고잇는것이다

그러나 이問題에對하야 나는 特別히 崔貞熙君과 意見을 同一히하고 잇지아니하다.

即한마듸로 말하면 나는 崔貞熙君의 提議에對하야 到底히 贊意를 가질수업다는것이다.

첫재로 우리들이 正當한 立場에서 생각할째에 오늘의 所謂女流作家크룹이라는것을 獨立的으로 分離식혀서 結成하는것은 아무 意義를 가지지못한다는것이다. (絶對로내가作家라는意味에서이를들추는것은아니다) 아니그것은意義가업슬쑨만아니라 客觀的으로는 도리혀 反動的行動의한形態로밧게볼수업다는것이다. 왜그러냐하면 今日에잇서서는 今日의 歷史的 現實性과 關聯하여 생각할째에 眞正한進步的意義를 가지는것은 男性對女性의性的關係에잇는것이아니고 쑤르조아階級과프로레타리아階級이라는 階級的關係에잇다는것이다.

이것은 다만 公式的意義에서 그러할뿐아니라 現實的實踐的意義에서 생각할때에 더욱 그러한것이다.

이째의 나의 論에對하야 貞熙君은 두번 反駁하리라!――너는一面을 보고 一面을보지못하엿다. 오늘이 아무리 資本主義社會의 末期的時代라도 그리고 兩大階級의 決定的對立時代라고하여도 女性에게 存在하는 特殊性이라는것은 到底히無視할수업스며 또 無視하여서는 아니되는것이아닌가?……라고

올타! 勿論 그러하다 오늘날에도우리들은 當然히 여성의 特殊性이라는것을 多分히是認해야된다. 그러나 이째에도 나는 다음과 가티 생각한다 우리들이 眞正한 意味에서 女性의特殊性을 考慮한다는 것은 그나라에서 展行되고잇는 正當한大衆運動과 密接한 組織的關聯밋헤서야 그것을 是認하게 되는것이라고 나는말하여둔다. 그렷치아니하고 다만女性의特殊性이라는것만을 獨自的으로 생각하여 그것을 一般大衆運動과 아무關聯업시孤立식히려는行動이 잇다면 그것은 斷然히排斥해야할行動이라고 생각한다.

그것을 實際的意義에서 例를들면 勞動組合은 婦人勞動組合이라는것이 孤立的으로 存在하는것이아니라 勞動組合內에 一定한 部門的組織 즉 婦人委員會 또는 婦人部라는 것이 結成되게되는것이다.

그리고 이것은 내自身의 생각에 依하면 단순히 實際的 意義에서만 그러한것이 아니라 藝術運動에서도 맛당히 그러하여야 된다고 생각한다.

一定한 나라에서 藝術運動으로서 一定한 正當한 大衆團體가結成되여 잇는째에는 온갖階級意義를갓는 藝術運動은 그 大衆運動과 密接한

組織的關聯밋헤서 行動되어야한다고 생각한다.

　그러케 생각할째때에 오늘날에 우리조선에는 비록심히 不活潑한 狀態에 노여잇다고하여도오히려 프로레 타리아藝術運動의 大衆的團體인 「카프」 라는것이 存在되여잇는것이아닌가?

　여긔에잇서 우리가 眞正하게 女性作家크룹結成問題를云云하려면 當然히 카프에參加하여 그中에 婦人部로서의 結成을 企圖하는것이아닌가?

　그러함에도 不拘하고 崔貞熙君은 그러한 組織問題에 對하야는 아무 意見도업시 漠然히 女性作家크룹問題를 提議하고잇다. 그것은 果然엇더한것을 意味하는것인지?

　그리고 萬一 이問題가 崔貞熙君이아니고 다른사람에게서 提議되엿다면 勿論 이번의나의 駁文은 아무意義를갓게 못된다. 그러나 崔貞熙君으로서는 지금까지 自稱 프로레타리아的立地에서 藝術運動云云해온 것이다. 그러한 自己의公言과關聯하야 이번의 君의提議를볼째에 너무도 藝術運動의意識이 曖昧한것을 섭섭히 생각하는 바이다. 한보나가서 君이 無産婦人運動의實踐的意義에잇서 아무 意義的發展을 엿볼수가업는것에 쏘한섭섭한생각을가지지아늘수업다.

　이러한의미에서 나는 맨나중으로 君의自身의 變態的提議에對하야 두번 反省이 잇기를 바라는바이다. 그리고 同一한문제에對하야 一層 明白한君의 解明이잇기를 要求하여마지안는바이다.


●『신여성』 6권3호, 1932.3.

# 逆宣傳에對한一言

朝鮮의 쑤루조아出版物의 洪水的出現과함께 요사이 쑤루조아 쩌날리즘은 말할수업시 타락되고잇다. 쑤루조아 쩌날리이즘이극도로타락된현상의 하나는 今日의 各쑤루조아雜誌의 꼬십欄의 大人氣란것이다.

本來 쑤루조아 쩌날리즘은 俗惡하고——넌센쓰한것에 基盤을 둔것이나 그것이 今日에와서는넌센쓰한 水準을넘어서 아주꼿까지 비劣하게 타락되잇는것이다 그리하야 今日의 쑤루조아 쩌날리즘은 그人氣를엇기爲하야는 그들의 虛僞의 쑤루조아的良心의最后의 一片까지도 포棄하고말엇다 보라 最近의各雜誌의 꼬십欄의 跳梁을! 그들은 無智한 大衆의 變態的心理에 適應하기爲하야는 모-든 努力을다하고잇다 사람의人身의 最惡의虛僞的데마를 째리지아니하며 그사람의타락을도 모하기 위하야 여러卑劣한 逆宣傳을 사양치안는것이다 나는 그러한 行動을 아무거리낌업시行하는 雜誌業者들에게一言한다 나는 그들에게 새삼스럽게 쑤루조아道德의良心을 要求하는바가 아니다마는 그래도 그들에게 最后的人間性이란것이남어잇거든 그러한 鐵面皮의行動을 中止하라고!

●『제일선』 2권10호, 1932.11.

# 데마에抗하야

나는 간혹길가에서 지나가는 女子들에게히야까시하고는 「いい氣に
なる」하는 男子들을보는 째 나는그들의어리석은心理와 주책업는행동
에미상불놀내는째가만타.

그러나그것은 한갓서울의 街頭의不良靑年사이에서만 보이는例가아
니라 요즘所謂文壇에서 이러니저러니云云하는 者들사이에서도 그와
同一한例를보게되는것은 甚히유감되는일이라고 하지안을수업다. 그
리고그보다도한번더놀내는것은 그러한者들가운데는 단순히부루조아
文士들뿐이아니고 말로만은 푸로래타리아를부르짓고 형식으로는한
組織맨바-로잇스면서도그러한 破廉恥한行動을하는事實이잇짜는것이
다.

내가여긔에서 이러케말하는것은 아무근거업는허무한事實을지여서
말하는것도아니다. 여긔에는 엄연한事實이잇서하는말이다. 그것은
다름이아니라 이번女人꼬십欄에執筆한李甲基 君等을指摘해말하는바
이다.

내가들은긔억에 틀님이업다면 李甲基君은 아직까지도 캅프에한 멈
버-로남어잇는사실인모양이다. 그것을생각할째에 이번李君의行動에

한층더큰증오를늣기지아니할수업다.

여긔서 물론나는캅프라는組織 그자체에對하야 一定한尊敬心과 同情心을갓고잇는것이다. 따라서 일반 캅프員에對하야도거긔에相應한 尊敬을가지고잇다. 그것은나의 最近의生活이거긔에接近해가려고하는 째에잇서는한층더그러하다. 그러나 李甲基라는 個人을놋코볼째에는 나는 그를「구두쯧헤몬지!」(이리잇치의 말) 이상으로보지아니한다.

李甲基君이여! 君은 이러한 나의말에 조곰이라도 反駁할餘地가잇느냐 君 은몬저이의을 提出하기前에이번 君自身이 쓴 女人의쏘십을스스로한번읽어보는것이조흘것갓다. 君에게로조곰이라도 良心이남어잇짜고하면 自己가쓴그것이 不良雜文이외에아무것도아니라는것을 스스로 是認해야할것이다. 아무리 푸로레타리아的文句를 不良的心理로롱락하고잇는君일지라도 君에게아무惡意도업는그리고 一面에會見한일도업는 나에게對하야 그런凶惡無比한 데마를捏造하여가지고써드는 心理가어듸잇느냐? 나는여기에서 君에게 勸하고십다! 君은 캅프員末席으로 남어잇는것보다는아주 不良靑年으로 타락하는것이 오-직君의 갈길이라고-.

이러한 나의말에對하야 李甲基君은 다음과가티 辨明하리라.「우에편지를보라! 나는 個人의意思로그리한것이아니라 崔××의말에依하야쓴것이라」고. 그러나君이 그러케 辨明은햇댓자, 崔××와結託하야 그런 不良雜文을썻다는것은 그리名譽스러운일도아닐것이요 그리자랑써리가 되는것도아닐것이다. 結局은 일개녀성의「手ㅅ긱」가되어서 주책업는행동을한데지나지안는것이다. 여긔에서君은 다시변명하리라.「그러기에나는식골서 書信으로서 그것을 취소해달라는것을 女人編輯部

에要求한 일이잇지안느냐?」고.

그러나 여긔에서 나는다시反駁할수잇다. 콤은 어제한말을하로가못
되여 취소할것을 웨? 주책업시 쩌버리고 다녓느냐. 콤에게는 그러케
도할일이업는가라고.

나는이밧게도 君에對하야 忠告할만한材料를가지고잇다. 그러나 이
이상더君에게대한反駁을 게속할興味를 나는가지고잇지안는다.

●『신여성』 6권11호, 1932.11.

제5장
칼 럼

# 내가 新女性이기째문에

新女性! 新女性! 얼마나 過去에빗치어보아 色彩다른시원한名詞며 同時에얼마나귀여운일흠일까? 그저귀엽다고하기보담도 責任질만한귀여운일홈이다.

이貴여운일홈을가진所有者가 果然어써한環境과어써한處地에서脫出하여街頭로 발을옴겻는가? 이들의過去의生活은어써하엿는가? 멧천년 긴-歲月을經濟的으로 政治的으로 이모-든社會的條件에잇서서 不平等한地位에서家庭과社會의二重三重의 桎梏밋헤서 苦痛과壓制를밧든것은 否認할수업는事實이다. 亦是現在에잇서서도 이모-든不利한條件을 벗지못하고 쓰라린桎梏을打破치못하고잇는 女性이全部라고하여도 過言이아니다. 그러면 이러한歷史를가진女性은 우리朝鮮뿐일까? 아니다. 이러한歷史를가지고잇는것은世界女性의壓制와苦痛의共通된運命이 엿섯다. 이러한 處地에서 暗黑의壁을박차고밝은 社會로 街頭로 活舞臺로 陣을삼으려는 慾望亦是同一한것이다. 然이나 이러한가운데서도가장 뒤쩌러진 女子라면 우리朝鮮女性하나밧게업슬 것이다.

그러면 今日우리朝鮮의 新進女性卽 글ㅅ子나吸收하엿다는 그들의覺醒程度는果然어써한가? 이들의 思想方面의理解 生活上의意識 立脚한處

所 當할責任그것이무언가認識한사람은 이들中에도 얼마나될가? 섭섭하나마 一般的으로 最低級한것뿐이니 우리新智識을어느程度까지相當히차진新女性 所謂先進者自體가 充實한個性의 自覺을가지고 社會意識에눈쓴이가 果然멧사람을손쏩을것인가? 責任만흔少數部隊의先驅者는 무엇으로써 家庭에예속된그들을구할것인가?

몬저 新女性自體의覺醒을 促進식힘에도잇겟지만은 그보다 家庭에서無數의 壓制밧는그들과  後進의女性을爲하야 社會의裡面 家庭內部에蟠居한 이들의潛在的勢力을깨트릴 날센칼을만드는데 重要點을삼을것이다.

그러면 좀나아가 家庭의굴을버서나 意識업시 經濟鬪爭에서活躍하는그들에게 取할態度는 무엇일짜?

몬저이들이 搾取當하고잇는 ××은이들에게어쩌한 態度를取하는가? 이들의狡猾한行動에 이婦女그들은그것을알고잇는가? 이들은알지못하는것이事實이며 이곳에서도그者들에게서亦是 賤視를밧지만 이것을그들은아는지 問題일것이다. 여긔서先進者의重한責任은如何한가?

新女性의責任진우리는 이들의處地착취當하는者의覺醒을必要할것이며 좀더意志굿게 鬪爭力을完成식힘에잇스며 이들의 무긔가되여일하지안어서는안될것인댄. 所謂 前衛인그들은 只今까지무는役割을하여왓는가? 쏘한무엇으로 그들에게 쏙크를주엇는가? 이말에감히對答이나올것인가?

이들은 오히려勞動婦女들의阿片에지남이무엇이잇는가? 新女性同志! 自身의覺醒도몬저말한바와가티亦是鬪爭化하여야하겟지마는  더욱무엇보담도……을當하는이들의 唯一친구? 武器가되여야할것이다.

엽흘도라보지말고猛進함에 우리의 熱이타오를것이다.

坐는 이러한階級을버서나 意識그것보담도 智識을吸收하고 封建的保守思想을쩌나 坐한家庭外의世界를모르는女性을쩌나 이들은 直接經濟鬪爭에서努力하는분에게 坐한몃마듸의말을하려고한다. 只今까지의職業女性은 어떠한生覺밋헤서이線上에나왓는가. 이는單純히시집을가기前에 시집準備하는데서 지나지안엇다. 그리하야 職業그것을一時的 惑은가장偶然的生活狀態로알고進出하엿슴을누구나알것이다. 이들은 웨이러한生覺을가지지안어서는안되엿슬싸?

이도亦是封建的殘滓가남어준 家庭에굿센因襲으로 굿어진觀念에쓰을려서 人間的存在로서의生活을 오히려欽羨하고 社會的存在로보담家庭的存在를 意慾하는것이 一般女性의惡傾向이다. 그러면 一般職業女性의初步는무슨抱負로써 첫거름을옴기려는가? 이들은 그들의 機械보담도 사람으로써꿋꿋히싸워나가지안으면 안될것이며 좀더 鬪爭的이라야만할것이다. 그리고 우리는 男子의寄生蟲이라는 일흠보담도 獨立한야살어갈 土臺를잡어야만 할것이며 家庭이란世界를잘理解하여야할것이다.

×

未安합니다 筆者는 亦是당실들과가튼環境에억매여잇는만큼 이곳을打破하려는 先覺으로써 써노앗스나 筆者自身에도錯誤된點이만흐리라고 生覺하오니 그點은 만히용서하여줌을바랍니다.


● 『신여성』 5권4호, 1931.4.
● '송적성'(宋赤城)이라는 필명으로 발표되었다.

# 約婚中愛人에게貞操許諾함이罪이냐?

나는 이問題에對하야 붓을들만한 資格도 아무것도 내自身이發見치
못하엿다. 그러나 「꼭」하고 써달라는 編輯人의付託에 할수업시 賤見
으로 簡單히 붓을든다.

×　×

이問題를 階級的으로 分離식혀

1. 뿌르조아지-乃至 小뿌르조아지-들의모여진 結合이잇겟고.

2. 푸로레타리아-트를이 엉키여진結合의 約婚形式이잇슬것이다.

그러면 前者에立場에處한 約婚中男子에게 (아즉도 이社會制度밋헤
잇는 女性들로써 女性스스로 男性에게 貞操에對하야입을못벌리는것
이 女性이엿섯는故로) 貞操要求를밧엇슬째에 約婚 그것으로써 貞操그
것을許諾하는것이 조치못하다는것으로 結論을맷고십다.

웨그러냐하면 뿌르조아지-『亨樂』그것으로因하야眞正한性的要求가
아닌性的遊戱, 好色的刺戟째문에 尖銳化한 頹廢的肉慾에醉한 뿌르조아
男性들이기째문이라고 한말로하고십다.

例를본다고 할지라도 自己들이 오히려百%의힘을내여서 約婚이란 것을 成立식혀노흔뒤에 優越的要求에서 나오는 그欲求에오즉順眞한 女性들은 痲痺되여 ××를許諾하엿다가 횡폭한男性들은 가을하날에쓴 구름처럼 곳다른곳으로 사랑을옴기여서서 타락자를 만히내인例가 눈 잇고 귀잇는者는 보앗스리라고 생각한다.

그럼으로 할수업시 뿌르조아女性들은 뿌르조아 男子들이지여노은 性道德안에서 結婚이란 두재번 約束에서 모-든것을 許諾하는것에 墮 落者를 덜하는 方針이아닐까한다.

또한後者에處한 두男女가 뿌르조아社會의 所謂일홈붓처 約婚이란形 式中이나 惑은 戀愛中에 잇다고할째에 亦是이런境遇에서잇쓸째에는 나는 許諾하여도 좃타는것으로 말하고십다.

첫재로 뿌르조아들의行하는 婚姻式이란 그것으로써 一般에게 表示 할만한 經濟土臺가업는것이 첫條件이다. 그런까닭에이들은 必然的으 로 아무 實現形式도업시 가장眞正한 結婚이成立되는同時에 푸로레타 리아-트에 使命을매고 奮鬪하게되는것이다 그러고 男性들이 自己個 人들의 利慾을滿足 식힐여고만들어노은 性道德을 파괴할여고 싸우는 것이 이들의새로운 社會的鬪爭의 武器가될것이다. 그러나 이軌道를버 서나서 觀念的으로라도 뿌르조아지-들의 一時刺戟에 埋葬曲를 부르 는者도 잇슬것이다. 이들은 곳 眞正한 푸로레타리아-트에게 征服당하 여 버릴것이니 問題는 안된다.

× ×

싯흐로 나는 이問題를 서로 立場과, 環境에 따라서 ××를 許諾하고 안許諾할 이째는 同時에 뿌르조아 男性과의 約婚에 잇서서는 絶對로 ××를 許諾하여서는 안된다고 생각한다. (쯧)

●『삼천리』 3권10호, 1931.10.

# 惡制度의 撤廢

男子의 以上가도록 勞動을 하여서 힘껏 받는 賃金은 男子勞動者의 半. 그우에 壓制와 搾取! 우리는 여기에 絶對로 反對하자는 것이다. 그리하야 이러한 곱지 못한 것으로 一貫한 不合理한 社會制度를 合理토록 고치기 위하야 싸워야 한다는 것이 우리 젊은 女性들 양어깨에 꽉 메워진 짐이다. 그러기 위하야는 不斷의 努力이 必要하다. 이 努力이 끈임없이 뒤를 맛물어 일어나는 것이 女性解放의 熱意를 표증하는 한 개 조건이다.

暗黑街에서 갈길을 못찾어 이리버둥 저리버둥 하는 아가씨와 工場 모퉁이에서 허리끈을 졸이는 그들을 未來의 光明의 길로 引導하는 것이 社會運動의 하나로서 達하여야할 使命의 하나일 것이다. 그러나 나는 未來의 유토피아를 그리고 싶지 않다. 다만 實際的 見地에서 몬저 다음의 諸政策의 實現을 必要로 믿고 또한 이것의 實現에 向하여 鬪爭하자는 것이다.

1. 勞動副因 또는 職業婦人에게 完全한 保護法을 制定. (그 重要한 것

은 男女同一한 賃金, 八時間 勞動制의 確立, 産前産後에는 特別한 休日)

2. 婦人參政權, 婦人結社의 確立.

3. 婦人에게 對한 教育機關의 均等.

   (婦人大衆의 教養을 높이기 위하야 婦人에게 對한 教育의 門戶開
   放을 實行하지 않아서는 안될 것.)

4. 人身賣買에 依한 娼婦制의 금지.

   (公娼이고 私娼이고간에 人身賣買에 基因되는 娼婦制의 存存은 女
   性의 恥辱이며 苦痛인 까닭에 끝까지 싸울 것.)

5. 婦人을 侮辱하는 封建的 諸法律의 廢止.

   (지금 實行하고 잇는 相續法, 婚姻法, 離婚法의 封建的 諸法律은 婦
   人의 人格을 侮蔑하는 것이니 이러한 封建的 諸法律은 속히 廢止
   토록 싸울 것.)


右의 諸 條件이 우리에게 實現하는 날까지 우리의 氣焰을 끄치지
않을 것이다.

●『동광』 29호, 1931.12

# 一九三二年을當하야 朝鮮新進女性의抱負와主張

가정관렴에서한거름나가 사회적임무를다하자
　-여자도세계의정세를알고잇서야한다 개벽사 송계월

우리는 지금어쩌한 력사적시긔에 살고잇는냐하면 우리들은 주저업시 자본주의사회에 위대한 과도기에 살고잇다고 할것이다

지금우리들의 눈압에는 두가지의 움직이는 사실이잇다 ××주의사회가 ××하고잇는 한편 ××주의의 ××가 벌서 ××의 토대를굿게삼엇다고할것이다

×

여긔에서 우리가 조선을 생각해볼째에에는 자본주의 사회가 그발전에잇서서 급속하엿슬뿐아니라 심히 변태적이며긔형적이엿긔째문에 여러 가지 방면으로보아서 봉건적 잔재가힘잇게그뿌리를 박고잇는것이다 그리하야 우리녀성의 관심과시야는 가정내에 봉진할려는 경향이 일반적으로 농후한것이다 그는 이자본주의의 체게에잇서서 녀성에대한 교육제도가 여전히구태를 계속하고잇는까닭이며 극히적

은데를빼노ㅅ코는 대부분의 녀성들은 쑤르조아적교양을 밧고잇는 탓
으로써 결국그의머리는 봉건적잔재에서 헤염치는 것이다 즉이들이
학교라는곳에서 보히는것은양요리(洋料理) 최신식양복을 짓는법 피
아노치는것을 보이고남편에게 대하는 태도-즉 남편의마음을 맛추는
법을 배워남편에게 참된봉사자가되도록만 가르키는 것이다 이러한
교육은 사람으로서의극히 필요한지식욕의 발전을 방해함과 짜라서
사회적으로밧는자극-희망을 전혀인식치 못함과짜라 자연이들이 보
게되는서적은 쑤지쑤르적 시대말긔적(時代末期的)향락적잡지만으로
서만족히알게되는것이다


×


이러케 녀자에게잇서 지식의국한이생겨짐과 짜라서 이사회활동의
사회사업에 대하야 전혀맹목이며 쏘한그것을 알려고하는 욕망까지
가지지안는다 쏘한가질려고 하는 생각도하지안는것이다 만일그이들
에게 무엇을 생각하는것이 잇다고하면 그것은 시장의 야채물의식료
품들이 아주렴가로 저광되엿다는등의것이다 그러나 그것도다만 그
현상도 그데로 보는것에지내가지 아니하고 한거름더나가서 웨! 지금
에 이러케 싸젓나-이러한대대하야는 전혀 몰으게되고 쏘한편으로 우
편에 저금은하엿스되 그리자가 쩌러젓다그러나 이것역시 웨쩌러젓
나!하는것에 모르고잇는것이다
　쏘한편으로 영길리에서 금본위의정지를 하엿다는 보도는매일가티
신문을통하야보기는하나 이것이 무엇을 의미하는것인지-그것을몰으

는것이다.

 또한 우리가 잘알고잇는만주사변이 이러낫다 새벽에 짜쯧한이불
속에서 단잠이들엇슬때 여전히 호외의방울소리가 들릴때 치움이싸
움이 무엇을 의미하는가에대하야는 또한몰으는것이다 또한가지바를
들면 아버지가 회사에서 면직을당하엿다- 옵바가 월급이 쩌러젓다-
동생이 학교에서 쫏겨낫다여긔에대하야 섭섭함을늣기나 역시무엇째
문에 그러케되엿는줄을몰으는것이다 직업부인으로서 하로에 열네시
간로동을 계속하여고통스러운줄알면서 역시 누구를위하야 이러한고
통을 밧는줄몰으고허영에서날쮜는 아가씨들이 과연얼마나만흔가?
과연이러한 녀성즉-아즉도 이러한도원에서 꿈쑤고잇는 우리에게 잇
서서는 저세계를 쩌업고도는 세계공황도 제국주의 국가들이 모히여
하로에도 몃만명이죄업시 그들에게 희생되는것도- 삼천만에 달한실
업군 이러한소리는 오히려 달밤에들리는 퉁소소리에 달콤한 미래를
생각하듯한쑴-에서지나지안케 되엿다

 이러케 우리는 우리가살고잇는 사회와시대는 삷혀보지못하엿든것
이다 짜라서삷혀볼만한 환경이 못되엿든것이나그러나 이얼마나 우
리에게잇서서는 치욕이며 짜라서압헤닥서오는 총칼을 보지못하는
소경의짓이랴! 우리는 이러한사회자각이업섯슴으로 자연이러한오유
와 착오가생기는것이다 짜라서 퇴폐와죄악을 나엇든것이다.

 ●● ●●●●●●위하야는 우리가 이제살어오든 지위와밋삶의정황
을 철저한 눈으로삷혀보아 좀더 쯧잇는 삶을구하는 것이사람 으로서
의 참다운 길이아닐짜한다 그러나 우리는 단히사회적 임무 만으로써
만족할것이 아니다 리론을 실천해서야 비로소참다운 사회적 자각잇

는 자가될것이다

우리는 한거름나가서 볼째에 사회적임무를 억개에메고 철저한 자각밋헤서 계급전선에 ××와 ××는 그들을보자

날마다 커저가고 늘어가는부인들의 덩어리- 그것은역시자신에 충만한 새사회착취와계급업는 그위대한 곳으로바라고투쟁하는것이다 그들은 인습을극복하엿다 쏘한공포와 노예의철사와 비열한 권내에서맑게쌔저나와서 결국 ××주의 사회를건설하기위하야 악전고투 하는 것이다.


×


그러나 이러한 참다운녀성-그는 너무도우리조선에 잇서서는 어더볼수업스리만치 적은것이다 우리 일천녀성이 전부이사명아래에서 긔ㅅ발을 흔드러야함에도 불구하고 이러케극소수인것이다 그러나 소수 그것은 날이길수록 큰덩어리-아니전조선의 ××의 부인과뭉처질것이다 그리하야 ×××로부터사회로 전환할수잇는것이란것을우리는 다른 나라녀성보다하로속히인식하여야 할것이다 더욱이 一九三二年이란이새해에잇서서는 우리삼천리 방방곡곡에 뭇처잇는 우리의손이 ×××으로 필연적형태에서 곳처질것이며 이점에서나는새해에나의이 주장하고자하는일 그것보다밋고잇는일을 써보고 십헛든것이다 ─끗─

●『중앙일보』, 1932.1.1.

# 男性에對한宣戰布告 各界新舊女性의氣熖(二)

說問 : 어쩌 한點에 對하야?

그 理由는 무엇?

實戰의 具體的 方法은?


<封建的要素除去 集團的鬪爭開始>


◇ 雜誌記者 宋桂月


一, 선전의 목표——가정과사회에잇서 녀성을 한노예로 그리고 완롱물로 보고잇는 봉건적관습을 철폐하기위하야

二. 이목표를 선택한 리유——오늘날짜지라고 우리조선녀성은왼갓 의미에서노예로남어잇습니다.

그리고 이사회조건이 우리들로하여곰 참된의미에서 녀성을 해방하는 운동에 적극적으로 참가 시키지못한 원인이되엇다

一九三二年을 마즈면서 나는 이러케 생각합니다——금년에는 첫재로 왼갓 현실조건을 극복해나가야하겟다고.

먼저 우리들은 이러한 여러 가지 봉건적요소를 제지해가는대 한하야 우리들은 비로소 남성들과 손목잡고 가튼지위의가튼사람으로 가튼일에 참예해가게될것입니다.

그런의미에서 나는 이와가튼 제목의 목표를 정한것입니다.

三. 실전의 방략과 전술――과거의 부인운동과가티 개인적이아니고 집단적이래야 될것입니다

공장부인위원회라는가농촌부인위원회라는 조직을 결성하며 그런 조직적행동을통하야 남성녀성사이에 일너진모든 봉건적 관계와 인연을 극복해가야될것입니다.

●『동아일보』, 1933.1.2.

# 제6장
# 인터뷰

# 學校의反省업스면 社會에呼訴

여자교육게를위하야한심-同窓會 宋桂月談

전긔사건*에대하야졸업생대표송개월(宋桂月)씨는말하되 금번사건은 교장이너무나비인격적(非人格的) 행동을취한것입니다 공정한학교를 개인의사유물과가티 교원의도래를자유로하는것과 그뿐아니라 품행이방정치못한 교원을채용한것은 우리녀자교육게를위하야 쏘모교(母校)의장래를위하야 그대로 잇슬수업는일입니다 만약에 교장이압흐로도 조곰도태도를곳치지아니하면 사회적여론을 환긔하고학부형회(學父兄會)까지라도 열어가지고 그런부정선생은단연처분하도록 하겟습니다

● 『매일신보』, 1931.5.29.

---

* 이 사건은 송계월의 모교 경성여자상업학교 동맹휴학을 말한다. 1931년 5월 27일 이 학교 이학년생들이 부정교사의 복직문제로 동맹휴학을 선언하고 다음날 전체 맹휴에 돌입한다. 이에 동교 졸업생들은 모교의 장래를 위하여 그대로 묵인할 수 없다하여 동창회를 열고 그 대책을 협의한 결과 대표위원으로 송계월을 선출하고 교장을 방문하여 항의문을 전달한다.

# 職業戰線에나선女性들(五)

남보기에는한가하나  실상은여유업는생활
것보기와아조달른긔자생활의내막
**婦人記者  宋桂月孃**

 정자옥 화려한 「테파-트」에서 실업에쯧을두고 활동하든 송계월씨
가 일약 개벽사편즙실로 방향을전환하기까지는 어쩌한 리유가잇스
며 그가 품고나온 리상은과연실현을보는지−송계월씨에 경험의한편
을들어 조선에 만치안은부인긔자의 생활을엿보기로하십시다

 「비교적 시간의여유가잇고활동하는범위가 넓은이만큼 책볼시간과
저의배호는것이만흐리라고 생각하엿스며 동무들어더 손잡고 일해가
는데가장 갓가운깁일것가타여서 나개인의 향상을 위하여서나 쏘미
약한 나의성의로서나마 여러동무들과 혹시 도움이잇슬가하여 방향
을밧군것뿐입니다 그러나 미리 각오는하엿다할지라도 모임과말에극
히 국한된것과 마찬가지로 잡지긔사에도 넘우모든것이 박하고심해
서 쯧대로안되는일이만흡니다 이번호는 여러분압헤내노아 별로붓그
럽지 안으리라고 만족하게 모아노은째면 반드시그보다더큰 실망을

밧고야말게되니 실로안타가운째가 만흡니다 그밧게취재하는째에 잇
서서도 취재를하려 나갈째에 이쪽에서는 누구누구를차저가면 이문
제에적합하리라고 밋고나갓다가 일우지못한째에는실로섭섭합니다
신교육을 상당히바든분- 그만한것즘은 리해할만한분들도 그냥회피
를위한 회피를할째나 쏘당연히해서 무방한말도 긔사에씨이는것을몹
시쓰려하는경향이특히녀성들에게만흡니다 이것이심하면 공연히 긔
자그자체를쓰려서는 무슨일에고 보통사람과가티 터노코 지내지를안
케짜지됩니다 직업은직업으로 우정은우정으로 포옹할만한 아량이
모자라지 안은가합니다 신문 잡지를 통해서 보는 선진국 녀성들의
의긔와 기염을보세요 그들은 참살엇고 씩씩하지안어요 조선녀성들
의 의긔를 주러트린원인을 궁구하자면 쏘근본문제로도라가 범위가
커지지만은 녀성자신들의 비상한노력이 필요할것가태요 조선에는아
직녀성들이중심이되여 조직된 사업단체가 별로업기째문에 어쩔수업
는 형편이지만은 남성들이 조직해노은단체에 소수의녀성이석기여일
을한다는것은 지금현상에서는 곤란한점이하여튼 만흡니다 이것은하
필긔자생활에서늣긴것이안이라 젼여 지나본경험으로나 다른직업을
가진 동무들의 말을들어도 공통점이잇습니다 시간의여유는이슬듯하
고도 업는것이 긔자생활인가합니다 그러나 기왕쯧을품고 나선거름
이니 압흐로도 나의최선을 다해서하는일에충실할려합니다


●『매일신보』, 1931.11.8.

# 職業女性의 述懷, 學院時代와 現在生活
## ─雜誌記者 宋桂月孃

咸鏡道出生으로는 몸이적은便. 東洋女子에게는 보기듬은 脚線의 均衡美를 所有했다 코가웃독하고 눈초리는 約干우으로소슨 淸楚한얼골의 所有者이다.

고향은 北靑. 고향舍新公立普通學校를마친후 곳上京하야 女子商業學校를 一九三十年 봄에 마치엇다. 學校에서 나와서 곳 丁字屋百貨店에 店員으로 드러가잇다가 昨年에나와서 開闢社에入社하야 現在끼지 女記者로써活動한다.

記者 「배운것中 第一요긴한것은?」

答　「글세요 別로없읍니다. 學校에서 배운것으로그리 요긴히씨우는것이 없어요. 文筆生活을하지만 그것도 學校에서 배운것이아니라 自習한것이니까요」

記者 「가장 不必要한것은?」

答　「글세요! 얼른 생각나지 안는데요..」

記者　「배왓더면 조왓슬것은?」

答　　「퍽 만치오. 그中 가장痛切히 늣긴것이 두어가지잇습니다.
첫재는 社會智識입니다. 學校에단닐적에는 너무나 社會事情
을모르고 잇섯습니다. 그래서 卒業하고나서니 갑자기 어찌할
줄을 모르겟서요. 學校에서 좀더 社會智識을 너허주기爲하야
社會學講座가튼것을 자조열엇스면 有益할듯해요. 둘재로는
우리는 學校에서 禮儀作法을 도모지 못배우고 나왓기때문에
職業戰線에 나설때에 여간애타고 창피스러운것이 아니엿습
니다. 사람을 接待하는 禮儀를 다못조고만치라도學校에서 배
와가지고 나올必要가 잇다고 생각합니다」

記者　「在學時와 實社會와의 差異點은?」

答　　「學校에서 卒業할臨時하야 先生님이우리들을 불러다노코 社
會는 매우險한곳이라고말을해 줍디다마는 그때에도 그저 漠
然하게 險한가보다하고 생각할따름으로 참으로 얼마나 險惡
하다는 그實感은 못가젓섯습니다. 급기야 나와보니 참으로
社會는險합디다. 무슨 까닭인지 사람들이모두 冷靜하고 무슨
일이고 하나도 마음대로 되는것이없어요 참으로 어려운 生
이라는것을 切實히늣겻습니다.」

記者　「在學生에게對한 希望은?」

答　　「學校成績만을 爲하야 敎科書만 밤낫파고잇지말고 科外讀書
를 할수잇는 대로만히들 하기를 바람니다. 둘재로는 우리가
대개集團性이적은것이 흠이니만큼 團體行動의 習慣을기르도
록 努力해주기를 바람니다. 그리고 마지막으로는 넘우 注入

式敎育에 中毒되지말고 스서로 硏究하는 힘을길러 主觀을 確
立하도록 努力해주엇스면 조켓습니다.」

記者  「趣味는?」

答  「어려서부터 讀書에 만흔 재미를부치고잇섯습니다. 特히 家
親의 影響을바다 思想方面에關한 册을 퍽조하합니다. 그밧에
社會學 文藝에關한것을 조하합니다.」

記者  「第一 유쾌하든 일은?」

答  「××××때 生徒들과 ××하든 일입니다.」

記者  「그것도 그럴일이 올시다 마는 그말슴은 原稿檢閱에通過가
안될터이니까 검열이 通過될만한 범위안에서 다른것을 한가
지 말슴해주십시오」

答  「참 그러쿠만요! 글세요? 동무들과 함께 여기저기 구경단니
든것이 퍽 자조追憶됩니다」

# 제7장
## 방문기 · 참관기

# 누구의잘못인가?  盲啞院에서드른이야기


솔솔불어오는 봄바람을 고히고히 엽헤끼면서 긔자는 맹아원을 차저넓은종로로나섯다. 긔자는 언제든지  맹아원(?)이들의사는집을구경하고저 늘- 소망하든바엿다.

봄날의 종로는 제살길차저해매는사람이며 새봄을노래하며 동물원이니 장충단이니하고 몰녀가는사람에차잇섯다. 그러나긔자의머리는 압못보고 말못하는이들의 정상을 그리면서 신교동골목으로들어섯다.

긔자는 늘보고저하엿든곳이엿슴으로 더욱거름을 재촉하면서 그곳 문밧까지 발을옴겨노앗다.

문압헤는  크다라케경성제생원맹아부(京城濟生盲啞部)  라는간판이써잇섯다. 긔자는 「이집이로구나!」 하면서 녯날의 선히궁(宣禧宮)을회상하며 가만히 발을옴겨문안으로 들어섯다. 교정에는 사구라꼿과 개나리꼿으로 봄쓸압흘 단장하여잇섯다. 나는 우선처음오는곳이매 사무실이어데임을 차즈려고 맛날사람을 찾는듯이 눈을 빙빙들너삷혓다. 나는문쯧 무엇을 발견한듯이쪼차가서말을 물으려하며 가서보니 그는의외에 말못하는 어린도련님들이엿다. 서로몰켜안저서 무슨작란을하고잇다. 서로웃고작란을하나 말못하는그들이니 표정으로써 말대신사용한다. 나는 아-이들이 내가보고저온 이곳의학생들이로구나 하면서 쏘발을옴겨한편쪽을와서보앗다. 봄벗꼿들이 곱게피인 그밋흐로 막대집흔 학생들이 더듬더듬 길을헤매고잇다. 긔자는 이들을바라보며한싯흐로가엽슴을생각하면서 돌층게를올나서보니 그곳에 사무실이라는 조고마한 글이씨여잇섯다. 나는사무실에 안저잇는 류칠인의 남선생을 바라보면서 우선 한분의 선생을청하여 방문온 이야기를하엿다. 선생은 친절히 인도하여준다.

긔자는 우선 그들의 글을배호고잇는 교실이보고십헛다. 그리하여 선생의뒤를싸러서 교실구경을시작하며 긔자는 선생에게 말을뭇기시작하엿다.

「대개엇더한가정의 아이들이 만습니싸?」

「네-대개는 무산 아동이외다. 그리고 무식한 가정의 어린애들이만허요」

「지금학생이 얼마나 만습니싸?」

「지금은 확실한 학생수효를 모르겟습니다. 줄엇다 늘엇다하니싸요 하하」

「그러면 입학하는학생은 조선학생이만습니싸 일본학생이만습니싸?」

「물론 조선가뎡어린애가 만습니다. 이러한불행은 어머니가알시못하는탓임으로 교육못바든 조선어머니가 만흔만큼 조선어린애가만흔 것은 두 번말할 필요도업습니다.」

긔자는여긔까지뭇고서 맹아교실 랑하엽 돌층게에 머리를숙으리고 안저잇는 어린눈먼 소경을 보앗다.

이들은 답답하다는듯이 눈을비비면서 막대를 쑥쑥찍고안젓다. 나는 이것을바라볼째에동정의눈물을금치못하엿다. 어머니의무식으로(?)하면서말슴하시는 선생님의말슴도 당연한말슴이다. 그러나 자식사랑하는것은 어머니이상의 사랑이업슬것이며 어머니의사랑 이것보다 더-크고놉흔것은다시업슬진댄 사랑하는 자식을 웨저러케만들엇슬가? 긔자는 한참정신업는사람처럼서서 생각하엿다. 나는힘썻우리조상을욕하엿스며 우리이사회의대대적모순을 원망하엿다. 남녀칠세의 부동석이란구실아래에서 학교도안보내엿스며 게집애가 공부하면 못쓴다는 철측(?) 아래에서 우리의어머니와 할머니를 길너왓기째문에 그후에나은 조선의어린이들을이와가티 불구자로만들어노은것을 단장눈압헤바라보면서 남쪽한편놉다라케 돌층게우에지은 집까지올러섯다. 조곰잇더니 상학종이울니는소리와함께 맹아부의어린이들은 서로손에손목을이끌고 자긔들의교실을용하게 차저들어와 각각정하여준 책상에와서 합장을하고안저서 선생이들어오기만 기다린다. 조곰잇더니 선생님이 들어오드니 「기립」「례-」하니 일동은 규률잇게 일어나서 선생에게 공손히 례를한다.

그리고 선생이뭇는말에 자미잇다는듯이 눈감은얼골에 미소를쯰워가면서 조용조용히 대답한다.

긔자는 이들이 배호는것을 뒤로보면서 아생교실(啞生敎室)로향하엿다. 그곳은 한사십여명의 학생이 표정으로 말을밧구어하면서 조용히 공부를하고잇다.

쏘한편쪽에잇는 운동장을 행하야 긔자는 발을옴겻스니 여기는 철봉 그네 늑목 가튼운동긔구가 절비하여잇다. 그네는 둘이나란히잇는데 한편쪽은 녀학생이 사용하고 한편쪽은남학생이 사용함인지 서로 밧구어가면서 자미잇게쒸고잇다.

각금 조심스럽게 압흘지나는 막대집흔 눈먼학생만 그압흘 각금지나가면서 서로 작란을한다.

긔자는 혹싸우지나안는가하고 한참이나 서서 행기거동만보앗다. 한참잇더니 하학종소래가 들녀오니 사방에서 막대집흔 학생 손쩻하는학생이 우—식당으로 올너간다. 여기까지본 긔자는 선생의뒤를딸어 사무실로들어갓다.

긔자는 무엇보담도 중요문제인 소경되는원인과 벙어리되는 원인을알기위하야 선생에게 뭇기를시작하엿다.

「벙어리는 엇째됩니짜」

「벙어리되는 원인은 여러가지가잇습니다. 그러나 가정에서 제일위험하게생각하여야할것은 두통 열병감긔갓흔것입니다. 이러한병은 대개가정에서생각하기는곳낫겟지하는생각으로 혹병원으로안가고 집에서조리한다든가 쏘한엇던어머니는 귀신(魔鬼)의조화로신열이난다고 생각하고 굿을한다거나 고사를지낸다하고급속히병원으로안다리고가는데서 점점어린애 뇌가 신열에 굿어지여서 잠간이삼분사이에 벙어리가되여버리는 일이만습니다. 대개 부모들이 교육이 업는탓이며 어머님의부주의와 미신을 주로하는탓이겟지요」

긔자는 그저머리를 쓰덕이고안저서 우리의가정을생각하엿다.

「눈이멀게되는원인은요」

「이도역시 어머님의무식한 짜닭입니다. 혹유행병(안병)이나눈알에 틔가들어갓슬째나 눈알이 쌜갓케 피가질째에 그들의 어머니들이 이를대수럽게 역이지안코 그냥버러둔다든가 혹 귀신의조화로그러케 눈이피진다고 굿을한다든가 눈의약은 오즘(小便)이제일이라고하여 매일오즘으로 눈을씻는다든가 쏘한붉은 헌겁으로 눈을씨스면 눈이 청명하여진다는 구실아래에서 소소한 적은병을 균(菌)이무든수건이나 소변으로 눈을씨서주니 이엇지 소경이안된다는수가잇습니까. 그러나 눈이정위급하여지면은 병원으로가지고가서 소경을곳처달라니 병원에서는 임이소경된아이를 곳칠재조도 업는것이고하니 결국 이러한 비참한일이생기게되는것이지요. 더욱이 오좀으로 눈을씻거나 붉은수건가튼것으로눈을씨스면 눈이청명하여진다는것을볼적에 조선부인의 의식정도를알것이아닙니까 결국어머니의 부주의한까닭과 모르는까닭이지요」

여기까지드른 긔자는 과연 폐치못할 지금의형편인조선가정의사정을생각할째 한심함을마지안엇스며 긔자 자신이몹시 괴로웟다. 긔자는 한편으로이러한말이 일반가정에조곰이라도 참고된다면얼마나 깁븐일인것을 예측하면서 쏘다시물엇다.

「서로싸우지는안습니까」

「별로싸우는일은업서도 각금작란싯헤 잘못한일이잇스면 선생에게 진고는들입니다. 그러나 나이든학생들은 제처지와 가튼것을앎인지 서로 동정하여 늘서로 부축하지요」

긔자는 이몃가지로 우리조선가정의 모-든것을밀워볼적에 알지못하는어머님보담 아버지되는 이들이 너무도 가정문제에대하여 무관심하다는것을째달엇다. 자식을양육하는데 서로중한책임이 잇슬진댄 어머니되는이와 아버지되는이는 서로협력하여 어린애를지도한다면

이러한 불상사가 업슬것이다. 일절 사회의모순인동시에 장차의새어
머니는 제이세국민의 무거운책임을 잘행하여줌이라는것을 예상하면
서 말못하는 어린이와 압못보는 어린동무들의 집을쩌낫다. 길짜지나
온긔자눈에는 맛치어린이들의 애처러운모양이 눈에 주마등(走馬燈)
가티낫하날뿐이다.

●『신여성』 5권5호, 1931.6.

# 海牙密使李儁氏夫人  李一貞女史訪問記

　회색빗으로짓허진 하눌에서는 부슬비가 가만 가만히 대지우를 쑤리고 잇스며 다-만 창경원놉흔담속에서 흘너나오는 가을버레들의 메로듸-만 한가한하눌에 횟날니고잇섯다. 술냇골이란좁듸-좁은 골목을지나 봉익동 李一貞氏 집을 차젓슬째에는 아츰열한시경이엿섯다. 실업시 내리는 비는 길것는 나그네의 옷깃을적실쑌이엿고 잇다금 신산-하게 불어오는 가을바람의 애처러운울음소리만 귀를스칠쑌.

　記者는 대문밧게서 빙빙돌면서 문안을삷히엿스나 텅비인 집처럼 아무도 나오지안코 사람잇는 기척도보이지안는다. 얼마후에 노인한분이 나오드니 온쯧을 뭇는다. 記者의 명함(名刺)을드려보내자 그노인은

　「누구를 찾는지는 모르지만은 늙으신마나님은 아랫목에 누어게시니드러가 맛날랴면 맛나우 저쪽 안방에게시니」 이노인의 지시대로 記者가 마루에 올너섯슬째는 아랫묵 방문이비슷이 열니면서

　「오- 어서오시오 어듸서만히 본듯하구만 어서드러오시오」 얼골의 광채좃차 희미한부인은 친절히 마저주엇다.

　안방에는 머리장 하나와 의거리로 방안을 장식하엿고 안싯헤 가득

이싸아노은 「자부동」이 더욱 이채엿섯다. 氏의 머리맛테는 미롱지에 길게쓴붓글씨가 수십장이 접혀서 걸리여잇섯다. 그리고 바로쓸압헤 (장독압)는 비에저진 코스모쓰가 두어송이 나란이 심여잇고 백일홍이 멧송이 비를마저 꼿꼿이 머리를들고 생긋웃고잇섯다. 사방을 휘-둘 너보는 記者의 행동이 수상한지

「이야기좀하시우 오호호호」 記者는큰무안이나 당한 듯이 얼골이 붉어진 듯 확달엇스나 짜나리슴의 곱지못한 심정이 구지 태연하라- 명령바든 나는

「저- 벽에걸닌 글씨는 누구의 글씨인가요?」

「내짤이썻소 얼마전에는 째쓰더니 붓을노은후부터는 아주망난이 가 되엿구면 그아희는 동경녀자대학 영문과를 졸업하고 서울서중학 교 교편을잡고 잇다가 지금은 어린애를 나코하니 불편하여 집에 파 뭇처 잇지요」

氏는 니어시

「고향이 어듸요. 말씨가 익숙하구려……」

「함성노예요……」

「아이 우리영감하고 한고향이구려 우리영감이 바로 북청(北靑)인데 엇재 말이구절구절에가서 약간사투리가 드는것을보니! 함경도 사람 가태 반갑구려」

멧헤전에 돌아가신 리氏를 생각하는 듯이 멍-히 밧갓을처다보는 氏의 얼골의 모슴모슴이 몹시도 위엄이잠겨잇섯다. 그눈 그코 그입 어듸하나 째잘곳업시 점잔코 아담하엿다. 비록늙으신 그의이마에 주 름살이 어리윗다 할지라도 그아담한 그자태는 아직도 미인이엿다.

「금년의 년세는 얼마나 되십니까」

「인제는 죽을 째만 바라죠. 조고만 락도업시 살어잇스면 무엇하오 더구나 오랫동안 가슴을놀랜병이 질려서는 말도잘못하지안소? 그러니 영감의 뒤를이어서 속히가는 것이 내희망이요. 내나희는 예순셋이요」

아즉도 쌈앗코 광채나는 두눈을 반짝이면서 미소를 찍우신다. 과연 미인이시구나!하는생각이머리한끗흘 쏙찔느자 녯날에 리준씨(李儁氏)와의 결혼(結婚)이 엇더한동긔에서 성립된것인지 물어보니 氏는 곳

「그것도 알고십소 호호호 저-우리어머님이 지금나처럼 과부로 게시면서 단하나인 나를 녯날이니까 가정에서 귀엽게 길는셈이지요 그런데 우리사랑에 지금우리영감이 늘-놀러단이시고 쏘 풍채조코 쏙쏙하고 활발하고하니 우리 아저씨되는분이 권유하여서 결혼하게된것이요 그러나 결혼한지 석달도못되여서 주인은 나라일을 위하여 동분서주하다가 붓잡히여 고문당하는 것을 근 삼십년 동안이나 격것스니 나의 그동안의 걱정이야 얼마나 컷겟소. 그저 지금도 조용히안지면 그째일이생각나고 가슴이 두군두군하고 심장이 확-뒤집히는것처럼 내리쑤들기고한다우 내병이래 짠병이요 그저 심장이쮜노는 병쑨이지요」

──괴로운 듯이 머리를 기웃기웃 하시면서 담뱃대를 쩔고안즈신 氏에게 記者는

「괴로우신데 미안하지만── 리준씨쩨서 그째 당시에 활동하시든 이야기를 좀들려주시면 대단히 고맙겟는데요」

「아이구 그아씰 아씰하고 쪄속이 쑤시는 이야기를 언제다-한담.

아무리 대략이야기 한다하여도 사흘은 걸닐턴데 그러고 오랜역사이
야기고해서 그나마 얼마전까지도 주인의 일긔책이잇고하여서 그것
만잇스면 이야기하지안코도 알수잇슬텐데 그것마저빼앗기고 쏘 사
진도 책도 전부 이저버럿소구려」 귀찬은듯이 고개를흔드시면서 記者
를 처다본다.

　「괜찬어요 이력을 대략만——」

　「언제 다——」

　쏘머리를숙이고게시다가 구지뭇는말에 못니기는 듯이

　「영감이 바로 설흔 여섯째에일이요 일본에가서 법관양성소(法官養
成所)에서 법률공부를 여섯달동안을하고 도라나와서한성재판소검사
로게시다가 을미년(乙未年)에 다시일본에 건너가서 변호사공부를한
것이지요. 그후조선에다시도라와서 윤치호(尹致昊) 씨하고 독립협회
(獨立協會)라는것을 조직하고니어 독립신문을 발간하다 나라에서 반
동신문이니 무엇이니 죄를 부처서는 이태왕(李太王)의 조직한 황국협
회라는　파들(보찜장수항아리장수집신장수등의하류인간)을식혀독립
협히를모주리 째려죽이게되자 윤치호(尹致昊)씨는 밧비 미국으로망
명하고 이승만(李承晩)씨는 종로네거리에서 잡히시고 우리영감은 일
본으로 가섯다가 경자년(庚子年)삼년만에——다시 조선에모라오섯지
요. 그째우리는지금대학병원(至今大學病院近處)에다 가만-히 집을엇
고는 숨어서지냇지요 그런데 어느날 새벽에 그냥 쥐도새도모르게 달
려드러 꼼짝못하게 묵거갓답니다. 바로 우리영감을 잡어간이는 리근
택(李根澤)이라는사람에게 잡혀갓는데 리근택이로말하면 리태왕(李太
王)의 사랑을 제일 만히밧든사람으로 경무사(지금으로말하면 司法大

臣)로잇쓸때이라 서울장안을 벌쩍뒤집어 뒤면서 리근택이가 독립협회거두 리준씨를 잡엇느니 나라의역적을잡엇느니 오늘사형에처하느니…… 아이고그째간장을 쩔니든이야기야 어듸 다─하겟소」

　머리가무거운 듯이 낫색을 찡그리시는 씨가몹시도 애처롭게보엿다. 그러나 짠은 그뒷말이 더욱알고싶허서

　「그뒤에는……」

　「그래서 리근택의 부인을붓들고 밤낫울고빌엇드니 스무사흘만에 다─도라가시게 된것을데려내왓지요. 한참치료하고게시엿는데 그째쏘 리근택의비밀을 나라에보고한일이잇서서 혐의로 쏘잡혀들어갓지요 그째일을말마우. 아주다─죽엇느니 사형대에올녀선것을 보앗느니 하나 나는 그날아츰부터 헌옷을 입고는 서울너른장안을탐색하여서 석달만에우리주인잡어너은놈을내손으로끌고감옥까지가서　우리주인을 쓰러냇지요 그째는 아주 볼형편이업섯서요 그래석달동안을 집에서 곳처서는 게우발거름이나 찍게만들엇드니 쏘 박용만씨와 리승만씨등이 적십자사(赤十字社)라는 것을 새로조직하자 곳 리태왕(李太王)의 귀에들니게되어 쏘붓잡혓지요 그째 겨우어쩌케 풀녀나와서는 아이구 쏘 일진회라는회를조직하고 그회 회장으로게시다가 반동분자가모인회니무엇이니 쏘나라에서 말성을일으키자 드듸여 황해도해쥬(黃海道海州)로정배간일까지잇습니다.　그후　을사년(乙巳年)조약째에 우리주인은 평의원검사로 권리를잡고 나라일을 보게될째인데 그째마침 병오년(丙午年)비상도패가 이러나서 조선사람이 애매히도 일본사람들의게 만히 총살을 당하엿슬째 거기분개하여전시민이 써들고 야단을하엿스나 결국 리태왕은 조선사람을삼백여섯이나 감옥에 집

어너엇습니다. 바로잡힌날이 섣달금음날이엿습니다. 그래서 우리영
감은 죄도업는 백성을 무고히감옥에 잡어넛는법이 어듸잇느냐고하
면서 대로하엿스나 어듸나라에서는 꿈적이나해요? 그래 그쌔 서울장
안사람들은 전부 점방문을 일제히닷치고는 평의원문압헤 쇄도하여
리준씨를 내여 노아라!하고 외첫스나 자진하여 자긔가감방문을열고
들어가신이가 어듸나와야지요 나라에서는 할수업스니짜 바로열흘만
에 내어노앗서요 아이구 하도 하도 오랜일이라 어듸 생각이 잘나야
지 그후 소위 四十七個國이 참례하엿든 해아사건(海牙事件)쌔 모욕이
심하매 그참석한자리에서 배를가르서서 도라가시엿서요」

　　——氏의말에는 각금각금 굵은 어조가 써돌뿐이엿다. 각금 무표정
하게 멍히안진것이 그의특색이라면 특색이요 병이엿다. 각금 감엇다
가 썻다하는눈이 녯일을 생각하고 가슴합허하심이 완연하엿다. 氏는
각금한숨도 만히쉬엿다. 記者도 氏의 긔운업는얼골빗에 미안함이만
엇다. 얼마후에 記者는 다시입을열엇다.

　「그쌔 엇더케 도라가신줄을 아섯서요」

　「흐흐흐 참긔막히지 내가 생명보험에 드럿는데 그회사에서 작고만
와서 돈을 차저가라고함으로 나는 타살인줄 알엇소구려 그러나 타살
은할리업다고 생각하고는 아직돈안바들 말을하고 나는곳 우리아들
(전실아들)을 다리고써낫지요 그쌔는 구식으로 자라난 무지한인물이
요 노국말한마듸못하나 아들과가티 굿게마음을먹고써낫는데 그쌔
죽엇다고 (남의타살이라고) 하여도 나는엇전지 그럴리는 업다고 생각하
니 마음난더…………」 (以下十行略)

　「나오신후 녀자교육협회(女子敎育協會)를 조직하시든 이야기를……」

「그째 이야기는 고만두지 나는 내이야기는 하기실혀하오 우리영감의 이야기나 해달라면야……」

「그러면 부인상회라고 처음 여자들이 모이여 조직한 상점이잇섯지요 그째부인들의 생각을 이야기하여주서요」

「그째 내가 회게로 잇섯는대 그째부인들의 사상은 아주 고귀하고 쯧잇섯지. 한닙만모아도 이것을모아나라의빗을갑자 두닙만보아도그랫고 다리하나 추려도 이것을 나라빗갑으로하고는 입을것 먹을것 못입고는 전부우리집에 갓다싸엇는데 지금으로말하면 아마크나큰창고에한집은될것이야요. 그래모인것을 파러서 밧치고 밧치고햇지요.」

「그째회원은 지식잇는 분도만히잇섯지요?」

「천만에 그회가생긴후 오륙년후에 숙명진명이생겻스니짜 그러고 그째부인들은 회를 모아도 처내장옷쓰고모앗지만 단결은 아주굿엇지요 비록단상(壇上)에올너서서 말을못하나 회에대한 관렴은 굿엇죠. 그리고 물건을사도 꼭단결하고조선상점에서삿지요」

「그런데 아드님은 어대게신가요」

「지금남경(中國南京)에 잇습니다 일년에한번은 편지가오나 편지만오면 수색이심해서……」

「지금 가정생활은 어쩌케 보장하서요」

「겨우겨우 살어가죠」

「도라가신 리쥰씨나희가 얼마지요?」

「일흔셋이요」

기침에 못니겨 겨우겨대답하시는 氏를 대하여 근한시간이나 이야기하엿다.

인사마치고 밧그로 나왓슬째는 햇님도 목을남실하고 내밀고잇슬
째엿다.

●『신여성』 5권9호, 1931.10.

# 名士家庭부억 叅觀記 (其一)

일업시 남의부억조사하신다고 조사부에걸니신분들은 노여워마러주서요 어쩌한 가정이든지 부억만은 천태만상으로 가지가지로 널려잇스니 거기대한 폐해도 적은 것은 아닙니다. 조사를맛흔 나는 가정경제 부억의 위치쏘는구조와 생활상태며 소위 신교육의위생을 흡수한분들의 부억이 얼마나 다른가를 잠간 엿보겟스니 용서해주시고 이 시찰긔를 대해주시기바랍니다.


## 清潔하고儉薄하기로 第一인李量善氏의廚房 (東亞日報經濟部長 徐椿氏家庭)

「어멈 마당에싸어노은 배추를얼는좀다듬어놋소 쏘 점심잡수러오시면 야단나리」

부억에서 활기잇게 일하시든 氏는 特徵잇는 눈을빙빙돌니면서 명함내놋는記者를 반가히 歡迎하여줌에 깃벗다.

「우리主人은 이러케 음식물이 쌍에 그냥던저잇는 것을 퍽도 실혀한답니다 엇던째는 마당이 조곰만지저분하여도 도로 신발신은채로

나가버리심으로 그이잇는째는 배추가튼것도 못다듬지요 쏙 어린애
들도 菓子가튼 것을살째 손으로 집어주는 썩이나 보통 이고단이며파
는 썩 갓흔것은 절대로 못사게한답니다. 꼭썹게로썹어파는菓子나 쏘
썩은 집에서 시루에다써서 멕이게하는까닭에 어린애들도 衛生에對
하여각별히 조심하지요」

「食口는 멧분이신가요」

「원食口는 다섯이야요 다음어린애기보는아이 어멈하여 일곱이지
요」

「원食口란요?」

「우리두사람하고 열한살먹은큰애기仁愛가 京城女子第一公立普通學
校에단이고 쏘 둘재아이 仁基가 日出小學校二學年에 단이는것과 올구
월에 돌되는 셋째아이가잇지요 그러니 꼭다섯食口애요」

「어멈은 웨두섯서요? 오히려 혼자하시는 것이 淸潔하고 좃치안을
까요?」

「어린애들뒷바라지 쏘 빨래 其他다른부억일 째문에 혼자서는 도저
히못히겟서요 디욱히 에들이 時間을맛치밥먹고 히니 더 분주헤서요
그러나 전부는 못맛깁니다. 主人은 어멈이 반찬만든것을실혀하고 쏘
청결청결하니 잘못해도 내가반찬가튼 것을 만드러놋습니다」

　氏는 徐椿氏의 음식간섭에 몹시도 머리가 상하는 듯이 머리를회회
둘누시면서 손짓을하시며 이야기하신다——퍽도 활발하신 현대부인
이시다.

「반찬은 대개 엇던 것으로」

記者가 뭇는말에 氏는 생긋이 우스면서

「아이구 말슴마세요 반찬을 만히상에벌려놋는 것은 영－질색이구
려 쪽국한그릇에 김치 두부찌개 깍쑥이 이러면된다 된다하시고는 어
듸까지 반찬을 상에만히벌닌것을 실혀해요. 어제 아츰에 상에다 국
과 깍쑥이와 김치를 올려노앗드니 엇지 깁버하시는지 몰으겟서요—
— 쪽 이러케만해노라고 하서요—— 엇잿든 이런데 돈드리시는 것을
퍽 시려해요」

經濟學士이신 徐椿氏의 머리를 넉넉히짐작할수잇도록 씨는표정을
하여가면서 이야기하신다.

「한달에 반찬갑시 얼마나 드러요」

「각금 시골서 내동생들이 올너와잇기도하여서는 한이십원이면 넉
넉하지요 쌀은 한가마니면 쏘남을째도잇습니다. 엇쩨면 경제하기에
달렷서요——」

「장부에다 일일이 긔록 하십니가까」

「아이참 그래야 하겟습니다 그러지안코는 예산을통모르겟서요 주
인이 월급봉지를 가저오면 쪽 나에게 멕겨주는만큼 주의해서 조심스
레히쓰게되요 하여간 장부에 일일이올니면 나종에 게산을보아 엇던
째든지 더-앗갑게써야하겟다던지 더-보충하여야 하겟다든지 바로
예산이서요」

어듸까지 규율잇게 예산적으로 가사처리를 하는 氏는 그래도 좀더
씨의가정은 규측적이고 경제적이라야 하겟서요—— 하는 말이 각금
나왓다.

그러나 記者는 徐椿氏가 가정에서 돈쓰는 것을 실혀 할지라도 밧게
나가서 혹 교제비에대하야는엇더한 태도를 취하나?—— 하는호기심

이 긔자의입을 쏘 열게하엿다.

「서선생쎄서 잡비는만히쓰시지안나요?」

단도직입적으로물엇슬째 氏는 흐트러진머리를 만즈시며

「그이는 당초에 잡비를안써요 월급봉투가 내손에 드러오면 그만이야요 그러고 아초에 주시고는 달나는말슴이업스니쌔 그러고 어린애들에게도 한닙두닙 쥐여주는법도 업고요 쏙그저 학교에드는돈만 내니 그런점은 퍽조와요 오호호호」

徐椿氏에 잡비가얼마나 나가는가—— 혹은 가정생활에는 경제에 경제를 가하나 가정을쩌나신 徐椿氏를 알려고 물엇슬째 부인 良善氏는 힘썻층찬에서씃첫다.


### 살님은어려우나쌔씃하기그지업는 女記者崔義順氏廚房 (前徽文高普敎諭秦長爕氏家庭)

「저-이것봐요. 우리집은 東大門終點에서내려서 東大門쪽으로 조곰나사번 좁의좁은 골목이 바로 俰小商엽구리고 닛스니 그리로 드러가란말이야. 그래 조곰드러가면 웨녯적부터 有名한붕어우물이잇지? 그 우물을것처 왼편골목으로 쏘부라질대로 쏘부라저들어가면 올흔손편으로 뱃추밧이잇스니 바로 밧한쩨미만 지나서 왼편골목으로 들어가서 바로넷재집이니 차저오서요——」

멧時間전에 電話로 가르켜준그대로 氏의집을訪問하엿다. 그러나 하도어수선하게 일너준길이되야 적지아니 고생을한후에야 간신히차젓

다. 그것도 氏의 하나밧게업는 아드님을 길에서맛낫기째문에 손쉽게
차진셈이다.

「아이구 나는 네시반부터 지금까지 기다리다 안오는줄만 알엇구려
さ―客間が 別にない 貧弱な家でけど おはいりなさいよ」

水晶가티 빗나는 눈으로 多情스럽게 마저줌에 記者는 그윽히 반가
움을 늣것다. 이째에 秦氏가방에서 쒸여나오시며

「오래간만야요 웬일이십니까 루추하나마……」

하면서 방으로引導하여준다. 방안에는 테-블과 寢臺가 방한엽구리
에노엿다.

病魔에붓잡혀 呻吟中에서도 新聞社일을 誠意잇게보는만큼 하로의
長時間피로는 病의苦心하는사람이 아니고는 생각하기 어려울것이다.

「몹시도 피곤하시지요? 더욱히 病으로하야……」

「말마우 아츰에갓다 저녁에도라오면 지처서 이모양이라우 더욱이
요새는 頭痛이나고 기침이나서 社에도겨우出勤하니 일의 能率도 나
지안코못살겟소 거기다 家庭살님까지 란처해지고해서」

「あまり 弱い お方なんですからね よつぽと 御注意なされば…」

秦氏는婦人의 身病에 괴로움을늣기는 듯이 갸웃이우스며 침대우에
노곤히안즌 氏를바라본다.

記者는 맛치 情다운 참새들의 사는 짜뜻한복음자리를 차진感이 잇
다하여 氏들은 誤解하지안을넌지. 秦氏는 니여

「튼튼한분들은 그만큼 有益한점이만흘테양요 모―든점으로보아서」

「그럼요. 身體健康은 萬事之根本이니짜 健康을일은사람은 언제나
健康그것째문에 마음을쓰게되니 다른일에나 마음을集中할수가잇나?

될수잇는대로 몸조심만히하오」

　이째 밧게서 「엄마 엄마」하고달려드는 아드님을 가슴에안고 가지가지 재롱을볼째 秦先生은 滋味잇는 듯이

　「저놈이 인제는 집을다—— 가르킨담 하하하」

　「머리틀고 구두신으면 다-어머니동무인줄알고 손짓하고 조와한다우 호호호」

　얼마나 幸福과사랑이가득찬 平和한 家庭이리요 氏들은 안지면엇던 이야기든지 가지고 理論鬪爭을 始作한다. 崔氏는 男子들의 橫暴에 對하여 氏를論擊하고 秦氏는 할수업는境遇에 동무들의 뒤를 짜라 간혹 카페에가서 웨트레쓰를 對하게되는 것은 橫暴한것이아니라거니 자못 드를만한 論爭이만엇다

　이제부터 이崔氏의 부억生活을 여러분에게에거짓업시 告하여드립니다.

　「至今의 生活狀態는?」

　「小쑠루조아層의우리야 이社會에서 몰락밧게 더-당하겟소. 더욱이 내가홀자버는 關係上困難한말이야어듸에比하겟수. 이전에는 그래도 秦先生이 相當한 收入이잇서서 살님에도 그리難處한일이업섯는대 이제는 쌀걱정이 달마다생기게되니 참 성가시여요」

　「한달에 家事費用이 얼마나 듭니짜?」

　「극히 經濟하여 쪼개고 다시쪼개쓰면은 한五十六圓이면 겨우자라지요」

　「쌀은 한달에 한가마니면 足하시겟지요?」

　「그것이면 넉넉해요」

「반찬은 무엇을 主로 해잡수서요?」

「배추가튼것이야요 김치짝뚝이 이것이조선가정에 名物인만큼 이
것쌔놋코는 어듸잇서요 더욱나는 醫師가 채소가튼 것을 만히 取하라
고함으로 自然히 이것을 만히 먹습니다」

「그러면 秦先生은?」

「그이가 그리성미가 짜다랍지안어서……」

「우리는 푸로레타리아요 착취게급에잇는우리가 무슨 그리잘먹겟
소.」

잠간 婦人崔氏의 말을 가로막어 보충식힌다.

이윽고 時計를 들여다보앗슬쌔는 발서午後六時半이다.

부억에서는 崔氏의 慈堂께옵서 奔走히 飲食을 만들고게시다. 살작
이러나 나오는 記者를보고 「쏘 記事써리어들려고 왓바보다—— 엇재
그러나 우리집에 그런것쌔문에 올니는 만무……」

記者生活에 多年間洗鍊된 氏는 이와가티 톡쏘아말한다. 나오는길에
부억을 드려다보앗다. 位置는 보통 조선살님에 적당한곳에잇스나 부
억에 空氣가잘通치못하게되고 光線이못들어오게되야부억안은새쌈아
케 검앵이로 물드려잇다.

그러타고 不潔한것은 짜로업것다. 마루우에 벌려노은 床우에는 김
치 짝뚝이 준치말닌것 여러가지맛잇는반찬이 노이엿다. 氏의宅을나
섯슬째는 퍽이나마음이상쾌하엿다. 氏들의 快活한살님에——

생각과는判異하게儉朴한　舞踊家崔承喜氏의廚房　（프로藝盟의重
鎮安漠氏家庭）

「밥은 누가지으십니까? 대개어멈이지읍니다」

「반찬은 대개 엇던류의것을 잡수시며 만들기는」

「혹저도 만들어먹습니다마는 주로 어멈이나 연구생들이 만들어먹
기도 해요」

「하로에 멧끼식 잡수서요?」

「아이구 별걸다- 물으서요 쏘잡지에낼나뵈. 인제는 무서워요 말하
기도 호호호」

氏는 대답도 하지안코 감긔들닌목소리에 웃기만하면서 뭇는말은
대답하지안는다.

「엇대요 셋끼잡숫겟지요?」

「네- 보통셋끼도먹고 쏘귀찬으면 고만두지요」

귀찬은 듯이 이와가티 대답한다. 그러나 記者는 대답잘안하는 것이
오히려 더-자미잇슴으로 구지 이어물엇다.

「반찬은 주로 무엇을 잡숫나요?」

「우리들은 성미가 별로까다럽지안어서요 무엇이든지닥치는대로
먹지요 싹뚝이는 더-조와요 그중에서도……」

「혼자만 조와서허요? 安漠氏는요」

「그이도 그래요 日本飮食이나 中國飮食이나 가리지를안어요 성미
가 패럽지안어서 반찬걱정은 업답니다」

남편의 성미가 수수함에 안심함인지 애교잇는얼골을 살작들고는

약간 우슴을씌운다. 음식에대하여 뭇는것에 氏가 덜조와함을 늣긴 記
者는 곳 다음문제인 器具로 슬적말을밧구엇다.

「긔구가튼것을 만히 사두섯습니까?」

「나가보서도도아시겟지만 우리는 될수잇는대로 업서서는 안될 즉
필요한물건만사서 씁니다」

「다달이 예산을세워놋코 生活을 하십니까」

「그럿치요 아버님이와게서서 감독겸 음식물을 전부도마터장만하
심으로 그만큼 편리한 점이만허요 그러고 그러케 잘먹고지낼랴고 하
지안으니까요 엇잿던 수입잇는것을 예산하여 먹는만큼 한시에 몰니
거나 쪽기거나 그런일은 업서요. 그러나 經濟智識이 부족함인지 그대
로 되지안을적이 만허요」

「어멈은 멧이나 두섯서요?」

「하나 두엇스나 웬간하면 내가 하여먹을것이나 아이들연습식힐시
간과 연구할시간이 만흠으로 할수업시 하나만두엇서요」

「저-대단미안하오나 부억좀아르켜주서요 아마 지금 내가 것처드
러온곳이 부억이지요?」

「그것은 아닙니다 저쪽에서든이의세간을 노은것임으로 괜이한데
두면 청결치못한점이 만허 저-쪽으로 옴겻서요」

記者는 잠간이러서 부억이라고가르키는 방을가보니 마루방이고 위
치는 그리 좃타고하지못하겟스나 太陽光線이 잘들어오는점과 마루방
을 윤택하게잘닥거노은 것이 한이채엿다.

도구는 氏가말한바와가티 순조선식의 긔구로 간단히벌려잇섯다 크
게 보이는 것이 床세개가 마루우에 벌려잇는우에 콩자반이맛스럽게

옹송그리고 상우에 노여잇는것이다. 記者는 電氣화로나 쓰지안나하
야 긔웃긔웃하엿스나 이러한 특별한 긔구는 업다. 다-만 보글보글끌
는 된장찌개남비밋구넝에 조선식풍로불만 소리업시타고 잇섯다.

●『신여성』 5권9호, 1931.10.

# 六個國을漫遊하고도라온 朴仁德女史訪問記

　미국유학을목적하고　고국을　쩌난지여섯해만에도라온박인덕(朴仁德) 녀사, 모처럼 도라와서도 기다리는남편과 어린딸을 찻지안코 친지의집에가잇서서 세상의물의를 일으키고 심청구진 신문잡지기자들의 예민한신경을 뒤흔드러노은 박인덕녀사, 나는 녀사를 차지러 필운동모씨집을 향하얏다.

×

　십여년전 리화학당시대에말잘하고 영어잘하고 음악잘하고 쏘인물이고와서 그야말로재색겸비의미인으로 그일흠이놉하동무들에게 부러움을밧고 남모르는 젊은사나이들에게 연모의불길을이르킨씨를 나는 아직도 기억할수잇다. 그후 배재학당출신 김운호(金雲鎬)씨와 결혼하야 옥가튼짜님을둘이나낫코 재미잇게살다가 가정불화로(?) 표연히 미국류학의길을쩌낫다. 쩌날째는 잇해동안을기약하얏는데 그잇해가세해가되는 금년에야도라오게되엿다 그러나 도라왓스면 응당히차저야할 내남편 내딸 내집을 웨아니찻고 남의집에가잇는가? 이수수썩

기가튼문제가 사회의주목을쯔을고 쩌널리스트의직업심리를동하게만
든것이다. 긔자도 확실히 이점에 직업적심리가동하고잇다. 그러나 사
실의진행이 일단락을고하기까지에는 이를억제하고 냉정히관망하기
로하고 우선 씨의귀국을 축하하는동시에 씨의감상을뭇기로하엿다.

×

「미안합니다만 잠간만 기둘르시래요」 하는 엇던부인의안내로 응접
실한구퉁이에노인의자에 걸어안저 씨를기다리게되엿다.

약十분가량지나서 응접실 한편문이열리며 긔자가 맛나려는씨가 씩
씩한거름으로 드러오면서 긔자에게 손을내민다.

「너무 오래기다리서서 퍽미안합니다 오랫동안못본 동무들을맛나
니자연 이러케 이야기가 기러집니다그려」 씨의말은 너무도 상냥하고
친절하엿다. 더욱이 갸름하고 토실토실한얼골에 웃둑소슨코, 크고빗
나는눈, 한쪽만 살짝덥힌머리가 「아메리카레듸-」 고대로엿다. 더욱이 씨
의몸에둘린 「듀레스」에는 긔자가 사랑하는 가을꼿 코스머스가만발하
얏섯다. 씨는다시 말을이어

「여보서요!내가몬저 우리조선녀성에게 감사를드릴것은내가 미국
잇슬째나 기타 다른곳에잇슬째 우리 조선녀성도 사회적으로 만흔활
약과진보를하고잇다는 소문이엿습니다. 그째나는 엇지도 깁벗는지몰
랏서요 마치나의길동무가생긴감상도잇섯고 쏘나와가티 가튼무대에
서 활약할것을 생각하니 그이상 더깁븐것은업섯습니다 이것이 내가
조선을맛나 제일몬저감사와치하를 말할랴고 생각한것입니다」 하며

일천만녀성동지 아니 전세게의녀성에게까지 이러한반가운호소를하
고십다는듯이 길죽한손을드러 무엇을가르키며 그의얼골에는 엄숙한
표정이써도랏다 그리고는 각금긔자의손을 다정스럽게쥐여주엇다.

「저는 조선에 아모 목적의식도아모것도업시 도라온것은아닙니다
그도저도 모-도 우리일천만녀성의동무가되겟다는 결심박게업습니다」

「그러면 이아프로 늘 조선에서일하야주시겟습니까?」

「네-한 삼사년동안은 이곳에잇슬작정입니다 그후는 예정대로 북
아메리카라로 다시만유할작정입니다」

「평양에는 누가게십니까?」

「우리어머님쩨서게십니다 도라올째 중국서 전보를 첫기째문에 들
리게되엿습니다」

「평양서 비행기로 서울까지오섯다구요? 감상은엇더서요」

「네 누구던지 한번은경험할바이야요 퍽기분이 상쾌하엿서요」

「처음이섯습니까? 비행기타시기?」

「네 처음이지요 누구에게던지권하고 십허요 한번타보라구……」

「처음 고국쌍을드디실째 무슨감상이 나섯습니까?」

「육년전 내가조선잇슬째보다 생활문제가 더곤란해진것은 더말할
것업구요 쏘사람들의긔분을말하면 다른나라사람들에 비해서 활기가
업서보입니다 물론 주위환경의지배로그러치요만 도대체 애수에빗나
는것만은사실입니다」

「구미각지의 동포들의생활은 엇더합니까?」

「물론 조선에비하야 풍족한편이라고 볼수잇습니다 중국사람이나
일본사람처럼 큰자본을가지고 큰회사나 공장은 못경영하지만 지방

을짜라 조선물산 인삼 명주가튼것을파는사람이만코 음식점 식료품
점 약방 양복상등의직업으로 그외대다수 월급생활입니다」

「대개 학생들은?」

「학생말슴입니짜? 그들은 다른나라학생보다 촉망이잇고 쏘사랑을
밧습니다 그것은 고학을하면서도 공부한성적이 우량한짜닭이니짜요」

「그런데 여러나라를단이시든중 제일 인상깁흔나라녀성은 어느나
라입니짜?」

「그는 인도녀성이엿서요 이나라녀성은 퍽 온순한데다 사색적이요
조직적입니다. 장식을 너무도조와하야 코거리 귀거리 목거리 팔목거
리치장이 특색이라면특색이고 험이라면 험이겟스나 무슨일이고 조
직에잇서서 퍽힘잇게처리하고 철두철미한점이 제일인상을주엇서요」

「혹시 「나이두」와가튼녀성을 맛나보섯습니짜」

「인도를 바로드러가면서 맛나리라 생각햇든것입니다만 내가도착
히던닐그는 어데로 려행을쩌나서 못맛낫습니다. 하여간 사로지니씨
를 맛나 조선녀성의 사정도 서로이야기하려고마음먹기는 오래섯슴
니다」

「그러면 제일 취미잇게보신나라녀성은요?」

「살림사리잘하기는 아마 독일녀자ㄹ게애요 크고쑹쑹한체격에알맛
게 씩씩하게 부엌일이나 어린애길르는것을 잘합니다 하여간 일에잇
서서는 남자의손을 빌랴안하니짜요 이점으로는 세게제일일썰요! 그
러고사회적으로 만흔역활을하는것은 미국영국녀성입니다 실제에잇
서서 그들의회합 사교술로보아 씩씩하고 대담하고 용감한점이 그들
의 특색인동시에 진보의 초점이됩니다」

이말을하면서 씨는 그들 서양녀자와가튼태도로 각금 의자에서 이
러날듯이 활기를내여보이엿다.

「제일 친하고십든 나라녀성은요?」

「이도역시 미국녀성입니다 우리가 일을위한다면 될수잇는대로 미
국녀성과친하야 일을합하는것이 일을속히성취식히는데 잇다고생각
합니다. 이런말도 내가미국에 오래잇슨탓인지는모르나 쯧쯧하게 나
가는데는 이나라녀성이 제일진보됏다고 봅니다. 그다음은 중국녀성
이지요 리지적이고 신중한점으로 친하고십습니다」

「서울서는 어느학교를 마치섯습니까」

「리화학당을 졸업햇습니다」

「고국을 쩌나실때 무슨공부를목적하섯습니까」

「사회과를 목적하고쩌낫습니다 그래서 「컬럼비아」대학이나 「워슬리
안」대학에서도 역시 사회과를마첫습니다」

「졸업후에는?」

「만잇해동안을 미국·카나다 기독학교주최로 미국각대학에서 강
연을하엿고 그다음에는 컬럼비아대학을 마치고 금년봄이월부터 영
국기독교 초빙으로 각대학에다니며 강연하엿서요」

「강연은 대개엇더한제목을 중심으로하고 하섯서요」

「대개 우리조선을소개하고 사정이야기를 주로하엿습니다」

「언제그곳을쩌나섯스며 대개어느나라를 방문하섯는지 좀?」

「파리로부터 백이의, 독일을거처정말, 서전, 막사과, 오지리, 비아
나, 이태리, 씨씨리, 토이기를 방문하고 다시흑해를도라 유태, 애급을
들럿다가 인도로가서 다시 싱가폴 향항을거처 상해로왓습니다 거기

서다시 지난九월十四일에 남경을거처 천진에서배를타고 대련에와서 대련서 봉천, 안동현을거처 지난 초닷샛날 평양에서 어머님을 뵙고 엿새날 비행기로 곳 서울로왓습니다.」**

「따님들이잇다는데 맛나보섯나요」

「아직 못맛낫서요」

「보구십지 안어요?」

「웨요! 보고십지요 안보고십흘리가잇습니까?」

이때 박게서「손님오섯세요 박선생님!」하는소리가낫다. 나는 황급히이러서서 씨에게 작별을 고하고나왓다.

●『신여성』 5권10호, 1931.11.

** 현대역하면 다음과 같다.「파리로부터 벨기에, 독일을 거쳐 덴마크, 스웨덴, 모스크바, 오스트리아, 빈, 이태리, 시칠리아, 터키를 방문하고 다시 흑해를 돌아 유대, 이집트를 들렀다가 인도로 가서 다시 싱가포르, 홍콩을 거쳐 상해로 왔습니다. 거기서 다시 지난 구월 십사일에 난징을 거쳐 톈진에서 배를 타고 타렌에 와서 타렌서 선양, 단둥을 거쳐 지난 초닷샛날 평양에서 어머님을 뵙고 엿새 날 비행기로 곧 서울로 왔습니다.」

# 名士家庭부억 叅觀記 （其二）

　부억! 부억은 살림살이를 운전 해가는데 가장중요한 역할을 가진 긔관실입니다. 그러나 우리는 이지대한 부억에 너무도 무관심하엿습니다. 그저 아모럿케나 되는대로 지내온 것이 사실입니다. 그리하야 본사는 특히명사 여러분의 부억을참관하고 그것을 고대로 독자께 보고해드리려 다소의참고에 이바지하려합니다. 참관범위는 주로 부억의 위치 긔구 구조 생활상태 가게등으로 난호아보앗습니다.


## 共同食事에趣味만흔 金河星氏의廚房 （社會運動家尹亨植氏家庭）

　「놈들은 눈이뒤집힐대로 뒤집혀 저서는 새벽가티달려들어 다려가드니 그냥형편업시되여나왓다오」

　자긔가이러한 경우에 처하엿슬째는너무압헛고 쓰렷다는 듯이 초초한氏의얼골에는 가는우슴과함께한숨에석기여나오는소리엿다.

　멧칠전에 들은이러한이야기를되푸리하면서 晩秋의싸늘-한햇볏을 가슴에안코 氏의집을방문하엿슬째는 尹氏그의둘도업는同志라고들은 K先生과 함께안즈시여 新刊雜誌를읽으시기에 쾌밧부신듯하엿다 바

로문안에 드러서는記者를보고

「지금 임숙이에게벤도를가저다주려갓습니다 金도나갈째곳오랫스
니짜 드러오서서긔대리시지요」

엽헤안즈섯든K先生은

「괸찬습니다 들어오서도 그리짜다라운집이아니오니… 이집內務大
臣께서 들어오시면 이야기하시다가가시지요? 하하하」

웃기로 두분이약속하신 듯이 꼿가티快活하게 우스신다. 그러자바
로대문박그로 부터는

「애-인교-쇼구상와 도나다산테스짜 즛도 스미마셍가 가다구소-사
구니 기다난테스」

이말하는 두사람형사에게 尹氏는 태연하게

「도-조」

「아다시와 시호-게이노 호-데스가!」

이럿케말하며 형사들은 집안을한번휘돌라보고는 나가버린다. 그
러자 간이 콩알만해서-쏘변나는가부다-하며 눈이둥그래진K先生과
記者는 겨우安心이되여 휘-하고 각기한숨내쉬엿다.

「쏘 다른일이나 나는줄알엇구면 그러나 엇재 직각적으로 형사인줄
은알엇서도高等係형사갓지는안엇서-무슨 도란사건이생긴모양이지」

그자리에 안젓든이는 이말하는K先生의생각과갓햇다는 듯이 尹氏
는 픽우스며

「나는쏘웬일인가햇서! 실레만습니다 우리집은 각금……」

이러케 서로서로 놀래던 이야기를할째에야 비로소 金河星氏가 분
주히드러오신다. 회색세루치마에 흑색세루조고리입은氏는 나이로보

아서 너무도점잔은편이만엇다.

「아이구 우리집에두 좀그냥놀너와야지 그런일거리를 가지고온다면 환영안할테야…… 돈만흔부자집이나가서 부엌안이든지 방이든지 구경하면몰라도 아무것도업는 우리가정을…… 아니쏘가정이랄것잇나 엇던 학생들이모이여사는하숙가튼곳을 하하하」

가정부인으로는 과연혁명가의부인이시다-할만큼씩씩하고 생긔잇섯고 그에 조용한말소리는 인상과는다르게가장온순미가 흘넛다.

「식구는 모두몃분이신가요?」

「셋입니다마는 적적한감이나 쏘는 가정(?)이라는 감은 업서요 아즉까지 내기분은 東京在學당시에 자취하고지내든 그감상이그냥남어 잇서요 쏘한 尹의 同志되시는분들이 快活하신분들이여서놀너오서도 자긔들이 밥해잡숩고십흐면 내업는사이라도 尹과가티물깃고 나무패고 쏘반찬만들고 밥짓고하는것이 우리살님이여서 세식구이란감도없서요」

「그러면 共同食事가실시된나라를 퍽조와하시겟습니다」

「그럼요 다-가티 우리同志들이 서로모여안저 理論鬪爭을하여가면서 밥먹는 맛이란 퍽도 조와요 쏘한 그만큼同志愛가 듯터워짐에짜라 힘도난다고봅니다.」

「그러면 어멈을 두실필요가 업겟구면요?」

「우리는 尹이밧불제는 내가하고 쏘내가밧불제는 尹이합니다. 혹이런말을 다른분들이 듯는다면「녀편네가 사내를일식히다니」이러한 재래적 습관으로본다면 물론덜조타고볼수잇지요마는 우리는이러한 습관을 打破하기를바라는바이니 문제는안되지요 그러고한가지 쏘우리

女子로엇는점은장작패고물깃는 것은 잘배울수잇서요 오호호 그러고
어멈말이낫스니말이지 우리가 해먹을수잇는정도에서는 제가 해먹는
것이편하고조와요」

「그러면 한달에 家事比容은 얼마나드나요」

「재산도 월급생활도 우리는업서요 다-만우리는 룸펜으로아버님어
머님께서 모아노흔돈을 소비하는것밧게업습으로 일정한것을몰으겟
서요 우리세식구만 먹는다면몰으지만은 혹손님이만히와서 먹게됨으
로 예산을몰으겟습니다. 엇재주부로 이말하기는 거북스러워요 살님
잘못하는것갓해서 오호호」

「엇썬류의음식을 만히 잡수십니까?」

「우리는 조흔것보다 영양이만흔것을 만히취합니다. 더욱우리ヰ이
페가 허약하야서 더욱주의하여채소가튼 것을 섭취토록힘써요 그러
고손님이왓슬째는 다수가결로하여 만흔편에짜라 음식을해먹어요 그
러니까 그리일정치는못하지마는 될수잇는한에서 조흔것을취하고는
영양을위주로 하여서 먹어요」

여기까지 물은記者는 부억이어듸인가고 물엇드니

「원별말슴 부억가튼것은 보지안으면 더욱히우리가튼 푸로가사는
부억은 가난틔냄새밧게야 호호호 하여간 부억에대한살님을 알으실
랴면 朝鮮日報에 連載되는 凉奪者란小說이 바로우리 生活이 고대로나
와요 바로우리ヰ이 쓴다오」

밧갓마루에서 「ヒナタボッコ」 하시든 尹氏를바라보며 氏는너털우슴
을한바탕우스신다.

부억을 정직하게 공개하면 다음과갓다.

부억은 대문으로부터 드러가면서 바로올흔편손쪽으로 노이엿다 日
光이잘쏘이는 벽이째끚한것과긔률잇게나란히언저노흔그릇이 보기조
왓지만은 쓰지안는 상이라하야 먼지가까북이씨운상이 둘이흠이라면
흠이다. 그다음장독은 바로부억압헤양전히 나란히노여잇스나위치가
그리좃치못한점이 유감이엿다.


## 複雜하면서도淸潔한  高瓊熙氏의廚房  (辯護士李仁氏家庭)

壽宋洞에 法律事務所를둔 李仁氏 집을訪問하기는 바로正午가조곰지
난째이엿다.

그夫人高氏를차즈며 法律事務室를올흔편으로씨고 좀더드러가잇는
판장문에서 안을엿보고잇는記者에게-젊은마님차즈시우 지금부억에
서 무엇하시는가바요 바로문밧게 高氏를차젓슬적에는-누구를차즈십
니짜? 아이그우리언니께서는 지금잠간 볼일이잇서서 하여간드러오
서요 이방으로-하며 다정히 인도하여주는이는 바로中央保育學校에寄
宿舍監으로게신 李仁先生의  둘재누이동생인 李應淑氏이다. 日本식그
대로의  社交術이다. 그의말씨는 애교로일관하여 사람을대한다하여
失禮가되지안을지-.

「그런데 우리형님을 뵈러오섯나요?」

무릅을꾼채로 압헤손을놋코는記者에게뭇는氏에게

「李仁先生님夫人을뵙고저……」

「이방은요?」

「바로지금말씀하신 언니의방이랍니다」

참말로 이방은 벽이보이지안케 의거리와 장롱과 머리장으로둘너싸엿섯다.

「그러면 다른분들은요?」

「아버지와 어머님쎄서는 뒤란에(後園)잇는사랑채에 나가게십니다」

이째에야 노랑저고리에 남치마를 입으신氏!

부엌참관의사명을씌우고나슨 記者로서는 오날까지이러한 美人이 신부인은 못보앗다고하여서 다른분에게失禮가될는지모르나 氏는예상이외에 이십전으로보이는 그야말로전형적조선미인이요 그에태도는 너무도조심과 점잔에잠겨잇슬뿐이엿다. 겨우문을열고 웃방에서 쌍만나려다보는氏에게

「안지우 언니? 新女性雜誌社에서 언니뵈러왓다우」

이러케말하는 싀누이李氏의말을 들으신 그는그대로넘우쑷밧기라는 듯이 쌈이게빗나는 둥근눈을 빙빙놀리시며 무엇에무안이나당한이처럼 얼골이새쌀갓케물들어젓다.

「네대신 밀슴하시요 오호호」

「아이구언니는 언니더러뭇는말을 왜날더러 대답하라우 오호호」

엽헤안진 싀누이의엽구리를 쿡찔느면서 이야기하시는氏들은 픽도자미잇서보이엿다.

「그애는 누구입니짜?」

안고안진어린애에게로 시선을돌닌 記者를겨우처다보면서

「저- 큰애기애요!」

「그애뿐인가요? 어듸 저애는 바로오래다섯살이고 그다음아이가네

살먹은 사내아이고 그다음두살먹은어린애야요 쏘하나는배고잇서요.」

시누이의입만 처다보고안즈섯든 氏는 너무자세하게 말한것이무안하심인지!

「이왕이면 아조 자세히이야기하는것이올치뭐 호호호」

「집안식구는 전부 멧식구이십니까?」

「열여덜식구입니다」

「왠 식구가 그러케만습니까?」

「웬걸요! 어멈 침모 어린애보는아이만 다섯인대요」

「살님에대하야는 별로참섭하시지는 안으시겟습니다그려」

「네― 저는 어머니쎄서다―하시고하니? 별로살님에대하야는몰은답니다. 겨우찬이나 돌보는것과 어린애뒷바라지밧게는……」

이제 이분들의 부억살님에대하야 공개하면 방압헤 길―게잇는랑하숫헤가서 바로 부억이 세멘공쿠리―트로얌전이노이엿고큰가마솟이 셋이죽노이여잇다. 바로부억엽랑하엽흐로 쌀곡간과 찬간이칸을막어 청결히노이엿고 부억을지나 밧갓흐로는지하실이잇고 그속에는 김치 싹쑥이 새우젓 굴젓등이만히 늘어노여잇섯다.

그다음에부인들만 식사하는다다미싼녀름식당이 부억엽헤노이엿스며 바로그엽헤는 온돌로된겨울식당이맛붓허잇섯다.

모―든 것이 규률잇게 잘되엿스나 찬장압과부억압헤너무늘어노은 물건이 조곰 흠이라고불는지?

「부억제도를 좀더 개량하실생각이업스십니까?」

「우리부억은 조선가정으로도 적당하게노이엿다고생각함으로 부억에대하야는 별로개량까지는 하고십지안치요만는 쓰는긔구에대하야

다리미라든지혹은 풍로라든지 혹은 화덕이라든지 이런것을숫이나 나무로하기보담 전기로한다면경제도되고 편리할줄압니다마는 어듸 그러케 됩니까?」

「우리메누리는 아주일잘하고 순하고 충실하다오 일즉시집와서 오 랫동안일해보아서 아주근실하게일잘한다오!」

약간경상도 사투리가석긴말씨로 記者에게대하야말하시는이는 바 로 李仁先生의 慈堂이시엿다.

「찬거리는 누가사옵니까!」

「네 그것은 언제나 제가나가서 사온답니다」


## 純아메리카植生活을하는 梁邁倫氏의廚房 (牧師梁柱三氏의家庭)


부억참관중에 가장 모던-이라고생각한가정이 바로이댁이다. 곱게 -얌전스레지은 洋屋의 쓸압헤는 야사수두나무가 비로길엽흐로 그늘 지어잇스며 그아래에는국화와 기타가을꼿들이 길 양엽흐로 가지런 히족심겨잇섯다. 힌압치마에 손을녀으시번서-드리오시여 씨어기서 요-하며 방으로인도하는 夫人의뒤를짜러 방으로들어갓슬째는 仙境에 나온것가튼 감이만히생기엿다 옥색카덴이날신히바람에날니는엽헤는 온갖가을초화가 이곳저곳에노여잇스며 여러 가지 사진이 헤아리기 좃차 힘들게굿득이벽에걸려잇스며 축음긔 전화는 물론이어니와 방 바닥에깔려잇는 양탄자까지 드물게보는물건이엿다.

「이방은요?」

「이방은 식당이야요」

「그러면 식구는모다멧분이 나되십니까요」

「싀부모두분과 우리목사님과나와하녀들해서 여섯식구입니다」

「그러면 한달에 家用은얼마나드십닛까?」

「나무는 일년치를 전부 목사님께서 사주시고 다음비용만 百圓을주
면 그저빠드시자랄적도 잇고 쏘손님이만흐면 못찰적도잇서요」

「그런데 대개무슨음식을제일즐기십니까」

「즐기는음식을취하기보담 영양잇는 것으로 대개 채소를만히먹습
니다. 하여간 이런점에극히주의해야 겟드군요」

「하로에멧끼를잡수시며 아침 점심 저녁을 엇더한것으로 취하여잡
수십닛가?」

「우리는 아침을 제일중요하게칩니다. 그래서 아침은 순서양식으로
처음에이러나면서 사과나 감으로각각즐기는대로 하나씩먹고 그다음
은 죽(보리죽 밀죽 잣죽) 등으로 아츰마다 변경하여먹고 그우에 우유
한곱부씩먹고 그다음 팡과게란으로 이러케먹습니다. 그다음마지막에
차를 마시고요 점심은 썩도구어먹고 쏘찬밥이나이런 것으로 대개 먹
지요 저녁은 간단하게국 김치등으로 해먹습니다」

「한주일에 한번이나 혹은한달에한번만찬회가튼회를 베푸르시는례
는 업스십니까?」

「우리는 한달에멧번이고 손님이만이만히오시니까 그째면 자연히
만찬회처럼 음식을만드는 싸닭으로 일부러 잘해먹는날은 제정치안
엇습니다」

「그러면 어멈이나 식모가 반찬이나 음식을 성미에잘맛게 만들겟습

니싸?」

「처음에야 물론못하지마는 좀더잇스면 자연히배워서잘하겟지요 그러고 대개는 내가돌보아야합니다. 찬이나 국가튼 것은 의레히돌보아줍니다」

「부억은 어느쪽에잇습니싸?」

하고 물엇슬째는 快活하신 夫人은

「네- 이리로오서요」하며

「이방은 응접실이야요!」

「쏘이방은요 우리가 겨울에잇는 온돌방요-」

하면서 가지가지의것으로 장식한방을보여주시는데 모다 아메리카식그대로엿다.

이러한방을멧치고 지난다음 한엽혜는 풍로(전긔풍로) 등과 각궤안과 반찬장에는 전부째끗하게 洋器具가규률잇게 노이여잇섯다.

「저-밧게잇는 것이 장독이야요」

하면서 손짓하는곳에는 여러가지 음식독이벌려잇섯다. 그한 엽혜는 앗가부인이말한바와가티나무가 산뎀이처럼 싸이여잇섯다.

「이층도 잇스니 올너오서요」

하는 夫人의뒤를이어올러가니 한방을가르키면서

「여기는 손님이오시면 류하시게 하는방이야요 이방에바로朴仁德氏가게섯지요-」

하면서 엽혜문을열자 그안에는 완피-쓰洋服이 하나걸니엿스며튜랑크등이노엿다.

「이것이 朴仁德氏洋服이야요」

하며 한쪽방으로발을 옴긴다. 그곳에도 역시침대가노엿스며 여기를거처 쏘한쪽방에 왓슬째는

「이것이 우리가녀름에 쓰는 방이야요」

이곳에는 양복장과철괘가튼괘가 노이여잇섯다. 이방안은 다른방보다 더욱찬란하게금시하눌의천사가춤이라도출 듯이 각창에걸녀잇는 카-덴만 너풀너풀가을바람에날니고잇섯다.

●『신여성』 5권10호, 1931.11.

# 新時代의어머니를차저서

이달부터 신시대의 어머니를 차저서라는 표제로 여러분을순차로 찻기로하엿습니다. 그리하야 주로귀여운 아기의 보육문제에 대하야 여러가지 참고될말슴을들어 여러분독자에게 공개하기로 하엿습니다.


## 任鳳淳氏夫人　黃信德氏

겨울철이라고하기는 너무도 섭섭하리만큼 짜뜻하고 포근한 어느 날 오정째──. 記者는 귀여운 아드님한분을 新設里란 郊外에서 곱게 길ㄴ시는 黃信德氏를차저서 길을쩌낫다.

이모퉁이 저모퉁이에서 털거덕 털거덕하는 긔게소리를들으면서 제사공장과 고무공장을지나 시원하고도 정결한곳에 아담하게지여잇 는氏의집을 차젓습니다. 바로 記者가 氏를차젓슬적에는 금년에한돌 되는 아드님과 氏가가르키시던 明星實業學校學生세사람과함게 애기 의 재롱보시고안진째이엿다.

記者를본氏는 「아이구 우리아드님좀보시우 바로금년에 한돌되엿는 대──」 하시면서

「아가 안녕합시오── 해라 응?」 하시면서 안으섯든아기를짱에나려안치시며 무한히 집버하섯다.

「어린애일흠은 무엇입니까요?」

「우리아드님일흠요 任亨彬이랍니다.」

「어린애를 하나도아니시고 두번째길느시는니만큼 先生쎄서는 어린애길느는법에대하야 경험과생각하시는것이잇슬것이니말슴하여주십시요.」

「별로 연구까지는 한일이야 업지만은 요사이가티 일긔가 잘변하고 감긔가만히 류행하는째는우리어머니로서 가장 주의하여야할것은 어린애를옷입힐째에 극히 조심하여야하겟서요. 웨그러냐하면 어린애들은 신체의 구조가 아즉도 약하니만큼 「선듯」하는 긔운만잇서도 곳감긔에 걸려드는대 제일주의 할것은 아츰에 잠옷을 입힐째나 밤에잠옷을 벗길째 혹은 새옷을가라입힐째에 「선뜻」하지안토록 헌겁으로(명주나 타올 혹은 싸-재-) 가튼것으로마찰(부비여주는것)을작고 식혀줍니다. 옷을벗길째나 입일째에 한손으로 옷을 벗기고 한싯흐로 헌겁을 들고는 차츰마찰하여나가면서 옷을입히면 감긔의 예방도되고 쏘한 피(血)의순환도잘되여서 페(肺)도조와지고 음식도잘조화되여요.」

「젓과 긔타다른것을먹이는데 주의할것은요?」

「젓이 그리만치못하야서 못먹이고 아침 저녁 점심으로 죽을세번씩 먹이는데 그후면 소화제로 사과 밤 과자(우유든과자) 이런것을 시간을맞처서 먹입니다.」

「그다음 잠을 재우실째 주의는요?」

「아츰에 밥을먹이고나면 으레히 어린이자신이밧그로나가자고하는

데 그째를리용하여 우리는업고밧그로나가서 짜뜻한해볏에내놋코 日
光浴을 식힘니다. 그러고 그만실증이나서 드러 가자고 졸느면 다시방
으로 다리고 들어와 뉘여노으면 아주잘자지요. 한두시간쯤 자다가
이러나면 밥을 먹이지요 그러고 쏘업고 박그로나가서 한참 새공긔를
쏘이고난뒤에 드러와서놀다가 쏘자자고하면 한시간가량자고나면 저
녁밥을먹게되는대 日光浴을식히는것도 어린몸에 탈이업슬째에면 좃
치마는 감긔가튼병에 걸일째면 바람을 피하기위하야 방에꼭 갓처놋
치요 그째면저도 그리나갈려고 하지안어요.」

「그런데 울니지안으시는 비결은요?」

「어린애표정과 시간을보아서 엇재우는지를아는데 대개 표정으로
보면 작란감을가지고놀다가 마음에 맛지안어서 우는것이다르고 배
곱하우는것이다르고 자고십허서우는것이다르고 혹은 몸이압허서 우
는것이다른데 째를짜라 마음에맛도록 해주면 그만입니다.」

「일하시기에 거북하신점은요?」

「아이구 사람하나 길느기처럼 힘드는일이 어듸잇소! 참 제일힘을
고 노력들일이 이일인대…… 하로종일 어린애에게 매달니게되지요.
귀여워서얼너주느라고 그러는것도아니지만 하로종일을 쏙붓고 잇게
된답니다. 조곰만안보아도 오좀싸고 쏭싸고 쏀죽한 나묵대기를가지
고작란하고 화로에가업드리고 하는까닭에 꼭 한사람이 부터잇서 돌
보아야만 완전한사람을 만들겟서요.」

어린애敎育의責任이 어머니로서는 너무도 중한책임인동시에 힘이
드시다는 듯이 고개를좌우로 기웃하시면서 긴-한숨을 쉬섯습니다.

「그러기에 공부를 낫이면못합니다. 새벽에다른사람이 다-잔뒤이라

야만 겨우 신문다-일느나마나 하지요 그러고 겨우 新刊雜誌나뒤적이
지요..」

「일보시러나가신뒤는요?」

「할머니께서 보시는데 각가지로 주의의말슴을하고나가지만 그래
도 안심을못하겟드구만요..」

마침내이째에 할머니에엽헤서 밧게나가놀든 어린애는 엄마 엄마
하면서 氏에게 반가히 안기웟습니다 색동인저고리에 융으로 바지를
너무크게해입히서서 오히려어린애 놀기에 퍽부자유 스러워 보이엿
습니다. 記者가 안으려고손을내밋엇더니 「햇죽」우수면서 氏에게로가
서 손벽을치며 좃타고우섯습니다. 웃는맵씨는 꼭 氏를 달멋습니다 싯
흐로 이새로운어머니의손으로 길드는 어린애 亨彬君! 君은 우리조선
에 좀더 쯧잇는 일군이되여주기를 바라며 오직건강을 축수합니다.

●『신여성』 6권1호, 1932.1.

# 朝鮮最初의女經濟學士　崔英淑氏訪問記

　　남다른 포부와 남다른희망을품고 지금으로부터 아홉해전에 쏫가튼 두새악씨가 中國南京으로 苦學의길을쩌낫스니 그한분은 崔英淑氏요 쏘한분은 崔氏의둘도업는 친구 林孝貞氏이다.

　　포부와 리상이가튼 두사람의同志는 다닥처오는고생을 니를악물고 참어가면서 배홈의길을닥것스나 만二年되는해에 경제적으로더욱심해지는 곤란을 엇절수업서 이두분의사이는 기어코갈너지고만것이다 그리하야 林孝貞氏는 東京으로 갈니여진것이 이들로하여곰 처음으로 손을나뉘게한원인이엿다. 그뒤林氏는 東京서 英文學을 전공하게되엿스며 崔氏는 홀로 쩌러저서그곳 瀘文女子中學校를맛친뒤 바로 瑞典으로건너가 스톡홈이란이나라의서울에서 大學을맛치고 나오는길에 정말, 독일, 불국, 서서, 이태리, 희랍, 토이긔, 애급, 인도, 유태, 신가파, 안남, 생해등지를것처 十一月二十五日아침햇볏이 동편하눌을 고히 물드릴째 九年동안 안탑갑게도 그리우든 고국의쌍을 밟게되엿다.

×

서울에 무사히 내렷다는 소식을듯고 記者는 氏가도착한바로그잇흔 날 氏의자택을방문하엿다. 문밧게서 명함을 드려보낸지 얼마안되야 안으로부터나오시는氏! 엇저면 이러케까지도 수수하게차리엿슬까하는의아심을 자아내지안코는 못견듸리만큼그의 단발한맵씨나 그의 수수한 양복이나 언어동작기타어느점으로나 수수한늣김을 주지안는 것이업섯다.

「어서 드러오서요 집에오니 그저어수선해서요!」

문밧게선 記者를바라보면 빙긋이우스시면서 하는말슴이엿다. 인도 하여주시는대로 건너방으로 들어가안젓슬째는 氏는 애교잇는말씨로

「저온줄을 엇더케아섯서요? 오호호」

너무속히알엇다는듯이 고개를 기웃둥하고안즈시며 우스신다.

記者는 단도직입적으로 아래와가티 입을쩨엿다.

「中國에서 졸업하시고난뒤에 처음품고드러가신 포부대로 조선에 나와서 부인운동을 하시지안코 왜瑞典까지가시엿나요?」

「물론 그러한의심을 녀성동지들이 누구나꼭가티하엿슬것이외다마는 그째나의 사상을말하면 엘넨케이女史를 퍽도숭배하엿섯답니다 그 동기는 물론 그가저술한책을 만히탐독하엿고 그녀자의이야기를 中國 동무들간에서도 퍽만히 들엇든관게이지요 그리고 그곳은 부인운동 이 다른곳보다 훌륭히진보되여잇다는 소식까지들엇거던요 그래서 나는 엘넨케이女史를맛나볼려고 내사진과쏘이력을 적어보내는일편 사상에 공명한다는뜻으로 쓴편지도 멧번하엿섯지요 마침그째쏘 이 사상에공명하여 함께들어가겟다는중국친구가 잇서서 함께쩌나기로 되엿섯답니다 그러나 결국나는 혼자서 엘넨케이女史를 바라보고 쩌

나게된것이애요 그는 그째만하여도 녀성운동의 선구자요 쏘제일인
자라할만큼 위대한녀자이엿답니다 그러나 지금에와서 내사상은 엘
넨케이女史의 사상을 아조째끗이 청산한셈입니다」

　가늘게 굴너나오는 氏의말씨는 엽헤안저듯는 記者로하여곰 몹시
다정하게하엿다.

　「그래 瑞典에가시여 곳엘넨케이女史를 맛나보섯나요?」

　「불행히도 못맛나보앗답니다 내가 들어간지 바로 몃칠전에 세상을
써낫겟지요 그러나 그곳에는 바로 엘넨케이의 열두형제파들이잇서
서 그들을차저봄으로 그다지 섭섭하지는안엇섯지요 그들은 그곳부
인운동의 머리들이엿섯슴으로 지도도만히밧엇고 쏘사랑도 만히 밧
엇답니다」

　「그곳부인들이 외국사람을 대하는품은 엇대요」

　이러케물엇슬적에 그는 참으로 감복하엿다는 듯이

　「아이구 그곳은 아주친절히기기 한량업서요 내기 동양인으로는 치
음들어갓드니만큼 아주후대를 하여주엇스니까요」

　「그잇노동부인들은 물론 정한시간인에 일을하겟지민은 수입과 지
식정도는요?」

　「그곳은대규모소규모의공장이고간에　보통학교졸업생이아니면　직
공으로쓰지를안어요 그러고 수입은 하로에 四圓五十전가량수입인까
닭에 공장노동복만버스면 어느녀자가 자본가의부인이라고 구별못하
리만큼 훌륭히 차리고단이지요」

　「그러면 생활비는요?」

　「하로의생활비는 대개 二圓五十錢가량인까 二圓은남지안어요? 그

만큼그곳은 노동을하여도 보람이 잇지요 그리고 그곳은 노동련맹의
세력이 아주강하야서 그나라사람으로 할수잇는일은 외국사람에게식
히지안는것이 그나라의특색이외다」

「그것은 웨 그럴까요?」

「만일 엇던나라사람에게든지 허락한다면 그나라로 각국의실업군
이 모혀들게되지안을까하는 방어책이겟지요」

「그러면 선생님께서는 엇더한방식으로 학자를 구해쓰섯나요」

「나도역시 그들이하지못하는일로써 語學敎授, 버개수노키(물론東洋
刺繡) 쏘한 조선의사정을 그리여신문가튼데 투고를하여서 거기서생
기는것으로 학자를 해나왓지요」

「그러면 그곳에 처음가서서 言語는 엇더케통하섯나요」

「一年동안을 쏙瑞典語만 공부 하엿지요 그다음에 스톡코홈大學 정
치경제과에 입학하여 이래四년동안을 공부하엿서요」

「그곳에 부인운동은 엇더튼가요」

「그곳은 쏙동등이야요 물론미국가튼곳은 女子가어느편으로보아
우대를만히밧지만은 이곳은 쏙남자나 여자나 동등한지위에서 혹은
재판관 혹은 대학교수 혹은변호사 이러한 정치적방면에 활약하는인
물이 엇지만흔지 모른답니다」

——정치덕으로나 경제덕으로보아 너무도 우리조선녀성들과는 차
이가만타는것을 유감으로 생각하시는 씨는 말을이어

「하여간 우리조선녀성도 이곳녀성과가티 무장을갓출랴면 첫재로
경제덕으로 확실한독립을 하기전에야 압만해방을 부르지젓자 소용
이무엇입니까? 그러고그러한동등을 부루짓는다면 쑤르조아부인운동

에 불과하지요」

「그러면 우리조선에나오시면 처음에 엇더한일을하실작정이엿섯나요?」

「나는 이래 九個성상을 조선을 써나잇섯스니만큼 모―든점으로보아서 지금에발을드는나는 유감뿐이야요 그것은 일을위하야서 공부한다면 처음부터 조선에파뭇처잇서가지고 조선의사정을 잘알어야할일인데 나는 오랫동안 조선을써나잇섯드니만큼 조선의사정을 잘모른다하여도 과언이아닌대 내가그곳에서 조선나가일할 프랑은 첫재로 消費組合일과 無産婦人運動을하는것이 최대희망이고 쏘책임이라고 생각하엿습니다 물론 이두가지가 나의생각한바인대 첫재로 조선이란 것을 지금잘알어보는 것이 조흘것갓고해서 당분간은 집에서공부하여볼 작정이외다.」

「조선에 처음드러오시면서 늣기신감상은요?」

「별감상이야 업지만 ○○○이더 만히긴것이고 둘재로 중산세급 소위소쁘루조아층의인물들이 경제적으로 제일몰락당한 것이 력력히나에게 인상을주어요 그것은 첫제로 우리집을보아서 잘알엇서요!」

머리가무거운 듯이 한참씩생각하시면서 조리잇게이야기하여주엇다.

이째건넌방병상에 누으신 氏의 춘부장쎄서 불으시엿슴으로 記者는 싯흐로 조선의녀성운동을위하야 힘썻노력하여 달라는것을 바라고 氏의집문을나섯다.

×

이번이달치에 이방문긔과아울너 의와경제에 관한론문을 실으려
하엿든것이 먼려행의피로 엿슴인지 불행히도건강을 상하시게되야
잇지못하고다음 긔회로미루엇습니다. 그러나머지안어 이약속이실현
될것을밋고 기다리는 바입니다.

●『신여성』 6권1호, 1932.1.

# 各女學校卒業生 언파레―드, 第一回 女子商業學校篇

험한풍우 오랜세월 진흙에 무친백옥
청석골 언덕우에 샛별가티낫하나
그의광채 찬란하구나.
귀중하다 내일흠은 경성녀자 상업학교.

◇

삼각산 거울삼어 깁히잠든 우리규수
활무대에 쒸여올라 미큐리를드르며
해방에 노래부른다.
귀중하다 내일흠은 경성녀자상업학교.

한강수 거울삼어 단장하는 처녀사공
황해에 배를씌워 대양으로저어나가
파도마처 춤을춘다.
장쾌하다 내일흠은 경성녀자상업하교.


얼마나 힘잇고 짐무거운 노래이랴?! 이노래가 매일아침 「청석골」

언덕우에 수수하게지은 목조건물교사안에서 수백명아가씨들이 자긔네들의무거운짐과 포부를하소하는 노래이다.

경제적으로 여지업는 노예가되여잇는 일천만 녀성들의 자립을위하야 설립된것이 이학교의 근본정신이다. 오늘까지 수만흔직업부인을 이사회에 내보냄으로써 가장귀중한천직을 다하여오는 이학교! 여기에서 소정의학업을 필하고 교문을 쩌나간이들중에서 가장문제의인물만 몃분을 추리여보기로한다.

### 槿友運動의重鎭 金貞媛

咸北淸津출생으로 槿友會위원이요 또한평판美人으로 유명한분이다.
무엇이 君으로하여곰 게급의식에 눈쓰게하엿든가? 그의아버지는 지방인청진 신간회지회장으로 오래전부터 이운동에 싸워오는 맹장으로 계시다하니 아버지의 투지에 감렴되여 이는 남다른 포부를쪄안고 상업학교에 입학하여 경제지식의 수양을싸은것이라한다. 지금은 고향인함북청진에가잇다는 소식이잇는데 아마도 이제부터 노동자농민층으로 직접들어가서 그들의당면리익을위하야 투쟁을게속하는모양이다.

### 붉은氣熖도한째런가? 金在殷

키적은 김재은!

말잘하는 김재은!

이러케 그가한번 단상에올나서 녀성문제로 책상을두들기면서 대기염을 토할째에는 만인의귀염을 실로한몸에 독차지하엿든것이다. 이러한자랑을가진 그는 어느째인가 나는 상해륙군사관학교에 지원하엿다하고 신문제삼면에 군에사진까지 발표되엿슬째 우리는 실로 보담더-큰긔대와 촉망을가젓든것이다.

그러나 서울을등질날자가 오히려하로가지난 그잇흔날 어쩐동무가 그에게 「언제쩌나는셈이냐」하고물엇드니

「내가갈려는 그길이 쏘하나 생기엿단다」

「어쩌한길?」 하고 재처물엇슬적에 그는 얼골을약간 붉히면서

「사랑의길!……」

「그러면 너는 영영그길에서 헤매이려느냐?」

「모르지!」

발서 그째의君의 그굿세든 그투지는 연애병에사로잡히고말엇든것이다. 그리하야 결국君의 발자국은 그의잔쎠를굵게 길너주든平壤인 고향으로 발굽치가돌리엇젓디는소문이난시 얼마안되야 옥가튼 귀동자를 나아자미잇게 가정생활을한단다. 그러나한가지유감은 그의男便되는그는 도×××의××라는것이다. 그러나 군아그자리를버서나 다시 옛긔분으로 도라슬생각은업는가?

## 問題만튼女主人公　金銀松

　咸北鏡城출생으로　재색겸비의미인으로　칭송이　자자하든　김은송
군! 이학교에서　삼년간을　도마터노흔듯이　최우등의　월게관을　한몸에
지니엿다. 그후신호녀자상업에가　다시입학하여　그곳을졸언하후　그로
부터　다시　동경으로건너가　명대(明大)법과에　재학중이라고하드니　세
갈내　네갈래의　사랑의실마리가　군하나를가운데놋코　싸호게되자　할
수업시조선으로도로나와서　그중에한줄의사랑을잡어　지금은　황해도
부호의　아드님과　평화한단꿈을쑤고잇다고한다. 비노니　이전에갑업는
이데오로기　즉　뿌로조아적긔분을　청산할　생각은　아직도못가젓는가? 한번
더말하여두노니　가정의씩씩한주부로　새로운의미의현모량처로　압날의　새
길을　걸어주기를바라는것이다.


## 愛人싸라東京으로　吳玉女

　平北江界출생으로　극빈한가정에외딸로태여나　겨우보통학교를　졸
업한그는　아버지와어머니의끈이를　도웁기위하야　그곳江界우편소에
서　교환수로잇다가　어린마음에핀　한포기의　꼿송이는　그로하여곰－경
제적으로　독립을하여야한다는것이　그의　어릴쩍부터　바라든바가되여
그가열일곱되든해에　서울싸지차저와　남의집가정교사로　학자를보태
여가면서　우수한성적으로　이학교를　졸업하게되엿다. 남달리　영악하
고　영리하여　활발한미듬성풍부한이엿다. 만일　金貞媛君이　진실한투

쟁의인이라면 吳군은 리론에잇서 가장 발자한투사라할만큼 일즉이 계급의식의 눈쓴이엿다.

그리하야 그가 삼학년되든해는 이학교에 긔괴한 파란이생기게되자 민첩한吳君은 正義는 이긴다―하는긔염과함께 선두에서 일반학생을 선동식혀 그가 방년 열아홉째에 서대문감옥에 소동죄로 열흘의 감금을당하여 벌금 이십원의 형으로밧군일짜지잇다. 그후에군은 코론타이의 연애론을 열독하더니 그에감렴됨인지 二重三重의 사랑으로 적지안은 쾌락을누리는모양이더니 지금은 그중에서 한분을좃차 東京에서살님을한다고! 압흐로 그가 그곳에서만흔 지식을어더 녀성운동을위하야 실천할날이 다시재현할것을밋고 긔대하는바이다.


**미쓰朝鮮의當選者 李明淑**


처음으로 조선에서 미쓰조선으로 특선된 李明淑! 한번세상에 그일흠이 날니자 조선의 젊은청년들의 흠앙의초점이되여잇는 이절대가인! 조선의대표적미인 리君은 나이열여들의젊은나이로 현재 총독부 국세조사과에 현직을둔 새로운 직업부인이다.

쑤르층의가정의외쌀로서 귀염을 홀로밧고잇든그가 쪼한 사회적으로뭇남성에게 총애를 밧고잇는 그를 우리는 일너 행복자라고나 하여둘짜?


아래의 사진은 작년(一三三一年)도 第四回졸업생들이 졸업에 임하

야 자긔의 생각대로 싸인을한것입니다. 쪽쪽지안으나 처음부터닑어
보면 별별말이다잇서퍽도 자미가잇습니다.
　이각녀학교졸업생언파레―드는호마다 계속을 하야 경성이 씃나면
곳지방학교를 소개 하겟습니다.
　특히 지방支分社의 만흔 성원이 잇기를 바랍니다.

●『신여성』 6권1호, 1932.1.

# 各女學校卒業生 언파레―드, 第二回 淑明女子高普篇

우리삼천리강산의 녀성교육긔관의 중동학교치고 그중에서 가장 만흔인재를 내여보낸학교로치자면 서울에도중앙인 수송동한복판에 약간의숩풀을 엽헤끼고 웃득솟은 淑明女學校를 첫손으로 꼽을것이다. 실로이학교교장은 九重深房에갓치여 「가갸」한자 변변히 못뵈워본원한이 부인으로하여곰 진흙속에깁히뭇처진 백옥을 골으기에 힘쓰게 되엿스니 이엇지 일천만녀성이 함께머리숙여 감사올닐일이아니랴.

조선의 현숙한부인으로써 새가정의 현모량처를만들어주기에 일심정력을 다드려가며잇는 이학교―지금으로부터― 쌈아득한 어느녯날가튼― 바로스물여섯해전에 전신만고 李貞淑氏의 피의 결정으로 만들어진것이다. 그리하야 明治四十三年에 第一回로서 처음으로 졸업생을네사람을 내인것이 조선의 첫긔록이라고하여도 과언이아니리만치 그때의녀성의교육긔관은 하도 희구한것이엇다. 이래 이학교에서는 新聞界에 文筆을놀니고잇는 여러분들과 교육긔관에종사하고잇는분쏘는 家庭에 업지못할현모양처로 쏘는 천재무용가로일흠을날니고잇는 분이만흔것이다. 특히 아래에 무질서하게 그중에멧분만 소개하여볼짜한다.

## 東亞日報婦人記者　崔義順氏

氏는 서울태성으로서일즉이 이학교를 졸업하자 곳東京女子高等師範學校修理科에서 工夫하시엿다.

그후卒業의月桂冠이 氏의 머리우에노여짐과함께 일즉이사랑을약속하엿든 (째에徽文高等英語先生님) 秦氏와서울장안이울니게만흔동무들의 축복의열광적환영속에서 화촉의성전이열니게되엿다.

그뒤 崔氏는 女子도 經濟的으로 독립을 하여야한다는 생각과함께 —전혀방향이다른 文筆生活의제일무대로써 開闢社婦人記者로써 만흔 活躍을다하다가 東亞日報로 이동을 하게된것이다.

氏는 일즉부터 미모의 소유자로써 그의명성이임이 널니알니여 氏를아는이는 氏의이름을 불으기보다 「입부게생긴이!」 하는 팬네임이 붓게되엿다. 엇더한이들은 氏의미모와 성격을 가르켜하로종일엽헤놋코보아도 미운곳을 발견못하엿고 일년을 사괴여접촉하여보아도 그의성격은 언제나 한결갓다고한다. 과연 氏는 얼골이 어엽부고 쏘한 근대미를 풍부히 가진한편 쏘한 마음도고르게 놉고나즘이업시 어엽부고 순탄한것이다. 이압흐로 조선 녀류문인게에잇서 氏의공이실로 다대할것을 밋는동시에 氏의 압흐로더—쑤준한노력과 보람이잇는 행동이 一九三二年의첫봄부터 시작되여주기를 두손밧처크게바라는바이다.

## 半島閨秀畵家  李淑鐘氏

半島의  閨秀畵家李淑鐘氏는  일즉이  東京女子美術學校의才媛으로써 당대의  장안청년들의동경의관격이되엿섯다.  바로그후에는  東大에서 美術史와  考古學을硏究하엿스며  쏘한  그뒤에는  北京에서  그림의재능 을닥것다고한다.

어느째 전조선미술전람회에 두회나 氏의 희세의걸작적그림이 입선 된뒤 더욱 씨의 명성이 삼천리방방곡곡에 펼치여진것이다.  지금은 경성녀자상업학교의도화선생겸 사감겸하야 만흔 공을끼치고게시다.

氏는 그리 미모의소유자는못된다.  그러나 그성격이 활발하고 쾌활 하기로유명하셔서 오히려 氏를 아는이들은 氏에게만흔애착과 애정을 갓게된다고한다.  더욱히 氏에게잇서서 자미잇는 에피소-드는 동성연 애만히하기로 유명한분이다.  여러분독자간에는 키는비록적고 가는몸 집을 소유하엿스나 그의거름거리는 철혈남아라도 한손에째려부실만 한 용단성으로 그에한발한거름을어더볼수잇는것과 두사람이쏙가튼 의복에 쏙가튼신발까지하고다니는것은 만치 보앗슬것이디.  氏는 그 性格이 아주 열정가이다 그만큼 동성연애에잇서서도 아주열정적으로 한다고한다.  현재의氏의동성연인은 그어느누구인지……. 우리는 氏의 동성연애를한갓유희적으로보아서는 오해이다.  그는 氏의근래의모잡 지에실인 글을보아도 그가성적으로 얼마나고독과 적요를늣기고잇는 것을알것이다.  쯧흐로 氏여! 만치못한 조선의 예술가의 한사람으로 쯧쯧내 일하여주기를바라는바이다.

## 前朝鮮日報記者 尹聖相氏

氏는 함경도신상출생으로 함흥영생녀학교재학시 서울숙명학교에 전학하여 사개년동안을한번도 그의 수석의 아름다운 자리는 다른동무에게 쌔앗겨본적이업다고하니 그의 재질을 여기에서 더들추어말하지안어도 氏는얼마나 영리한두뢰와 명석한리지를가젓다는것을 길게말하지안어도 일반은 잘알것이다. 그후 일본 奈良高師에서 공부하여 삼년째되든마지막해에이르러 부득이한사정으로 조선에나와 이래 사오년간의긴세월을 朝鮮日報學藝欄을 도마터 열심히일을보앗다 지금은 가정에서가정살님하시기에 만흔자미를 보신다는 말이잇다. 氏는 임이천편일률의 비애와 고통과 암흑만을실지안어서는안되는 조선의 얼론기관에잇스면서 실로 바른데로 붓을놀리지 못하엿고 마음먹는대로의 취재를 실지 못하고 한편에서 검은잉크로 묵살을 당할째 현명한 氏는 거기에서 염증과 증오가 만엇슬것이다. 임이 그러한 직접경험에서 우리의고통을알고 사회제도의결함과 시대의모순을늣기엿거던웨! 산송장모양으로 꿈틀거려 밥먹을줄만아는가? 우리들은우리의머리가영리하면영리할사록 인테리적행동에서 버서나기힘든것은 실로지금의 이사회가 말하여주는것이다. 그럿타고 가정의 단꿈에 오래취함도 실로동무로써 용서치못할 한개죄악이라고도볼수잇는것이다. 氏의비약의반성과함께 일천만녀성의 선두에서 그의긔염이쏘다나올것을바라는바이다.

### 朝鮮唯一의天才舞踊家  崔承喜氏

　조선의자랑거리인 단하나의천재무용가! 崔承喜氏…… 하고보면 서
울장안에잇는이치고는 三尺童子라도 그의 일홈을기억하리만큼 수차
의 긔발한공연으로서 우리반도인을놀내게한이다. 일즉이 이學校를졸
업하자 곳 日本에무용게에잇서 白眉의초ㅅ점으로 세게일홈을날니고
잇든 石井漠을짜라가서 오랫동안무용을연구한이―나는氏를소개하기
에 너무도 내붓이 갈팡질팡함을아니늣길수업다. 그는 임이세상이 천
재무용가로 너무도 그내력을 만히아는싸닭이라고보는데서 미숙한이
붓이둔하게 나감을 붓그러히생각하는바이다. 지금은 수송동 모교근
처에 연구소를두고 氏의夫君 安漠氏와 안락한생활을하고잇다고한다.
들니는바에의하면 임신설이 분분하나 이것이사실인지? 싯흐로 만흔
활약과 만흔 노력으로 이쌍에다 더 새로운의미의무용을 민중에게 보
여주소서.


### 同德女高家事先生  宋今璇氏

　학생으로부터 가장 만히 총애밧고잇는이―가장신임을 만히밧고잇
는이가 이 宋今璇氏이다 氏는 일즉이 이곳을卒業하고 곳 東京女子高
等師範學校家事科맛춘뒤 모교에서 교편을 잡고잇다가 현재는이전하
야 동덕녀자고보가사과선생으로잇다.
　氏에게잇서 가장자미잇는 에피소-드가 하나잇스니 氏는 일즉이 이
학교이학년시대부터 남몰래 어린가슴을태워 이래칠개년동안을 연애

생활을계속하엿다고한다. 지금으로부터오년전에 화측의성례가성립
된뒤에 발서 무릅아래에는 두어린귀동자가 잇다고한다. 현재는 수창
동에 동양식쓰윗트홈을 건설하고 자미진진한생활을하고잇다고한다.


## 母校의先生兼淑女會幹事　金賢實氏


氏는 서울태생으로 활발하면서도 坮한얌전하기로 일흠이 날니여진
분이다. 일즉이 奈良高師家事科를맛치시고 이래 사개년동안을 母校인
이곳에서 교편을잡고잇다. 크고건장하고 坮한씩씩한 모-던적성질을
다분이 소유한분으로유명하며 일즉이 이학교의졸업생들이 모히여
친목을도모하기의하야지여진 淑女會간부로서도잇다. 지금부터삼년전
에화측의성전이열닌뒤 가정의 만흔자미를 보며 이학교의일을 본다
고 한다. 만히 일하고 만히 가르켜주기를바란다.


## 美人으로名聲놉흔　金仁洙氏


동양의 고전화ㅅ속에서 남몰래 고요히빠저나온듯한풍염수려한이
가 金仁洙氏일것이다. 남달니온순하고 고아하야 누구에게든지 조흔
인상으로 대하는이이다. 일즉이 현해탄을건너 奈良에가서 나량고등
사범문과를 맛친뒤 작년봄에 졸업이월게관을한몸에가득입고 다시조
선에나와 여자상업학교에서교편을잡고잇다가 모교로 옴기여 지금은
력사와일어의 두과목을 맛허본다고한다.

## 半島閨秀詩人　車妙錫氏

車妙錫氏는山村水廓이모다秀麗하고　人心이풍부한　咸北端川出生으로 이학교재학시대부터　그는　天才的詩人으로　학교동무들사이에서　만흔 동경과　흠모를바더왓다고한다.

이학교를　졸업한뒤　朝鮮週報의녀긔자로서—시인으로서의　文名을날 니며잇섯다고한다.　이제氏의현재의사랑의쓰윗트홈을　일우게되기까 지의　사랑의실마리를차저드러　푸러보아가기로하자.

夫君인金璟載氏와　한곳에서　일을보게될때　그들은　自己도몰으는사 이에　사랑을　감촉하게되여드듸여　스피-드적결혼으로싸라서　비형식 적으로　결혼식을하엿다고한다.　그리하야　지금은　崇四洞한적한곳—주 위의　청청하게　피여오르는봄의향긔를　서로속삭이며　지낸다고하니　실로 단락한가정의하나로알것이다.　짓흐로　사회평론가의남편을두고잇는씨! 씨는　붊워에　우리압헤　사회주의적입장에서의　문필을　보여줄것을　우리는 기대려보기로하자.


## 三千里誌의婦人記者　崔貞熙氏

「關北處女—其大如馬」라고　일즉이　들니여왓스나　이최씨는　적은체 구를가젓다.　그러나　그의체구가적다고　그의마음과생각까지적다는　법 이업는것과　맛찬가지로　三千里에서　비약적활동을　꾀하고잇는데서　대 담하고　당돌한데　한층　놀내는바이다.　일즉이　숙명녀자고보를졸업하고 중앙보육을졸업하여일본에서까지 건너가 아동교육에종사하다가 조선에나와 방향을전환식혀 잡지긔자로 문필의 필봉을날니고잇는것이다. 지금은 부군인 金幽影氏와 사랑의스윗트홈을 시내모처에두고 단락한생활을 하고잇다고한다. 만치못한 부인긔자로써뜻이고참된활략을 만히 해주기를바라는바이다.


### 女子運動界의花形 李貞氏

학교시대부터 정구선수—빠스켓·바레의선수로그학교운동선수의 백미격으로잇든이가 바로 이분이다. 일즉이부터 직업부인이되기를 몹시 원하여 지금은 상업은행에서 진실히 사무를 보아가고잇다고한다. 그는 미모의소유자라하기보다 건강체의씩씩한 투사적 긔분이도는 처녀라고볼수잇는대서 근대적 모-든형을 다분히발견할수잇다.

× ×

이외에도 만흔 조흔분이잇스나 이멧분만추리여 소개하기로한다 너그러운 양혜를 바라는바이다.

- 『신여성』 6권3호, 1932.3.
- 송계월이 1932년 3월 이후 신병으로 고향에 내려가자 「각여학교졸업생언파레-드」
  는 다른 기자가 담당하게 된다. 3회 동덕편(1932.6.), 4회 배화편(1932.7.), 5회 진명
  편(1932.8.), 6회 근화편(1932.10.)이 계속된다. 이후 9월에 송계월이 상경하지만 7
  회 경성여고보편(1932.11), 8회 이화여고편(1932.12)을 송계월이 담당한 것 같지는
  않다. 문체나 한문의 사용 등이 이전 「졸업생언파레-드」와 많은 차이를 보이므로
  송계월의 기사로 다루지 않는 것이 적당하리라 생각된다.

# 제8장
## 좌담회

# 移動座談 「내가理想하는男便」

序論　一般男便들에게對한不滿

　　　法律에對한不公平

　　　우리가結婚할려면?


本論　내가理想하는男便

　　　(A) 男便의職業問題

　　　(B) 男便의收入問題

　　　(C) 趣味와性格問題

　　　(D) 學識과敎養問題

　　　(E) 産兒制限의可否


出席者　協成女神敎員　趙賢景孃

　　　　中央保育敎員　李應淑孃

　　　　三千里社記者　崔貞熙孃

　　　　培花女高出身　權完珍孃

　　　　槿花女敎出身　姜松相孃

本誌婦人記者　宋桂月孃

## 一般 「男便」에대한不滿

宋 「지금까지는 대개 남자중에서 몬저「내가 理想하는 女性은 엇더한 女性이래야 적합하느니 혹은 내가 戀人을 구한다면 엇더한 女性을구해야 하느니하고 여러가지로 주장이 만엇지만 오늘은 그러한현상을쩌나서 우리들女性으로서의 立場에서 내가 理想하는 남편은 어쩌해야하겟다든지 쏘한 이만하면 將來에 나에 理想的남편이 될 수가잇다는말슴을 숨김업시전부이야기하기로하십시다. 그리고 一九三一年도의 아조 맨끗인오날짜지일반적으로 男子그들에게對하야 不滿이잇다고 생각하시는것이 잇스면 전부 이야기하여주섯스면합니다. 자―이제 부터가슴을 툭터러놋코 말슴해주십시요.」

姜 「전부 불만쑨이지요 머―」

宋 「좀더 具體的으로―李應淑氏부터 말슴해주시지요」

李 「저는 대개 학교에서 학생들의질문과 학생들의 의론이잇게됨으로 자연히 이방면에대하야 알게되는대 대개 조선가정이라면 무婚그것째문에 페해가이러나는일이만타고 생각합니다. 우리 조선가튼데잇서서는 자기자유대로 결혼한다는것은 둘째문데요 日本처럼 「見合」 結婚을하는 사람이 얼마나 됩니짜? 하여간 가정불화요 파란이요 우월적橫暴―그것을 근본적으로 해부한

다면 男女서로가 넘우도 지식에잇서 차이가 만흔까닭으로 혹
은 부인이 남편의 소행에대하야리해못하고 쌩쌩거리기만하니
자연 카페로혹은 료리집으로 발을 더듬게 되는것이라고생각합
니다. 그리고 쏘한 서로리해하고 婚姻한그사람들 사이에서도어
째든 그저 긔운을 죽이긔위하야 꽉 눌너버리는것은 그야말로
정말 자긔들의 비열을 여실히 폭로하는것을밧게 보이지안어요」

趙　「부인을 내려누르려고하는 그심리를 해부하여본다면 그것은
재래의인습을 타파치못한 까닭이라고 봅니다. 男子란 어릴때부
터 女子는약자이니 무지자이니하고 어째든 男子들에게굴복하
여야 한다는소리만 드러왓고 그아버지가 그어머니를 학대하는
것을 실지로보아왓고 쏘한가튼형제간에도 사나희라면 더-귀중
한 것으로 역여서 음식가튼것도 차별하여주는것을직접 자긔들
이 경험하여 왓기째문에 必然的으로 그들은 내가 이다음에 장
가가서 부인더러 이넌이래라 저넌저래라하고 마음대로해도 문
제업거니 하는 그릇된 생각을 간직하여왓기 째문에 차차 자라
나서 결국 장가를가서는 그생각을 고대로풀어서 하게되니 내
리누르게되고 째릴줄알게되는 것이라고 봅니다. 우리는 입째
까지 이러케 남자그들이 지여노은 性道德밋헤서 사느니만큼과
거에 우리들의 어머니가 아버지된 男子그들의게 무지(?) 그것째
문에 얼마나 만흔 학대를 바더왓습니까? 하여간 우리는 신녀성
의닙장에서 이를 검토하여 보기로합시다. 요사이는 대부분의
신녀성 즉 지식계급에잇는 녀자들의 생각과 리상을 삷혀볼째
에 婚姻그것을 최대의희망으로 꿈꾸고 잇다가 다행히 상대자

가 생겨서 결혼을하게되면 한가정의 반분의책임을 진안악이라기보다 자긔남편의 노리개로 남편이하자는대로 쓸니는 이러한 녀성이 만흠을 우리는 현재도 만히보고잇습니다. 이것이 첫째로 남자들의 횡폭성과 내가 家長이란 우월감을 길느는데 조장하여왓다고밧게 달니볼수가 업지안을까요? 이러한女性이 하나나 둘이아닌이상 만흐면 만흔 만큼 남성들은 그심리가 늘어갈것인데 우리는 엇쨋든 모든전책임을 남자에게만 준다는것은 이례를 보드라도 넘우도 무책임한 한편에 어리석다고 볼수가 잇습니다 여긔에서나는 남자그들에게보다도 이압흐로 가정에 드러갈녀성들에게 말하고십흔 것은 가정이란그곳을 一生의녀른 활무대로알어 가정에 한노예노릇으로 만족히알기보다 우리는 일만코 책임만은 조선의짜님이요 부인이라는것을 잘고찰하여 社會란 더-큰무대에서 어린애를 등에업고라도 나가서 엇더한 部內에서든지 活躍해야 할것입니다」

崔 「그럿습니다 우리조선의 녀성동무들은 넘우도 사회에대한 책임감이적어요 직업을 신성시하고 서로붓들고 서로 두움는중에 씃짜지 분투하야 經濟的으로라도 獨立하여보리라——하든그생각은 다—어듸갓는지 結婚하는그날로 곳직업을내던지고 가정속에 파뭇처야 하겟다는생각이 먼저나는것을보면 짝하기만해요 물논상대자가정제도여하에도 그책임이 더러잇기는 하지만……」

權 「저는 여러先生님과가티 올흔관찰은 하지못한다고하지만 우리아버지로보아도 넘우도가정내에서 폭군노릇을 하드군요 그런

성질이 좀업섯스면 우리보지에도 퍽조흘것갓해요」

朱 「우리가정을 갓가운 일본에다 비하여 어쩌케곳첫스면 하는점
이 업슬까요」

李 「우리조선가정은 너무도 부모로서의 책임을 몰으는일이만습니
다 례를들어말하면 일본가정에서는 엇더한생활곤란이잇서도
의무적으로 자식을 공부식히는일이 만흔데 우리조선가정에서
는 중류이상의 가정에잇서서도 자긔들의향락을취하기에만 급
급하엿지 자긔 자식의전도를위하야 한푼이라도 저금을하여 장
래에 어린자질로하여곰 완전한인물을 만들어주겟다는생각은
일반적으로 듬을다고봅니다 그럼으로써 무지자를 만히내여 가
정으로 내지사회에까지악영향을 연출하는일이 만흔것은 특히
우리 조선가정에서만 볼수잇는일인거갓해요 첫째로제이세국
민을 완전히길너사회에공헌을 씻치려는것이 가정내에잇는 부
모로서 특히명심해야 할 것입니다.」

趙 「내가일본에잇슬때 보고감격한이야기를 하나쩌내지오 바로 내
가하숙하고잇든집의 가정이퍽 리상적가정이엿서요 무엇이든
지 타협적으로 서로도웁고 서로사랑하며 가사처리도 곳잘하여
나가는데 그러면서도 엇지존경하는지 몰으겟서요 더욱이 그남
편은 법학사예요 쏘 녀자로말하면 일개 녀학교하나 졸업한셈
인데 웬만한가정가트면 서로지식과 지위를 생각하고라도 남편
그는 우월감을가지고 부인을대할텐데 이들은 절대로 그러한점
은 보이지안을뿐더러 인격적으로 서로 대우하엿습니다. 하로
아침은 그부인이 전례데로 主婦會라고하는 회에참석하기위하

야 아츰먹자곳나가는것을 보앗는데 그째나는 발서 설거질까지 다한줄알고 아래층으로 무슨일이잇서서 내려가다보니까 부억에서 그릇소리가 난단말이야요 그래 무언가하고 비스듬이 엿보앗더니 그남편이 양복입은압헤다 흰압치마를걸고는 상을치고 설거질을하고 그리고또 방을 깨끗이치우는것을 보앗습니다 내가 이럿케말하면 혹 엇던분들은 녀자들은 더욱이 신식녀자들은 남편알기를 우습게알어 압치마를압헤걸고 일식히는것이 몹시조흔일인가보다――하고 생각하시는분도 업지안을것이나 지금 제가말한그의미는 절대로 남자가저럿케 설거질을한다고 거긔서 만족하여 이야기한다는것보담 자긔부인의 수고로운노동을 그만큼이라도 돌보아 일하여줌에 감사하엿습니다. 여긔에서 또한가지늣긴것은 언제나 우리가듯고 보는바에잇서서도 알겟지만 하로에 열네시간에 착취를당한다는 공장노동자의사정도 극히 딱 하지만 실제 가정내에서 하로에 스물네시간이면 스물네시간 전부 노동으로 일관하여 일하는것은 우리녀성들부터 생가이 당연한 노동이다하고 늣기는분이 만음에 언제니 섭섭함을늣기입니다 한가정을 유지해나갈랴면 공동으로 부부가 책임을저야만 할것인데 부인그사람혼자에게만 삼사중에 책임을 전부 부담식혀 놋코그리고도잘하는일이나 못하는일이나 그저 공연히트집만 잡으러드니 이것이야말로 너무도 극단의 모순이아닐까요」

崔 「하여간 외국사람과 비하야서 가정생활제도에잇서서나 쩌러진점이 만흔것은 말할것도업거니와 우리는 될수잇는대로 이다음

에 가정에드러가드라도 여러분이 지적한모든인습을 타파토록
노력해봅시다」

宋 「물론 그래야지요 우리는 다른나라녀성보다 이중삼중으로 책
임을 만히진만큼 될수잇는대로 이후 가정에드러갈준비로 이자
리에서 우리는세상의 모든남편들의행위를 철저히비판하야 조
곰이라도 반성이잇게 하십시다」

權 「그러고 제가 하는말이 바른말인지는 몰으지만은 대개남자들
은 처음결혼할려고할때에 발서 그마음은 틀려지는것이 아닐까
요? 자긔에 조흔반여자를 구한다고하기보다 가정에파무더놋코
자긔의말이나 자의욕심에 복종케하기위하야 결혼한다고해도
그럿케 틀리는말이 아닐껄요」

宋 「그럿치요 대개 남자들은 그부인을 한썻썻한인간으로 생각하
는점이 적지요」


## 女性에對한法律의不平等

宋 「극히 범위를 좁게잡어서 법률상의 남편과 부인과의 차별에잇
서서 생각하신바를 이야기해주십시요」

姜 「우리야 어듸법률을 알어야지요 호호-호」

宋 「崔貞熙氏는!」

崔 「불만과 불평뿐이지요 더욱 民法第十四條에잇서서 부인은 무능
력자로써 禁治産者·準禁治産者와 한가지로 취급되는것은 너무

도 모순이야요. 가정평화를 유지함에잇서서는 한가정의적지아
니 무거운책임을 지고잇는 부인에게 무능력자의패를 걸어놋는
그러한法律은 너무도신성치못해요」

趙 「男子의손으로 만들어노은 그법률은 언제나 자긔들의게만 리
롭게만들어노앗지 언제 녀자의 신변은 돌본답듯짜?」

李 「그럿습니다 한번만 결혼에 실패하면 어느점으로보든지 녀자
밧게 불행하게될사람은 업슬짜름이지요」

宋 「그러면 법률상 정조차별에 잇서서는요?」

趙 「하여간 생각하면 퍽우수워요 례를들어보드래도 시골서 짤을
시집보낼째에 귀중하게생각하는 소나 말을 짤에게주어서 보내
지만은 그소나말이 결국 짤의소유가못되고 곳 남편의소유가
되여버리니 리혼을당하여도 가지고온말이나 소는 못가지고 나
오는것이요 쏘 어린애를나어도 역시 아버지란일홈으로 아버지
성을 찌르니이역 불공평힌짓이지요」

宋 「李應淑氏는?」

李 「지역시 법률에잇시시의 정조차별은 일는곳저주엇스면합니다.
세상에 남자들은 사생활에잇서서는 말할것도업거니와 벌률에
짜지 차별둔 것을 긔회삼어 더횡포한짓을하는 것이 사실이니
짜요」

우리가萬一結婚할려면?

宋 「여긔에 모힌분들중에는 물론 독신론자야안게시겟지요 그러면
여러분은 엇더한생각을 먼저가지고 결혼하시겟는지 혹은 가정
이란 소사회를 엇더케움즉여 나가겟는지 헛공상이라도괜찬습
니다 생각하신대로 이야기해주세요」

趙 「아까도 말하엿거니와 다른나라녀성과 다른만큼 가정이란 그
곳이외에잇서서 우리가차저야할길——즉 사회란 더큰활무대에
서 우리가맛흔 직분에서 교육방면에종사한다든지 부인운동을
한다든지 쑈한 경제적으로 독립하기위하야 직업전선에서 일하
여본다든지 하는것이 조치안을까요?」

崔 「과연그래요 입째까지는 남편의 구속그것째문에 가정에 파뭇
처잇게 되는분들이 만헛는대 우리는 압흐로 어듸까지라도 서
로 다소리해하고지낼만한사이라면 가정이외에서 반듯이 해야
할일이 참례하게될 수도 잇겟지요. 하여간 모-든 것이 관렴문
제인데 이관렴을 청산못함으로써 趙賢景氏말슴과가티 우리들
의 의무를 사명을다하지못하는경우가 만흐니싸요 이후부터는
좀더 사색적으로 엇더한일이든지 상대편을 잘보아서 성격으로
나 취미로보아 서로마저야 이러한구속(?)에서 모면될수도잇겟
지요」

宋 「녀자란 그이데오로기를 청산하란말이지요」

崔 「그럿치요 첫째로 결혼전에 상대의 취미와성격을 잘알어야지
요」

趙 「결혼하기 밧부다고 경거망동적으로 결혼을 급속화시키는것은
　　실패가 만타고 일즉이 드른법해요 연애하는사이라면 부모들의
　　엄정한비판을 듯고 결합하는것이 어느점으로보든지 맛당하다
　　고 나는 생각합니다」

李 「고려문제이니까요」


## 理想하는男便


### A 男便의職業


宋 「이제부터는 적극적으로 엇더한남편이 조흔가──그리상을 말
　　슴하여주십시요. 장차 실현되지못할공상이라도 조와요 먼저
　　직업에대해서말슴하여주시지요.」

趙 「직업이라면 여러가지가 잇슬터인데요…… 엇더한직업을?직업
　　그것이 문제가아니겟지요 하다못해 인력거를쓰는 사람이라도
　　썻썻만하면 그만이지요 어렷슬째 리상으로 상업방면의 사람을
　　좃케생각햇지만……」

崔 「저는 문사가 조와요」

宋 「문사 라면 엇던층의사람?」

崔 「아이구참 물론 색채다른사람이지요」

宋 「李應淑氏는」

李 「저는 엇더한직업이고 직업을 가진이면 그만이라고 생각합니다」

## B 男便의 收入

趙 「속담에 의식족이  례절(衣食足而之禮節)***이라고 말은하엿지
　　 만은 아무래도 례절을 차질만큼은 잇서야하겟서요. 쏘한 례절
　　 을차리기위하여서라도 경제독립을 하여야지요」
崔 「하여간 녀자도 경제적으로 독립해야지요」


## C 趣味와 性格

宋 「성격에잇서서는 엇더한남성이——쏘 취미는 엇더해야 리상에
　　 맛겟다는말슴을 해보실까요」
崔 「저는 취미에잇서서는 예술방면에 잇는이가 좃코요 성격은 쾌
　　 활한남자요」
李 「내성미가 그래요 예술방면과 학술방면이조와요 그리고 성격
　　 은 신중하고 사색적인사람이 조와요」
趙 「취미취미에 잇서서는 저는 어릴째부터 노동을 신성시하야 머
　　 리로나 손으로나 일하기를 조와하는사람이 조와요. 성격에잇
　　 서서는 아조씩씩해서 정의라고 생각하면 압뒤를돌보지안는 용
　　 감한 투사적긔분을 가진사람이 좃습니다 그러나 이점에잇서서
　　 는 더욱 침착미가 만허야하겟지요」

---

*** 衣食足而知禮節 倉廩實而知榮辱. 의복과 음식이 족해야 예절을 알게 되고, 창고가 넉
　　넉해야 영예와 욕됨이 무엇인지 알게 된다. 이 말은 춘추시대의 정치 사상가인 관중
　　의 말이다.

## D 男便에게希望

宋 「가정생활안에서 엇더케햇스면 조켓다고하든지 그리상하고잇
　　는 결혼생활에 대하여 이야기하여주십시요」

崔 「첫째로 녀자와가티 정조를 잘직혀주어야할것이며 둘째로는
　　뿌르조아적 향락을 구하기에 모-든 열을 밧치지말것이며 셋째
　　자긔가 할일은 자긔가 하는 것이 장래남편에대한 희망이야요」

趙 「정조는 절대입니다 어듸까지든지 서로 인격적으로 존경함으
　　로써 서로밋고 깨끗이 직혀나감이 당연할줄압니다. 그러고 제
　　이세국민을양성하기위하여서도 이러한 향락은 꿈꾸지안는것
　　이 올치안을까요?」

李 「어듸까지든지 철두철미하게 남녀서로가 정조를직혀야 하지요」

## E 學識과敎養

宋 「학식과 교양에잇서서 희망하는바는?」

李 「그야물론 실력과교양이 잇서야지요」

崔 「그럿치요학식과교양이 비등해야지요」

趙 「나도역시……」

## F 産兒制限의可否

宋 「너무 인연이 먼-말갓습니다마는 결혼하신후에 산아제한에 잇
　　서서 가부를 말슴하여주세요」

李 「어린애 건강으로보든지 쏘는 의학상으로보아 산아제한은 할
　　필요가잇겟서요. 더욱히 조선과가튼처지에잇는 가정에서는 조
　　밥도업서 굶는상태인데 작고만나으면 어린애나 어머니의 건강
　　으로보아 쏘한 교육상으로보아서 제한하는 것이 매우 유리할
　　줄압니다」

趙 「아이참, 너무 주책업시 만히낫는것을 보면 무엇보다도 싹해요」


## G 엇더케불너주엇스면

● 「서울가정은 별로 모르겟습니다마는 우리함경도지방가튼곳에
　　서는 흔히 부인을 부르는것이 「이간나」 「이에」 하고부르는이
　　가 만흔데 듯기에퍽거북하든데요 제삼자로보기에……」

宋 「혹 너무친한사이나 혹은 너무사이가 멀면 그러케쓰는 것을 보
　　앗습니다마는 우리는좀더 인격적으로 대하야 「일흠」을 불너주
　　엇스면 좃켓서요」

趙 「일흠을 불느는것이 조타고하는것은 제삼자로보기에나 듯는사
　　람으로잇서서도 퍽조케 들니드구면요 다른 동무들도 보면…」

宋 「대단히 고마윗습니다 될수잇는대로 여러분께서 희망하시는대

로 되기를 빌며 슷을맷습니다」

●『신여성』 5권11호, 1931.12.

# 職業女性 移動座談會



★ 職業線上에나서게된動機

★ 自己職業에對한批判

★ 在職中經驗談

★ 自己職業과健康問題

★ 職業線上에서 내다본 우리社會

★ 女性의職業은 果然一時的現狀인가?

★ 職業線上에 나오려는 동무에게


醫　　　師　鄭子英氏

敎　　　貞　全智子氏

新聞記者　金源珠氏

會 社 員　韓晨晃氏

雜誌記者　崔貞熙氏

店　　　員　安貞淑氏

看 護 婦　張賢淑氏

交 換 手　李慶喜氏

本誌記者　宋 桂 月


## 職業線上에나서게된動機


宋　「밧부심에도불구하시고 新女性독자를 위하야 이와가티 와주신것을
　　감사합니다 본사를 대표하여 간단한말슴으로 그례에대신합니다.
　　우리女性은 男性과 한가지로 엇던 부문에서 든지 일할만한소질
　　과 힘을가지엿스나 일즉이 우리는 가정에서 살님사리와 아동
　　양육에만힘썻고짜라서 이를천직으로 알고살어왓섯습니다 그
　　러나時代는결코 우리를 가정의 종으로만만들지안엇습니다.
　　이자리에 출석하신 여러분의각각다른직업을보드라도 얼마나
　　너른무대에서 힘잇게 활약하는것을볼수잇습니다 자-이제부터
　　이자리에모이신여러분께서 엇더한 닙장에서 엇더한환경에서
　　이직업을 취하섯다하는것을 먼저말슴합시다.
　　鄭子英氏께서 아마제일오래되신 모양이니 먼저 말슴해주시지
　　요」

鄭　「별다른동긔야 어듸잇겟습니짜 마는 나는학생시대에남달리 生
　　理學시간에여간 취미를 만히가진것이아닙니다 그래서 生理學
　　을배울째면 人體의더-자세한 부분을 연구하고십헛서요 卒業하
　　고는 이방면에전문적으로 연구를햇지요 별로 다른동긔도아니
　　고 나도처음부터이방면에 취미둔것이지만은 좀더다른분들은

그야말로 직업戰線에나서게되는動機가 각각다를터이니 좀듯고
십허요」

韓 「지금鄭子英氏의動機 그것은 처음부터 그방면에유의하여서 쯧
째로성공하시고짜라서 참으로원한직업이요 마음에맛는직업이
라고하겟지요마는 우리가튼 이러한××긔관에매일가티 한개의
긔게로써- 그에 대한 긔게적 역활을 해주고엇는그월급으로 가
정을살니고 몸을(?) 살니기위하야 할수업시 드러간것입니다 우
리는 그긔관이엇더한긔관이라는것을 너무잘알면서도쌍을엇기
위하야는하는수업시 이길로나서게된것이니 엇지 직업을선택
할여유가 우리에게잇섯슬까요 더욱이 실업군이 홍수가티 밀니
는 이시대에잇서서야!」

安 「저는 학교敎育도 상업을배웟고 쏘한가정형편도 가난하고 어
머님한분이게시고짜라서 취직하지안어서는안될형편이여서 상
점으로가게되엿습니다 생각하니 발서 육년전일입니다」

張 「그래도 安貞淑氏는한편에의지할어머님이라도게십니다 나는
바로 내가 열네살째 아버지어머님쎄서 무참히도 세상을 쪄나
가시고나니 꼭 혼자ㅅ몸으로──그나마 집도 옷도업고 어대다
몸을 붓칠곳 좃차 업서노니 할수업시 이런 직업을 택하엿지요
나는 남달리 이러한 긔구한운명에서 직업선에 나서게되엿서요」

宋 「金源株氏는요?」

金 「저는 어릴째부터 文人이라면 몹시조왓서요 쏘한 소설가튼책
에 만히 취미를붓치게되니 그야말로 내공부한것과는 전혀방향
이다른방면에나서게되엿서요 이것이동긔라고할까요?」

宋 「제가그랫서요 어릴째부터 문예방면에 취미를가젓섯든고로 전
혀방향이다른방면에공부를하엿스나　긔자로잇는분들이　퍽도
존경이되고 숭배가되드구만요」
崔 「全先生님의動機는요」
全 「나말슴입니짜? 저도 鄭子英氏가 醫業에종사하시게된동긔와갓습
니다 나도 학교시절에선생님을 퍽숭배하고 존경하고햇겟지요」


**自己職業에대한批判**

宋 「現在가지고게신職業에對하야이직업으로 만족하다든가 쏘한
불만하다든가에대하야 일상늣기시는바를 좀 말슴하여주세요.」
張 「나는이직업을 칠년동안이나 게속하여서 그런지는몰으겟습니
다마는 간호부처럼천하고 간호부처럼일에부담이만코 쏘아니
쏘운직업은잇는것갓지안어요　그래서전일에도　우리동무에게
자긔시골동무에게서　간호부자리하나보아두라고　편지온것을
나에게펼처뵈우면서　한자리구하여달나고　하든것을당장말니엿
지요 그리유는다른것이아니라 이사회ㅅ사람들은 너무도 직업
에차별을 두더구만요 그래서 괜이쓸데업는 전화질도만히하고
가운데사람을두어서는 일을쑤미려는 야릇한야심을가지고잇는
이들도 엇지만흔지몰으겟습니다 자화자찬이아니라 참 마음이
굿고 구든덕에 오늘까지아무흉업시 지냇서요 그러케 자긔집이
웬간하거나마음이약한사람이 만일이러한 개인병원에 간호부

로취직한다면 벤도를 등에다 짊어지고단이면서 부대부대 말니
겟습니다」

宋 「그러나 醫專病院이나 大學病院 世富蘭偲病院가튼 큰病院에서는
간호부를 의사와한가지로 대하드구만요 그러고 함부로 히야까
시도 못하는모양이드군요」

張 「그리기에 제말이 그거예요 만일 간호부생활을 동경하여서 그
일을하고십흐다면 그러한큰긔관에서하는것이좃타고생각해요
짜라서 시간적생활을하고 일의부담이제한잇고하니짜 몹시편
할것입니다 그증거는 아무리쌔쌔마른사람일지라도 그곳에만
드러가면 퉁퉁하게살찌는것을보아 그의증거가될수잇서요」

李 「지금에 官設이니 私設이니 말이낫스니말이지 交換手는 잇슬냐
면 첫재로 私設機關인 交換手로 잇스라고하고십허요 웨그러나
하면 本局이나 光化門이러한公設機關에잇스면 여러가지로 히야
짜시전화도만히 오고하지만은 이런 사설긔관은 쏘그럿치안어
요 그점으로보아도 조흘뿐더러 시간도하로에 여덜시간인데 이
시간을쏘반식갈너서 네시간식하지요  그러니 어느점으로보든
지 사설교환이 나은점이 만허요」

宋 「鄭子英氏께서는 그직업을 어쩌케보십니까?」

鄭 「나로서나의직업을 비판한다면 녀성으로서는가장적당한직업
이라고늘-늣기는바입니다 그는녀자된몸은 아무리사회적으로
큰활동을한다고하드라도 가정은 어느누구나 가지고잇는것이
요 짜라서 어린이를 양육하게되는데 가정에서 가장짜다롭고
어려운것은 어린애양육이라고봅니다 이러케부모로서 어린애

양육의 책임을 무거움게가지게되는만큼 그애를 잘길너야하고
—병나지안토록주의하야 튼튼히길을수잇는데 이의학방면에대
하야 전혀상식이업스면 연약한어린애들에게무리를가하게됨으
로써 나을병도 오히려중하게하는 폐단이우리조선가정에서는
엇지만히잇는지몰으겟습니다 례를들면 어린사람은 어린만큼
몸이연약하야서 감긔에나 기타다른류행병에 저항력이 부족하
여 병이들니기가쉬운데 이것을몰으고 함부로 취급하는일이 만
흔것입니다 사회에씩씩한일꾼을내여놋는데에도 가장튼튼하고
짜라서풍부한교양을 바든사람이라야만 부모로서 사회를 바로
대할면목이 잇지안흔가합니다 한거름나가서 나의직업을생각
하면 사회적으로도 병든患者를 치료해주는 것으로 보아서 결
코 평범하고 의의업는직업이라고 생각지안습니다 그래서 가장
맛당하고 무게잇는직업이라고생각합니다.」

安 「직업에對하야는 절대로 계급이 업다고 생각합니다 그것은 엇
더한일이든지 그것을 한개인의쩟쩟한 삶을도읍는것임으로 거
기에는 계급의선을그을필요가업다구생각해요 가장지식계급에
처한 남녀들은 점원이라면 모다들 상점 「빈더-」니 「우리쪼」니
일흠을 부처서는하대시하는경향이여간만흔것이아니야요 저는
그래요 어쩌한긔관 어쩌한처소에서쌩을엇기에노력한다면 거
기에는 참으로 참다운 직업관이숨어잇다구봅니다 비록 백정노
릇을한달지라도 그러나 잘닙고—모양내기위하야 직업을 가젓
다면그것을 들추어욕할수도잇고 쪼한 충고할수가잇는것이아
닐까요?」

張 「모다 자긔에게 잇는것이야요」

崔 「내가 가장동경하고 부러워하든이집업에 정작맛닥드리고보니
넷날에 그희망이 온대간데업서저버립니다 말하자면 공부도만
히할수잇서보히엿고 틈도만허보히며따라서 다른수양도만흐리
라−하든희망은그대로온대간대업서저바려요   여기에따르는것
은 내자신이임이 정당한−쪽바른의식을 철저히파악하지못하엿
느니만콤 곱지못한 쩌널리즘에만히흐르게되여이러한 직업을
택할나면 처음에 만흔수양이 잇슨뒤에라야 할것이라고 늘생각
해요」

金 「저는 이직업을갓고 발서 사년철을 잡어듭니다만은 이직업을
녀성인우리들은 한번식격거볼만한직업이라고생각합니다 식견
을 넓히고 수양을하기에는 가장조흔직업이라고 나는생각합니
다쏘 엇던 일부의 사람들은 記者職業은 女性에게적합치못하다
고도합듸다 이러한분들은 엇던것에 좃치못하다는것을 발견햇
는지는물으지만은 지식의 범위를 가장만히넓히는것으로서는
이직업이라고생각해요」

宋 「全先生님은요?」

全 「글세요 우리가 넷날−말하자면 태고적이지요 그째에학교단일
적에는 선생이라고하면담으로 기여들뜻이 무서워하고 더우업
시존경하고 공경하고숭배하엿지마는 어듸지금은그레요? 학생
들의생각은 퍽달너요 그러고 모−든점으로보아서 시대가 시대
인만큼 어렵고 힘든직업이야요」

宋 「그렷치요 넷날학생과는물론다를것입니다 쏘 달러야하겟지

요 여긔에서 교원직업을 가지신이는 생각과 관렴이 학생들과
한가지로 새로워야할것이며 그를 철저히 리해하여야만될줄
압니다.」


## 在職中의經驗談

宋 「在職中에 잠이잇는 이야기나 유익한이야기가튼 것을 하여주
세요.」
鄭 「조선사정에부인들의 재래인습으로말미암아생기는 영향이 여간
큰것이아닙니다 레를들어말한다면 「지푸테리아」와가튼 험독한
병의성질로말하면 그시간을닷토아가면서 죽엄을재촉하는병인
데―이병이오래가서매우 위독함에도불구하고 「한의」에게뵈이
다가 헐수업스면 의사에게로 대리고온답니다 보아달나고데리
고 온환자는 벌서 수술을 하게되엿지요? 그러치안으면 지금시
간을닷투와 죽엄을재촉하는데할수업서서 수술을하겟다고하면
쏘감긔라고 욱이지요 그래서 그러면마음대로하라고하면 죽어
가는사람을노아두고는 집에가 물어보고온다고해요 그래 병의
형세급함을 고하여주면은 수술을 청해요 그래서수술을 하다가
다행히 나흐면 몰으지마는 시기 느저서그냥 죽게만되면 수술
로 말미암아죽엇다는등 괜이생사람을 잡엇다는소리 그야말로
굉장들해요 물론의사는 처음에 죽을것을 각오하라고 먼저말을
하엿지마는 그친족들은 그소리는 들엇든가 말엇든가 해요 사

실의사는 다-죽은송장을만질생각도업지만은 맛흔바직분째문에하는수업시 손을 대이는대도 불구하고 그러한 소리를 하지요 자긔들이 병을등한히하고 대수롭게역이지안어서생기는 해는생각지를못해요 최근에도 帝大産婦人科에서 웬부인하나가 아이를낫타가 그만세상을쩌낫다는데 그가족들은 생사람을죽이엿다고하면서 사람을내노라고고함을지르고 고무신을쥐고는 랑하를 짝짝두둘기고 울드래요 우리가 보아도 우수운데 아니 외국사람이본다면 얼마나 민족의수치입니짜!」

崔 「다른職業과달너서 부인記者라면 명사가정방문을 만히다니게되는대 엇더한 가정에가면 자긔집긔사를잘내여줄짜하고알낭알낭환심을살녀고합니다 (대개는 서울사람) 이런것을볼적에 퍽안되엿서요 그러고 괜이 무서워서 맛나지안을려고문창구먹에서 「업소!」할제면 그만기맥이 싹-풀어진답니다 그먼데까지 차저갓다가쫏는, 나의 경험이라면이것이야요 말하자면 불쾌한점이만흔것이지요 그러고 원고전문삭제가만히될째-더욱히 내가 쓴것이 그러케될째에말을해무얼합니까? 밤에잠못자고쓴 것을……」

金 「신문보다 잡지에잇서서는 더―야릇한가위질이만흐니짜요 그러나 나는별다른경험이업서요」

宋 「韓晨晃氏는요?」

韓 「별다른경험담이야 엇지은행원인나에겐들잇겟습니짜 다리가 부러지도록 저금모으러다니고 일부의사람의배불니는일밧게어듸더-경험합니짜……」

安 「대개 女店員으로잇스면 소설의 主人公이만히되두구만요 구두
　　째문에 ××를 팔엇스니－한 허영취재(取材)에만히 낫하납듸다
　　사실 그런일이만키는한모양이야요 百萬長者의첩도되여가고하
　　는일도만흡니다마는……」

宋 「安貞淑氏에게도 그런류의청이라기보다 간접으로들여오든이야
　　기가 잇스면 하나말슴하시지요?」

安 「업서요 제에게는 호호호」

一同「오호호」


### 自己職業과健康問題


宋 「自己職業과 健康에 잇서서는 어쩟습니까? 대개녀성은 生理的
　　으로보아서 身體구조가남자보다 약하다고하는대 꼭남자와가튼
　　시간에가튼로동을게속하시니 건강을해롭히는점이 퍽만트군요」

崔 「언제나 무질서하고 밧분일이니만치 그리건강에 리롭다고보지
　　못하겟서요」

金 「나는 본래부터운동을 질니고하여서그런지 언제나 그런病을
　　몰으겟습니다」

全 「한사람에게 지여진부담이너무만커나 일이무질서한일이면 언
　　제나뒤가노이지안코 째더분－한일이야요 나도 처음이학교에들
　　어왓슬째에 그만사감선생이나가시게되여 처음부터 멧짜지를
　　함께맛고 하여서그랫던지 아주 병모르던몸이 쇠약하여 가더구

만요 그다음은 다시 괜찬어지는것을 보니까 일이란 막상 당하
면 그리힘들것도 어려울것도업슬것 갓드구만요」

鄭 「내건강은 더-말할수업시 잘보지됩니다」

張 「아침아홉시에서부터 밤일곱시나 열한시까지할때면 정말 살이
쑥쑥쩌러지는것갓습니다 곤하고집푸듯-하고 다리가압흐면 그야
말로 업든병도 금시로 막이러나는것가태요 그러니 자연 쇠약하여
가지요」

安 「우리는처음에드러가서 하로 열네시간이면꼭아침부터 저녁까
지 한번안저도못보고 꼭서잇스니까 다리가 통통부어오르고 따
라서 골치가압허서 죽을지경이엿습니다마는 다행으로 차차잇
스니까 풀니고 괜찬어집니다 지금 아주튼튼해젓서요」

李 「나는만일몸에병이 낫다면 직업을가젓기째문에난병이라고는
못하리만큼 시간으로나 일로보아 간단하니까 무어라말못하겟
서요」


## 職業線上에서내다본우리社會

宋 「직접직업을가지신 여러분은 다각기 다른직업을 가지셧스니만
큼 그사회관이 다를줄로생각합니다 우리들의 말이허락되는 범
위내에서이야기하여 주서요」

崔 「리해못하는것이야요 우리의記者生活을?」

韓 「예금모으러단여보니 조선사람의생활하고 일본사람의 생활하

고 아주판이하드구만요 얼마전까지도조선사람들도 (대개중산
계급) 예금을 잘내드니 요새와서는 아주 쩔쩔매드구만요 그걸
보아서우리들조선인의 생활이얼마나 더 곤궁해지고 얼마나 몰
락되엿다는것을 확실히 쌔달겟서요 하여간 이래저래 못살게만
되는민족이니!」

鄭 「저도 약갑수입으로보아서는 삼년전에 비교하면 지금은 말할
수업시 수입이줄엇서요 환자의수는 그만해도 수입은 아주 말
할형편업시 판이한데요」

李 「이속에꼭갓처잇스니 어듸더넓히야알겟슴니짜 만은전화속으
로오는것을대개드르면 여긔저긔서 「돈」소리밧게업드구면요」

宋 「대개 그러한 긔관에들게시니 그런방면에대하야만히알것입니
다마는 우리는좀더 달니움죽이는것을 보아야할터인데요?」


## 果然女性의職業은 一時的 現狀일가?


宋 「오날짜지의 녀성의職業을볼째에먼저늣겨지는것이 대개 女性
에게 잇서의職業은 一時的으로나에게맷겨진 부업일이라든가
혹은 시집갈준비로서 의복이나 만히해녀을려는 준비로서 역이
고 대개그방면으로진줄하는것갓든대 이러한것이 사실일짜요?
여러분쎄서은 엇더케 생각하십니짜?」

金 「글세요 그럴짜요? 그러나 어듸조선에잇서서의 직업부인의월
급으로서 먹고이고 쏘 남은돈이잇서서 어듸 시집갈준비옷까지

해놋는사람이 어듸잇겟습니가 물론 먹을걱정입을걱정업는사
람은 첫재로 직업전선에 발도드리지안을것이라고생각합니다
그리고 만일 시집갈형편이되여서 가게될째 직업을버리겟느냐
혹은게속하겟느냐에잇서서는 그사람의가정형편을짜라서 결정
될것이겟지요 가정에드러가설지라도 시부모나 다른친지들이
라도 이점에대하야 리해하고 허락한다면 물론게속해도 좃겟지
요마는 사실에 잇서 그럿치못한가정이라면 그가정하고리별하
기전에는 아무리그직업이좃타고생각하고잇섯드라도 할수업시
가정에끌니게되리라고 생각합니다」

李 「엇던분들을볼째에 그가처음학교교련을잡고잇다가 혼인을하
게되여서 혼인하고난뒤에 직업선상에다시나오게되면 엇재다
시게속하게되엿다는 리유를말할려고애쓰고 쏘붓그럽게까지역
이는일이퍽만트구만요 저는 녀성의職業觀에대하야는 다음과가
티생각해요 대개남성들이나 요사이신녀성들은 여자도 남자와
한가지로 직업을가저야한다 남자들과한가지로 경제적으로 독
립을해야만 녀성의인권을차질수잇고 가정의반책임을 정당히
차질수잇다고들합니다마는 그러지안어도─職業을안가저도 남
자보다 이상의 직무를보고 이상의 고통을격는다는것으로써 반
다시 직업을 영구히─아니 일시라도가저야한다는것은 너무도
남성들의 우월적 요구가아닌가 의심합니다 이를구체적으로 이
야기하면 녀성의 그부담은 가정에서 가정살님을 전담하고 그
우에 쏘 어린자식을길너내는것입니다 이일만들어서보드라도
말하기는쉬워도 힘들고 얼마나 아름이차는일인가는 이를 직접

경험한 녀성들이아니고는 몰을것입니다 만일경제로서 녀성의
참다운인격을발휘할수잇다면 물론엇던부문에서든지 활약할수
잇습니다 그러나 로서아처럼 육아소가 짜로업고 공동식당이업
는 나라에서 그부모가 책임저가르켜야하고 그부인이책임저 가
정살님을 보아야하겟스니 그우에더-요구를넓혀 돈으로 예산친
다는것은 너무도 녀성의 가정사업을 무시하는데서 나오는말이
아닌가합니다.」

韓 「그말슴이올습니다 너무도우리동양녀성에게는 로동의부담이
만허요 가정에서 주부가로동하는것의 그로력의가치는 알어보
지를못하니까 첫재로 녀성자신이 그런걸요」


## 職業線上에나오려는이에게


宋 「압흐로 각학교에 졸업도 갓갑고하니 례년과가티 역시직업을
구하여나올녀성이만흘것입니다 가장꿈이만코 리상이 놉흔그
들에게 경험하신바에서 어든실사회의 쓰고단 이야기를 충고삼
아하나식하여주시면 가장유익할줄압니다」

全 「오─직 구든마음과 성의로써 파란중첩한사회에 나가 힘잇게
활약하여주기를바랍니다」

鄭 「남의세상에쁜거처럼 부동적심리를 버리고 근하고 진실한일군
으로써 첫거름을 듸듸여달라는 부탁이야요 대개 학창을나오는
이들을 보면은 남이좃타고하여서 자긔성질과 그직업과 비교하

여 철저히비판도하기전에 엄벙덤벙 처벅거리고들어갓다가는
결국 그일을 오래게속도못하고는 고만두는일이만흔데 자긔는
자긔일이니몰으지만은 제삼자가볼째에 지조가굿지못한것으로
밧게는 더-달니보히지를 안치요 그러니까 물론엇더한 직업이
든지 이웃사람과잘의론하여 틀님업도록해야할줄압니다.」

韓 「어듸서 엇던일을하게되든지 침착하게일을해나가야 할것입니
다 요새 모-던풍에 고무풍선모양으로써다니는 이러한것본밧
기보다 실사회에업을 붓들엇드라도학교에서일즉이 뵈우지못
하든책가튼것을만히보아 그상식과 소견을 넓히는것을 늘-바
랍니다.」

金 「學窓의고흔단꿈은 실사회의 험한풍랑에 부닷기기전에는 그리
쉽사리깨여지지도안트구만요  그러나  쪽가지고나와주실것은
오-직 더-향상을요구하는마음과 열과 성의와 진실은쪽가저야
할것입니다 나로써 여러분에게 이제이말을드린다는것은 퍽 주
제넘은 일갓기만은!」

崔 「文筆생활을 동경하야 실사회에 나오드라도 이곳에희망하는이
가잇다면 쪽 記者生活을 드듸지말라고하고십습니다 그는 여긔
서 구체화식힐늡장이못되여더-심각히는말슴못드립니다마는
만히쓰시고 만히공부하라고한 말슴을 드립니다.」

安 「엇더한곳에서 엇더한일을하던지 첫재로 마음을 굿게가지라고
하고십허요」

李 「침착성을 만히가지라고 하고 십습니다」

張 「절대로 개인병원간호부로는 잇지말나고합니다」

末　「너무 오래시간이 걸엿습니다 끗흐로 여러분의 건강을빌며 힘
　　잇게들 로력하시기를 바라며 끗을막습니다.」

●『신여성』 6권2호, 1932.2.

# 育兒問題移動座談會


朝鮮女子基督敎靑年會總務　　俞珏卿氏

京城女子商業學校敎諭　　　　林孝貞氏

東光主幹朱耀翰氏夫人　　　　崔善福氏

經濟學士徐椿氏夫人　　　　　李良善氏

本誌婦人記者　　　　　　　　宋　桂　月


記者　재래의　조선의어머니들은　어린이보육문제에대하야　너무도 무관심 무책임하엿습니다. 모르는이는 무식한탓으로 그럿타 하지만 좀안다는이조차 아모고려가업시덥허노코 자긔의고집 대로만 길너왓습니다. 여러 가지 말못할환경과 또는가난한탓 으로 다른나라어린이들보다 모-든방면에잇서 부족하고 뒤저 잇는것도 근본원인에하나이겟스나 우리는생각할때 그보다도 조선어머니들의 구식과 또는 이무관심 무책임이 더큰원인을 비저논것이라고 봅니다. 그래서 본사는 통절히 늣기는바잇서 특히 이방면에가장만흔지식과체험을 가지고게신 여러분에게

이 문제의 토의를 앙청하게된것입니다. 시대와 상반하야 그
보육내지 교육법도 새로울것이라고밋습니다. 먼저 아기가
젓을 째일째까지의 경험담을 고대로 말슴해주섯스면 좃켓습
니다.

崔　우리집의 세아이는전부 산파의손을빌어 출산하엿는데 난후
곳 어머니의 젓을먹이면 위생에 해롭다고해서 스물네시간지
난후에 제젓을물녓서요 그러고는 한얼마간(어린애 체중을
보아가면서) 하로 세시간반에 한번씩 젓을먹이다가 차차 네
시간에 한번씩젓을 먹이엿습니다.

林　저도 역시한가지로 시간젓을먹이는데 아주 직업을가지고잇
는어머니에게는 가장 편리하든데요 쏘 직업을 안가지고잇다
고하드라도 혹외출이나 가정일 독서에 여간편한것이아닙니
다. 그시간을알고잇스니 그시간만 잘 관심하고잇스면 아주편
리하든데요.

李　어느정도싸지 재래습관으로 어린애길느는편입니다만은 금방
나온 갓난어린애는될수잇는대로 용(사슴뿔)을 내려서 먹이어
야한답니다 용은 대체 애의 배안에쏭을 잘누게하며 배안에
서먹은 누렁물을 아주잘토하는데 가장신긔한것입니다 그러
고 젓은될수잇는대로 사흘후에 먹이도록합니다 그전에는 젓
이잘돌지안으니 다른사람의젓을 어더먹이도록합니다.

兪　아기가나자 쓰는비방으로 역시 재래습관가튼 것을 더러고찰
하여쓰는 것을 저는퍽찬성합니다 대개신의(新醫)는 현대의학
적견지로보아 용이나 감초(甘草)대려먹이는것을 좀 어쩌타

시비할넌지몰으지만은 하여간 갓난애기는 감초이상이 업습
니다 이것만 대려서먹이면 물론배안에쏭을잘누며 구정물을
잘토하게되여 위장(胃腸)은 말할수업시 튼튼해집니다. 물론
커서도 별로배아리병이라고는 전혀업서요 그다음 쏘신의는
어머니의첫젓은 그영양가치로보아 심히 조치못하다는구실로
써 짜버리는것을찬성하지만은 저의 경험 쏘한 어썬박사의학
설은 그것을 아주반대하엿습듸다. 그리유를말하자면 갓난어
린애(난지 삼일이나 내지사일되는애)의 위는 물론말할수업시
약한데 큰애먹든것을먹이면 그애의위로써는 도저히 바더들
일수가업는것입니다 웨그러냐하면 갓난애기는 자기가 뱃속
에서먹든 그만한성질의젓이라야만 약한위에는 적당할것을
도모지 알지못하는이들은 자긔것은오히려해된다는 리유로써
짜던지는것을 만히보앗서요 이제순서잇게말하면 어린애가나
서 삼일동안은 배안에 쏭과 구정물을 만히배설하고 토하기
위하야 감초를 대려멕이고 젓잘나는순치면 맥물을끌여서 알
맛게식혀서는 숫까락으로 쏙쏙쩌너어주고 사흘지난후에 나
흘째되는날부터 어머니의 첫젓을 먹이는것이 하여튼 만병통
치(萬病通治)의약이된다고합듸다. 사실경험상 우리애는 셋이
나되여도 복통이나 설사병으로 고생한일은 전혀업습니다.

記者 그런데 이째까지 이야기는 대개어린애먹을만한 분량을가진
이들의이야기엿지만 만일젓이업서   다른유모를두는분이며
혹은 우유나 콩젓(豆乳)혹은 연유(煉乳)를 먹이는분에게 주의
할멧가지를 경험하신대로 이야기해주서요.

兪　그런데 요새들혹보면 젓이업는분들이 연유(煉乳)를 만히먹이
　　는 것은 아주반대합니다 첫째로 연유그것은 영양이업습니다
　　또 체하기쉬운물건인까닭입니다 그럼으로 연유에다 고무젓
　　을해서　빨니게하는이보다태화녀자관(泰和女子館)에서　현재
　　만히장려하고잇는두유를 바더다먹이는것이 어린애긔능발달
　　에잇서서나 영양가치로보아 가장 유효한줄압니다.


## ★ 젓을쩨일째


記者　여러분경험에의하야 멧살이면 리유긔(離乳期)로 적합하며 또
　　한 젓을늣도록먹여보신경험과 일즉쩨여 보신경험을 이야기
　　하여주십시요.
林　우리는 그리만히길너못보아무르겟습니다만은 대개 신매틀의
　　말을들어서는 한살반이 제일적령긔(適齡期)라고합듸다 우리
　　애도 그대로 실행한탓인지 ㄱ애머리를의심하리만금 넝리하
　　기 짝이업서요 젓을속히쩌러진애들은 학교에서부터 확연이
　　그차이가 잇다니그도 사실일 것갓습듸다.
崔　우리도 두애들이다 한살반만에 쩨엿더니 아주쉬-쩌러지드
　　구만요 젓먹고십다고할째면 과자나 사과를 쥐여주면 먹고
　　놀지요.
李　대체 나는 우리친가에서 해산하고 또간호하는이들이 전부
　　구습노인들인만큼 내마음대로도모지못해요 꼭 세살까지젓을

먹여야만 이다음 크게자라서도 병이 업서진다고노발대발하
시는만큼 전혀 내마음대로못하니까요 쏘 말이낫으니말이지
어린애를 젓쎄일적처럼가엽고 불상한것은 업답니다 젓을보
고는 탄식하는 꼴이란…….

俞　외국에서는 어린애들젓은 아주 퍽 속히 쎈답니다 오래도록
젓을메긴애와 일즉규률잇게 젓쎈애들의 뇌(腦)가 아주 다르
다든대요 확실히 영리하고 조달해저서요.

記者　젓을 쏄째 각각 비방이 잇슬터인데요.

林　쉬 안쩌러질려고해요 아주소리처울고 별야단을다처도 쏙먹
고말려고하기째문에 한번 황신덕씨하고이야기햇드니 약을발
느라고 하두군요 그래서 그것을 발넛드니 아주쓰고 고약한
지 젓에매달렷다가도 얼골을 찡그리고는 제절로 쩌러저서는
우유를 먹는다고해요.

崔　도모지 가여운말이야 해무얼합니까. 아주먹고십허안달을하
지요 그럴째면 사과나 과자를주는것이 상책이랍니다.

俞　젓쏄째는 누구나 참문제인데요 별로 이러타할만한방도가 업
스니까.


★ 어린아기의영양은?


記者　젓을 쏀후에는 영양에 어쩌케주의하시는지 혹은영양잇는 음
식물에대하야 이야기하여주십시요.

兪　우리집애들은 늘 우유를만히 먹이는데 양배추삶은물이 퍽
　　자양분이 만타하여 될수잇는대로 우유먹고 얼마후에 이것을
　　먹입니다 그러고 밥알도쩌너어줍니다. 영양은 이만큼주의하
　　면 별탈이업드군요.

崔　우리는 돈만흔 갑진음식의 영양을찾즌경험도 잇습니다만은
　　결국 갑싼 것으로 그영양——즉 담백질 지방 물(水) 함수탄소
　　(含水炭素) 등의 주성분으로 한 음식이 만흠으로 아침이면 일
　　곱시반쯤해서 죽에다 게란을반죽해서 멕입니다 여들시반쯤
　　해서 우리들과 함께 뱃추우거지국에다 밥을 비벼서는 한공
　　기반쯤멕이고 낮에 점심은 생선을반찬해서 또 밥을질게해서
　　멕인답니다 저녁은 또우리와함께 아무러케나 짓조아 먹게합
　　니다 (이것도 물론어느정도까지)

李　애들은 가만히보면 영양잇는것을먹고 또아니먹는데 그살찌
　　고 안찌는것은 현저한구별은몸으나 확실히 혈색이라든지 뇌
　　를쓰는것가튼 것이 달르든데요 경험에잇서서도 이러케 여러
　　가지로 음식물에주의한탓인지 위장은 상하거나 유행병에 잘
　　걸니지 안튼데요.

記者　간식은 어쩌케합니까.

兪　사과를하로에 두번씩 아침저녁으로먹이고 쎄스겟트를 각금
　　논아주고 하는것밧게업서요.

崔　과실은 그냥멕이기보다도 집을내서 물을만들어먹이면 체하
　　지도안코퍽조와요 이가금시날려고 하는애나 아즉 나지안은
　　애는 사과로 집을내먹이는것도 좃치만은 사과물는것을 숫짜

락으로 글거서 먹이면 여간 조와날쒸는것이 아닙니다 그다
음 신진대사(新陳代謝)를잘식히기위하야 어간유(魚肝油)에다
설탕가루를 충분히타서 먹입니다.

李 특별히 간식-하고 먹이지는 안엇지만 애들조와하는성질의
과일과 과자로써 해되지안을만한것을 될수잇는대로 택하여먹
입니다 먹기실흔것은 암만 자양분이잇든것이라도 직접해는잇서
도 리익은 업다는책을읽은탓인지 사과나 과자를먹겟느냐 물어
보아서 먹을생각이 잇서하면주고 그러치안으면 멧칠이라도 주
지안습니다.


## ★ 아기의수면은?

記者 무엇보다도 잠재우는것을 규률잇게해야할터인데요 대개하로
에 멧번재우시며 한번에멧시간이나 자도록하십니까?

兪 하로수물네시간동안에 밤에는 우리와함께 쏙-날밝히도록 자
도록하며 (밤에젓을먹이게하는분은 별문제로하고) 아침열한
시반쯤해서 한삼십분재우고 쏘한 오후세시반쯤해서 한네시
가량까지재웁니다 하여튼시간이 지나서도 더-잘려고 애써도
젓먹을시간이면 쏙이르켜 째워야하니까요..

林 애들이 수면을취할려는것도 습관만잘가르키면쏙그시간에잘
려고하고 그시간이면의레히 쌜려고하는데 어쩐째는 신긔하
게 시간을잘맞처째요 하여간 어린애고 장성한이고 수면을충

분히함으로써 비로소 건강을예언하리만큼 어린애에게대한 수면문제도여간 중대한 것이 아닙니다.

崔　우리애들도 꼭시간잠을재웁니다 아침에한번 오후저녁째한번 재우면 잠이라도잘자고 난날이면 긔분이 우울하지안코 명랑해지나봐요.

李　우리애들은 쏘그럿치도안어요 낫에한번이라도 잠만자면 신열이 잇는것갓고 고단해하고해서할수업시 안재워주지요 아주한살두살되는째는 어른이안재울려지만은 제가자니까 하루에 두번씩은자요.


★ 아기의체중문제


記者　대개조선가정의 신구를 물론하고어린애의 체중문제는 전혀 도외시 되다십히하는수가만흔데요 여러분은 어쩌케생각하십니까?

林　내가 직업을 가지고잇는이만큼 우리애는 짜뜻한내젓한번 만족히 못먹고자라나다십히자라는만큼 행여어머니의 참된젓을 못먹어 체중이 엇지되엿나-하는미안한생각도잇고 애자신을 위하여서나 혹내자신을위하여 태화녀자관에서 한달에 한번씩 꼭체중을달어보니까요. 그런데 어머니된이들의마음이란 전혀욕심쟁이로되엿서요 체중이 붓적느럿스면 아주여간깁부지아는데 웬간히느럿다든지 혹은 전달과 별차도를 발견못하

면 아주 안됏는데요.

俞 어머니된이들의 공통된성질이니까요. 저역 태화녀자관하고
직접관게된일을하고잇느니만큼 우리애들도 거기서 한달에한
번씩 체중을달으는데 우리애들은 그리늘거나 줄거나하지 안
어요 아마나를달머서 장래로 채구가적을려고하는 증조가테
서 안됏서요.

崔 남대문예배당에가서 체중을 한달에한번 쪽날자를정한후 애
들셋을차례로 다러보는데 별로더-늘거나 더-줄거나 하지안
어요.

李 우리는 제대병원 리선근씨(李先根氏)에게 애들을 전부맥겨버
렷지요 그래서 한달에한번 혹은십오일에 한번은 제대병원소
아과(帝大病院小兒科)에가서 체중을다러보고 쏘 진찰을식혀
보고하지요.



★ 체온에대하야

記者 무시로 체온을너어보는것이 올습니까 감기나 긔타유행병에
걸닌뒤에 체온기를끼워줍니까.

崔 애들은 얼골을보면 벌서 압흔지 안압흔지를 구별할수잇서요
저는 혹 애긔분이 침체되엿슬째나 젓을먹지안코 머리가 다
는째면 체온긔를 너어봅니다 그래서 열이좀잇스면 곳의사에
게가서 해열식힐약을 먹이거나 병에 적당한약을 먹이지요

열이란 대체 무서운것인만큼 얼는알어서 의사에게 의뢰해야
겟습니다.

俞　우리도 큰애째부터 체온긔를사다두고씁니다. 체온을봐서 열
이만흐면 피마자유를먹여서 설사를하게하지요 그러면 열이
제절로내려요 이러케 병은어느정도까지 가정에서 경험대로
치료하는만큼 급성이아니면 결코 함부로병원에 데리고가지
안습니다 혹감기기운이잇는째면 나혼자가서 증세만이야기하
고 양약을 처음쓰다 잘듯지안으면 한약을쓰지요 그러면 웬
간한병은 다-곳칠수잇서요 괜이 병원에서 오진바더가지고
애고생식히고 어머니가 고생할필요가업다고생각하니까요 물
론 다-그럿타는 것은 아니고.

林　열이잇스면 될수잇는대로 애몸을 움즉거리지안토록해주며
될수잇는대로 의사를 청하여다 병을진단한후약을씁니다 열
이잇슬째봄도 뒤적거리는것은아수 열을 더-올으게하는섯이
니까요 열이란 대체로 병균이몸에서 활약할째에 나는증조인
만큼 가장여기에 유의해야하겟드군요.

李　체온기를 사두고 류행감기가 성행할째 또 다른급성병이 써
돌째면 예비적으로 매일한번씩 쩌보지요 열이좀잇스면 리선
근씨에게로 달려가 증상을낫낫치이야기하면아주 쉬-열이업
서지고해요 병은 자조아는데서 페해가 만흔만큼 주의에주의
를거듭해야해요.

## ★ 언어문제에대하야

記者 쉬운례를들어 바로말하면어머니를 「엄마」하고 아버지를 「압
바」하는수가만흐며 이말이한두살에긋치지아니하고 네살 다
섯살이 되어도 그말 그냥쓰는일이흔한데 여러분가정에서들
은 언어를어쩌한방식으로 교정식히십니까.

林 그것은 어머니에게 달렷서요 어머니가 혹 태만하고 애귀여
운줄만 알면별문제이지만은 애의장래를 생각하면 단일 언어
문제는 관심에서 써나지를안어요 그런까닭에 나는 한마듸라
도 잘못하면 작고타일느지요 작고일느고 작고 교정하여주면
집안사람들에게인사밧기위하여서도 어머니 아버지 해요 그
러고 말긋이 분병하게 쪽쪽하게 일너주면 그대로 쏘선명하
게 말을해요.

兪 어린애는 될수잇는대로 말귀가 선명하고 얌전해야 이다음에
어듸가던지 쪽쪽해뵈이지 암만말을묘하게잘한다할지라도 그
언어에흐린점이 잇는것은 즉인간적으로 벌서분명한사람으로
인정안되느니만치 어릴때말이먼저나가째만흔주의가 아주필
요이상으로 참필요한것입니다.

崔 애들은 엉석을 너무하면 언어에 다소뿐아니라 만흔 고장이
생기더군요 될수잇는대로 타일느고 주의를식히면나어집디다
만은 제철나기전에는 그래도 어려워요.

★ 심리에대하야

記者 어린애들 양육하신여러분은 물논이문제에 대하야 신긔한늣
김을바드실제도잇슬것이요 쏘엉뚱하게거짓말을 꾸며대는수
도잇고 괜이울째가튼째의 심리를 어쩌한방식으로 알어보심
니까.

林 애들 심리처럼 알어 보기힘든것은 쏘업슬것갓해요 괜히트집
쓴다든가 어른의눈을 감쪽가티속일려고하는 심리라든지 트
집날제한정업시 멧시간이고 우는일이 잇는데 첫재로 말못하
는것이 어려운문제에 하나고 쏘하나는 심리대로 표현방식을
몰으니 갑갑하든군요 그런데 가만-히 그거짓말가튼것을하게
되는동기가튼것을보아 직접례를들면 저녁후나 공일날가튼째
저녁산보나가는데   집에얼마쯤나가면돌다리밋치잇는데그밋
헤안서서보래상단식히고 쏘ㄴ것이실증이나넌 라라ㅅ소리에
맛처 짠스식히지요 (밥을소화식히기위한운동) 한참놀니다 집
에 늘어살시간이 뇌어서 느러가보면 신발이업지요. 「너신발
엇잿니?」하고물으면 「개천에버서노코왓서요」하고 태연이 대
답한답니다 그래 자긔가 버서노앗다는자리에가보면 신발이
업서저버렷습니다 「신발버서노은자리가 분명히 여긔지?」하
고 따져물으면 「몰라!」하고 아양을쩔어요. 그런데 이례로밀
우어보아도 자긔가 납벗다고 스스로늣긴경우나 째려맛게된
경우면 필연코 거짓말이 나오는데 그째 그냥 두어서는안되
지요 쏙 거짓말이라는것이 납쁜행동인것을   어린애자신이

인식케하고 거짓말 한것을 어른이 몬저안다는것을 표시해야 할것입니다 울째가튼째는 (우리애는 울지안치만은) 될수잇는 대로 여러가지로달래보아 듯지안으면 한개째리면 「어머니 다시는 안그래 잘못한줄아오」하고는 달려붓도록해야하겟습 니다 그러지안코 마음대로 트집부리게하면 짠고장이생기기 가쉬우니까요.

兪   첫째로 애들이 울째의 심리를잘 고찰하자면 방향을 전환식 혀야한답니다 그러고 여러가지 마음도는것을 시험한뒤에 마 음대로해주어야지오 어리적부터 거짓말갓흔것을하는 경험은 업스니 몰으지만은 하도 거짓말하는것이 납부다는것을 어릴 적부터 잘인식식혀주니싸 그런지 우리집 사내아희가 지금륙 학년에다니는데 학교에서 동무들과 하도이야기라든지혹선생 에게서 꾸지람듯고온 이야기를할째면 좀과장을해서 이야기 하기조와해요 그럴째도 절로마음돌러서는 납뿐일이라고생각 햇든지 곳 마음을돌이여서는픽우서버리고는 「거짓말조곰 석 것지요」하고 잘못을솔직히고백하는것을 경험해보앗서요 게 집애는쏘 꽁-하고 좀처럼 제속을 남에게주지안어요 소위게 집애들하는짓이라하야 골무깁는법이라든지 설거질하는 작란 으로하는것보아도 그심리적표현이 사내아히하고 아주짠판인 것을아주늣길수가잇서요.

記者  대개 사내아희의 심리와 물론 게집애의심리구조가 달을터인 데 거짓말이라든지 잘노하는것이라든지 울기잘하는 것은 어 느편입디까?

林　우리는 게집애만 기르니몰으지만 마음이연약한탓인지 잘노
　　하고 서러워하는대신에 마음이꽁-한편이고 눈치가빠르고 말
　　쉬아러듯고 어머니사정잘아는데는 게집애가더-나을썰요.

崔　게집애란 좃코도 쪼 짜다랍기 짝이업는것이든데요 감쪽가티
　　속일려고하는데는 게집애가 쬐가 묘하지만은 좀 길-게 깁게
　　생각하는데는 사내가 엉쑹하게 쪼쒸여나든대요.

李　이야기해무얼해요. 우리집 인긔(仁基)는 지금 일출소학교에
　　단니고 인애(仁愛)가 영성문공립보통학교에단이는데 인애는
　　아버지가한번 큰소리만처도 곳 눈물을흘니고는 서러워서 우
　　는데 인긔는 쉬-노하는일도 업서요 인애가 제우이것만 압박
　　할려고 쌀볼려고하는데 벌서게집애는 그럴법으로알드구만요
　　사내는 어릴적부터 횡포스러운대신 과단성이잇고 철저한점
　　이 만흔대신 게집애는누한테쉬-지지안을려고하는심리가 농
　　후해요.


★ 작난깜에대하야


記者　작란깜은 대개 어쩌한것을 사줍니까?

李　나는 사달라는것은 할수업시 다-사주되 어쩐것이조코납부고
　　를 별로 관심안햇서요 갑싸고튼튼한것이면 되는대로 사주엇
　　지요.

崔　큰애가 유치원에단이는만큼 그애는 유치원에서 쓸거나 사주

지 그 다음애들은 될수잇는대로 공이나 나무로맨든 기차가
튼것을사줍니다 음식먹고난후에 그대로 안저서 작란가음만
만지는것이 위생에해로울가렴려되여서 주선생님과함께나가
서 그네두개를매노아주엇드니 밥먹은후면의레히 나가서 그
네찌고 놀아요 장차 유치원에서 갓추운 운동구가튼것도 집
에다 멧개만드러놋는다고 우리주선생님은애들보육법에 퍽머
리를쓰신답니다.

俞　작란가음주는것은 애들이심심치안코 쏘운동이되여서 좃치만
은 아주 한두살되는 어린애들의작란쌈에대해서는 만흔주의
가 퍽필요해요 너무작극성이 심한빗깔이라든지 쑈족하게나
온 물건가튼 것은 좀생각할문제입니다 대개 어린애들물건사
는것을보면 어린애자신도 빗깔고흔것을 조와하지만은어머니
가 애귀여운생각이 붉은색 검은색해서는 자극성이 만흔빗깔
을 만히사는것을보앗습니다 무엇보다도 제일시력을일케만드
는수가 여간만흔것이 아니랍니다 옛말에 「어머니는 색옷을
일절 금하라」고 하는격언도잇지만은 애들물건사주는때 가장
주의할것은 자극성이업는색으로 록색 백색 엷은청색이 제일
자극성이업습니다 이것을 주의해주엇스면합니다.

林　나는 될수잇는대로 작란가음가튼것은 사주지안키로 결정하
고 선사오는것이나할수업시 겨우주지 그전에는 어쩐일이잇
쓴지 사주지는안습니다 어린애적부터검소한것을 알으켜주기
위하야서요.

## ★ 동무사귀는데대하야

記者 「동무들 삼가서놀라!」 하는격언대로 여러분께서도 동무를가
려서놀게합니까?

李　우리애들은 꼭 제웃사람되는 애들과나놀지 옷을좀험게입엇
거나 과거의동무들에 숭잡힌일잇는 애들과는 전혀놀기를 꺼
려요 성질대로 짜르는것이 아닐까요?

兪　특별이 삼가 놀라고 일너주지안어도 저이들끼리 「후마지메」
「마지메」하고 마지메한아이와 잘놀아요 이문제에잇서서는
특별이 이러타할만한 경험이업서도 정직하고 부모말잘듯는
애와 노느것이유익하겟지요.

崔　우리애는 유치원에서 꼭 노니까 몰으겟든대요 옷도잘입고
얼골도 엡부게생기고하면 자연호기심이 가는지 도모지 그런
애하고 논딘밀이아요, 게집애린 힐수입시요.


## ★ 의복문제에대하야

記者 경제적으로보시나 쏘는 편리한점으로나 위생상으로보아 양
복과 조선옷이 어느편이 나으십니까?

兪　위생으로나 경제로나편리를짜진다면 양복이 훨신 낫지요마
는 겨울에는암만해도 조선옷이상이업서요.

林　어린애라도 조흔의복입을줄알고 모양낼줄을 알게되니 자연

조흔것보다 색깔고흔것을 입을려고들해요 그러나 여름에는
여름양복멧벌두고 자조가라입히지요 겨울에는 편리한컷으로
나 위생상 조선옷이제일낫드군요 그런데 고흔걸알어채릴째
제일주의할 것은 의복인데 저는될수잇는대로 장래자라더라
도 아주 검소한아희되도록의복도 검소한색깔을 택합답니다.

崔　할수업는일이야요 우리애도 이제 다섯살인가한데도 동무축
옷잘입는애보면 그걸해달라고 야단인데요누가 응대하지안코
우리마음대로햇드니 그만하고잇쓰군요.

記者　감사합니다 여러 가지로 조흔말슴하여 주서서 대단히신녀성
독자에게 유익함이 만흘줄압니다

●『신여성』 6권10호, 1932.10.

# 明日을約束하는新時代의 處女座談會

出席者


金泰任氏

毛允淑氏

李應淑氏

孫初岳氏

金慈惠氏


本社側


宋桂月

蔡萬植


　출석하신분들을 간단히 소개합니다. 사진을향하야 우편으로 맨처음에잇는이는 녀성스포-쓰게에서 임이 이름이알려진 金泰任氏이며 둘째로잇는이는 조선문단을 새로히장식하는 女詩人으로 임이 일반독자와 친한 毛允淑氏이며 그다음 셋재로보이는 李應淑氏는 변호사李仁氏의 맛누이동생으로 敎鞭生活로 女子基督敎靑年會幹事로써 종횡으로 만흔활동하는분이며 그 다음에보이는이는 前大衆公論記者로 女人記者로 긔발한활동하든 孫初岳氏며 그다음으로샛침하고안즈신 金慈惠氏는 新東亞社의 婦人記者로 만흔수완을보이는분들입니다. 이분들은 다 지금 활발한긔상과 씩씩한보조로써 새로운긔염을토하는 시대를 장식하는 녀성들입니다.


## 學校敎育의缺陷


蔡  이치운날 이러케여러분이 와주서서 대단히 감사합니다 방이냉방이돼서 미안합니다 외투, 스에터는 그대로 입고 게시는 것이 조켓습니다 이집이 이런냉방뿐일줄아럿드면 다른데로 모실것을…… 저이의 부주의로 이러케됏습니다 널리용서해주십시오 다아시겟지요만 좌담회라느니보담 만담회로 생각하시고 무슨 말슴이든지생각나시는대로 얼마던지 이야기해 주십시요 먼저 학창시대에본 사회와 실제로 사회에나오서서 본 사회에 엇더한 차이가 잇습니다  송선생! 주인이시니 먼저 말슴내십시요.

宋  이야기 하십시요 어쩌한차이까잇습니까?

蔡  毛선생! 間島서 재작년에 나오섯든가요?

毛  작년봄입니다.

宋　학창시대는 비교적 실사회에 대한 지식이 박약햇다고 볼수잇
　　서요 왜그러냐하면 학생이라는 그자체가 한가한자체니만큼 실
　　사회에대한 실제지식을 자연히 모르게되니까 사회에나와서는
　　혹 쏘 생각과 다른점이만어요.

毛　학창시대의사회는 그야말로 리상적이고 자기만분투하면 무엇
　　이든지 성공하리라고 생각하엿지만 실제사회는 결코그러치안
　　어요.

慈　사실애요 학교를쩌나 사회에나서보니까 종로네거리처럼 정신
　　을못채리겟서요.

蔡　졸업하신후에 나오서서 보실째 학교시대 교육에 어쩌한결함이
　　잇섯다고 보십니까 더러잇슬것아닙니까?

慈　학교에서는 너무도 실제성을쩌난교육을 식혀주어서 뭐 말할수
　　업서요.

毛　사실그래 니무도 우리생활과민쩐교육을 바딧스니까.

泰　사실애요.

毛　선생들이 너무 소선현실을 몰다서 그러지요 의식이잇는 학교
　　교육자래야 되겟서요 씀씀이라도 조선현실에 적절한것을 아리
　　킬것이아니애요 보통분들은 월급이상당해 살기에 그다지 고통
　　이업스니까 머리를 그런데쓸새가 잇서야지요.

李　벌서 학교교육 그물건부터 꼭조선녀성으로서 배와야만 할만한
　　현실성잇는 지식이못되고 부르조아교육 그것이니까요.

宋　그럼요, 더구나 ×××××이니까!

泰　사실이야.

慈  전문학교를 졸업하면 영어교원자격은잇지만 다 취직이되나요 대부분은 놀게되니까 거기에도 학교교육에 결함이잇다고봅니다 그러니 미리부터라도 학교에서 가리키기를 여러부분으로해서 보통학교에라도 나갈길을 열어준다든지 학교방면외의 짠사회에나서서 활약할만한 지식을 너어주엇스면 조치안어요 기가맥혀 말이아니나와!

毛  모교이야기 너무하지마러!

宋  저양반 모교를 너무사랑하시느라고!

李  실생활과 너무 써러저.

毛  그럼 실생활보다 놉하요 그러기째문에 실생활에 접하면 一학년생보다 못해!

宋  학교에서들일본 스끼야끼 맨드는 법 무슨양요리맨드는법 가튼 것을 아리키는데 조선사람이 배워야 소용잇서야지요 먹을일이 업다느니보다 그런것을 먹을형편이됩니까?

泰  암!

蔡  한동안 일본서 영어교수시간을 주리자커니 빼자커니 한말이 잇슨듯십흔데 학생에게 영어를 장려할필요가 잇슬까요?

慈  업새면 안되지요 장려해야 될줄압니다 제일 전문학교고 그외 상급학교를 가는분에게는 강제적으로라도 아리켜야지요 중학교에서 전문학교가자면 시험치르는데도 이준비가잇서야 하니까요.

男性을어쩌케보나

蔡 一반 남성들을 어쩌케보십니까 학교에게실째본 남성과 사회에
   나서서본 남성이 어쩌타는것을 말슴해주십시요.
   (호호호호 한분의 우슴소리가 아닙니다)
   어페가잇슬지 모르겟습니다만 金선생!(慈) 한잡지사에 여러남
   성들과 가티게시고 쏘 원고모집하러다니시고 하니까 그감상을
   말슴해보서요.
慈 왜 절더러 무르서요?
宋 지금 신동아사에 함께게신분들을대하면서 학창시대에 상상하
   든 남자와 비교해보란말이지!
毛 쏘겨날까바 말못하나?
慈 아니 그래 그런게아니구 우리사의 사람들이야 사실 험잡을곳
   업지
毛 학교잇슬째는 남자들을 아름답게보앗서요 남존여비라는 그런
   생가을 가젓섯기이니리    성싱빙면으로도 픽 성딩만굴아딧
   는데 실제로 나와보니까 아주 상상과는 달러요.
蔡 남자란 원래 못된것들이니까요.
孫 사실이지 뭐애요.
毛 제일 얄미운것은 녀자의순진을 넘겨집는게야.
慈 약점이 잇스면 도읍지를 안코 웨레 리용할랴고들 든단말이야.
李 나와서 일할째 다가튼인간으로 대하는생각이 좀 잇섯스면 조
   켓서요.

毛　너머 이성시(異性視)를해.

慈　선생으로알고 대하는대 그쪽에서는 어쩌케하던지 약점을 움켜
　　쥐랴하니까.

毛　하여튼 자기지식상 부족한점이 잇서서 무엇이고 좀아르켜달래
　　면 아르켜는주면서 한쪽뢰로서 짠야심을먹으니까.

孫　사실이지요.

慈　나도 이제부터서는 남성들을넘겨집흘테야!

蔡　무서운 선전포고십니다그려.

毛　녀자의무자기를 다르게들 해석하니 우슙지안아.

慈　게다가 트집이만치요 좀새침하면 교만하다하고 좀 *ホガラカ*하면
　　말광량이라고 이름짓고……

宋　할수업시 그러케보는사람은 보라고하지 일일이 생각다가는 머
　　리가쉬게.


### 趣味와誤樂


蔡　여러분의취미를 말슴해보십시요 오락으로 자기도조코 남에게
　　권하고도시푼 것을 말입니다 마-짱이 엇덜까요 저는 마-짱을
　　조와하니까말입니다.

李　애가마-짱하지요. (毛을 톡치면서)

毛　호호호호…… 뭘 처음해본걸!

泰　오락이안돼요 그러고 남자들이 욕하니까요.

孫 절대 불찬성입니다 (마-짱) 첫재로 시간소비와 정신을만히써서
　　다른데 쓸수잇는 노력을 거기에다 바치게되니깐요.

毛 녀자들에게도 그런게 잇서야되겟서.

慈 잇다금식 전에는 빠스켓뽈도하고 뻬이스뽈도 해습니다만 그런
　　게 조을것 가태요 운동도 되구해서.

蔡 뻬이스뽈을 하서요?

慈 네 인도어 뻬이스뽈말이얘요.

蔡 네네 그러나 그런것은 일부국한된분들이 하시는것이고 一반적
　　으로 어쩐것이 조켓서요.

毛 가투도 조켓드군요.

慈 핑퐁도 조와요.

蔡 쩨쎄- 뽈푸는 엇덧습니까.

泰 운동이 안돼요.

慈 갑갑징이 나껫드군요.

毛 갑갑징이지나면 퍽자미잇서!

宋 해보싯군요!

毛 조곰 함흥서 해밧서요.

宋 여보! 제발 그건하지마루 말만드러도 운동이아니구 사치스러
　　운짓이야.

慈 겨울에는 스케이팅이 조치요.

泰 조치요.

李 승마(乘馬)는 엇덜까?

慈 녀자에겐 못써 그러고 말만을쎄야.

蔡　자전거는 타실줄압니까?

慈　구경꺼리난것처럼 모여들어 못타겟서 七八년전에는 타봣서요.

宋　우리시골서 자전거대회구경을햇는데 녀자선수 여섯이 출장한
　　것을 처음보니까 여간활발하지안트군요.

蔡　그런데 녀자가 자전거 탄것은 좀 숭해보이드군요.

李　그런관념을 타파하지 아니햇스니까 그러치요.

慈　꼭 탈필요잇는사람은 타도 조켓지요.

毛　산파(產婆)와가튼 직업가진사람들은 조켓서 맛분데 여기저기다
　　니자면 조치안켓서.

慈　기자들도 조켓습니다.

毛　사실 인력거보담 날것가태.

李　가엽서서 타겟드라구!

蔡　김선생!(慈) 송사장이 매일일력거타고 다니는것을보시고 감상
　　이어째요?

慈　타봣서야 알지요!

李　왜 모타바.


**職業問題**


蔡　직업전선에 나스는데대해서 말입니다 대개는 경제적필요로해
　　서 나슨분이만은데 그외에 취미로나 혹은 다른리유로 나스시
　　는일도잇겟지요만 가정에서 반대하는수가 만치안어요?

慈　물론 경제적문제로해서 나오기도하겟지만 취미로나 자기발전
　　을 위하야 직업전선에 나슨다면 헛턱대고 말릴사람은 업겟지
　　요.

蔡　그러나 이런경우가잇지안습니까 취직을 식힐래도 남자접촉이
　　만타해서 안식히는수가.

毛　취직안식혀도 괜찬을만하면 안식히겟지요 그러나 꼭 나스고시
　　픈데 못나스게한다고 고만두는것은 강하지못해서 그럿치요.

李　나와야지요.

慈　반드시 사회에 나와야만 일하는것이 아니겟지요 가정에서 가
　　정일을 온전히한다면 이것이 사회일이 될수도잇지안어요.

蔡　직업선상에 나서서 더러불평을늣기신바를 말슴해보십시요 毛
　　선생 학교에 게섯스니말이지 먼저 말슴해보십시요.

毛　교원도그러치요 역시 남자의주견만 내워서 일을하기째문에 불
　　뻥이지요 자발적으로 무엇이고해보겟다는것이 되여지지를 안
　　습니다 매일 가튼일만 되푸리하니까 권태박게 늣겨지는것이
　　업서요.

慈　교원생활이란 기게와마찬가지애요 조히라는 학생에다가 지정
　　한 교과서를 인쇄해주는 인쇄기게박게 더돼요.

李　그런데도 학생들은 선생을 초인간시(超人間視)하니짠요.

毛　나는 전에 교원생활이 퍽부러웟섯서.

慈　교원생활이 별로 힘들지는안치만 밤낫하는일을 되하고되하기
　　째문에 권태를 늣겨지고 지루해서 못견듸지요 지금은 (긔자생
　　활) 일이 전에보다 더센데도 사회와저촉하는 기회가만코 짜라

서  보고듯는것이만어서  퍽  자미가나요.

毛  교원생활은  감옥생활  한가지야

蔡  직업부인이  되여서  가지신곤난이  무엇입니까.

毛  저건  녀자거니해서  차별두는것이  제일곤난하지요  그러나  그곤
란을  직업과  타협해서  이기는수도잇고  자신과  타협해서  이기
는수가잇스니까  다  다를썹니다.

慈  난  사에서  여러분들이  하는일을  무엇이던지  다될줄아는게  무
린것가태요.

毛  올치  여자의약점을  몰라준대서


## 結婚問題


蔡  결혼을하신다면  자유결혼을  취하시겟습니까  중매결혼을  하시
겟습니까  그러치아느면  두가지를절충한것을  취하겟습니까.

初  개인사정에  짜라  다르겟지요.

毛  일반적으로는  자유결혼이  낫지요.

慈  중매결혼도  괜찬을것가태.

毛  할수업스면  중매결혼이라도  햇지  별수잇나  고르다못고르면  그
대로  늙어줄을텐가?

泰  중매결혼이라도  감독자가잇서서  얼마동안  교제가잇서  보도록
하면  자유결혼과  그다지  다를것이  업겟지요.

李  절충식이  조흘것가태요.

毛  어쩌케?

慈  경험이 잇는게로군!

(一同笑)

李  사실 학교졸업하고 픽헤매는 애들이 만은데 상당한보증인을두
   어서 교제식히는것도 조흘것가태

慈  물론 자유결혼이라고 마음노코 못할일이야.

蔡  직업부인회라는것이 잇다지요?

毛  지금 진행중이니까 말못하겟습니다.

菜  하시는일은?

毛  직업상토의도잇겟고 친목도하고 사교적사업도 잇슬것입니다
   티-룸 하나하면 어덜까 (宋보고)

宋  어데서

毛  돈잇스면하지.

蔡  남자가 가도 괜찬습니까.

毛  괜찬치요 뭐!

泰  차만파라서야 수지가 안마저서 안뇔섯입니나 그러타고 술은필
   수업고

蔡  학교졸업하고나서 정당한 배우자를 택하자면 어쩌한점을 보시
   겟습니까 먼저 학식으로봐서!

慈  학식은 만을수록 조치요.

李  마음만 조흐면 되지!

毛  인격이 잇서야해!

泰  너무 무식해도 걱정이지요.

毛　전문만 마첫스면 무던하지.

蔡　가산이나 혹은 수입편으로 본다면…….

慈　수입가튼것은 이야기 안하겟습니다.

蔡　굼고서야 살수잇나요.

慈　먹고 살만하면 고만이지요.

毛　먹고살기위하야 꼭 결혼하나요 결혼안하고라도 살수잇슬텐데
　　요.

蔡　결혼안하면 노처녀란소리 듯지요.

慈　참우수워요 사업을 하기위해서 결혼을 아니하는수도잇고 배우
　　자될만한사람이 미처 발견되지못해서 결혼아니하는수도 잇는
　　데 공연히들…….

毛　혼인할데가 업서서보담 혼처를 구하는데가업서서 못가는줄들
　　만안단말이야 엇잿든 로처녀라면 듯기에 キモチ가 납분것만은
　　사실이애요. 배우자를고르는데 온 넘고처진다던지 일을위하야
　　결혼을 당분간 못하는수가 잇는것을 남자들은 이상야릇하게들
　　생각하니 우숩지안어요.

李　남성들은 バカ가 돼서 그래.


## 第二夫人問題

蔡　남자의 숭을 말슴해보십시요.

宋　숭물스럽지요.

毛  안해가잇고도 업는체 하는것이 제일 쩐쩐하고 미워요.

初  안해가잇다는것을 솔직하게말하고 의가업다는말을 쯔내부처가
    지고 덤비는남자도 잇슬것입니다.

毛  안해와 의가업다느니 뭐니해가지고 가련한 표정으로 이따위
    쩐쩐한말을 하지요.

蔡  一단 관게가 되여가지고 「深入り」가 되는경우에는 엇더케합니까.

毛  그저 죽어야지 제일 시원하겟지요.

泰  구든결심을 먹고 탁 꼿는것이 피차에 조흘것입니다.

毛  그러나 그것도 리론이지요 대개는 그러케 안될쎕니다.

泰  리성을 이긴다면 될수잇다는말이지요.

毛  이기지 못하는경우에는 할수업지안어요.

蔡  세상에는 그런례가 좀만습니까 본처와 이혼할래야 부모가듯
    지안코 자기네끼리는 정이드러서 쩌러질수업는 경우가 만찬
    어요?

孫  마러야지요.

毛  말로만그러치 어려울쎕니다.

蔡  리혼한남자라면?

孫  리혼하고라도 짠녀자를 엇는다는 그남자가 「果しち」 얼마만콤
    이나 그녀자를 사랑할찌가 의문일것입니다.

慈  아주어려서 강제결혼을 당햇다면 리혼하고 새녀자를마질째 첫
    사랑으로 대하겟지요 하여간 그째 처지를봐서 할일이애요.

毛  남자들이 속이지를 마럿스면조켓서.

孫  녀자를 속여가지고 헤여나지못할경우가돼야 비로소말을합니

다.

慈　그럼 녀자들이 왜 조사를못했나요.

毛　민적등본을보면 알텐데.

泰　민적에업시 十년식 지나는사람들이잇스니까요.

蔡　연애에 열중하면 조사할생각이 미처나지 못하겟지요.

孫　녀자가 맹목적이돼서 그래요.

毛　남자가 못돼서 그러치요.

孫　결국 성교육을 못바든탓이겟지요 여러분「테스」를 보섯겟지요
　　만 그어머니가 성교육을 못식혀서 그런것아닙니까.

毛　운명의 파단으로 볼수박게 업습니다.

慈　운명의 지배지요.

宋　운명이라면 숙명론을 말하게되는데 운명이라는것이 잇다고봅
　　니까.

毛　잇다구봅니다.

宋　나는 업다구 봅니다.

泰　잇서요.

宋　毛선생은 예수쟁이가돼서 운명을밋지요.

毛　당신은 무슨쟁이가돼서 부인하시요 억울한일을 못당해보신 모
　　양이구려.

宋　억울한일을 당햇드라도 나의실책이지 운명이라고 알수야업지
　　안어요 과학을 시인하는 사람으로는 대단 히섭섭한말인데……

## 解放은어데서

蔡　녀학교원으로는 각금 결원이생겨나는데 결혼하기째문일까요.

毛　결혼해서 어린애가 생겨나는째문이겟지요.

慈　원인이 생산일것입니다.

毛　남편이 조와아니하는수가 만치안어요 대개는 남편이안해를 직
　　업선상에 내보내기를 쓰려하는것가태요.

慈　조선의 가정제도로보아 살림사리를 하게되면 자연이 거기에휘
　　감기고 말게돼요.

蔡　그럼 학교를졸업하고 사회에나섯다가 다시가정으로 드러간다
　　것은 녀자해방상 퇴보라고 볼수잇지안을까요?

慈　그러치안치요 직업을 가젓대서 반드시 녀자해방이 되는것도
　　아닐것입니다 가정에드러간다고 할일을 못하나요 가정에 드러
　　기서 가정일을 해내면서 사회일을 한나넌 월신 더훌륭하지요.

蔡　그러나 가정에드러가면 첫재경제적으로 독립할수업스니까 말
　　이지요.

慈　경제적으로 독립한대서 반드시 해방되는것이 아니겟지요 우리
　　는 가정에서 해야만할일이 더만으니까요.

初　직업부인 가정부인을 운운하느니보담 인테리녀성의 갈길이 어
　　덴가를 말하는것이 조치안어요.

慈　가정으로 드러가고시프면 드러가는것이 조흘것입니다.

初　가정으로 드러가고 안가고가문제가아니라 게급의식이 잇서야
　　할것입니다.

慈　게급의식이 무엇때문에 붓습니까 가정을 전부버린다면 가정은
　　어쩌케되게요? 가정에드러간다고 사회일을 웨못합니까?!

泰　가정에서도 발끈치말고 사회일을한다면 할수잇슬것이애요.

毛　가정이란 녀자천직에 속한것이지요.

李　완전한가정은 주부에게 쌀렷다고봅니다.

蔡　학교를졸업하고 사회에 나스는 사람도 잇지만은 대개는 가정
　　으로 드러가지안습니까 그런데 정말해방은 공부못한녀성 구녀
　　성으로부터 된다하는말이 잇습니다. 그것은 처지라고할지 대
　　개돈업서　공부못한녀성들은 농촌이나 공장에잇게되기째문에
　　공부한사람보다도 게급의식에 눈이먼저 쓰지안켓습니까……
　　실생활이 그러니까.

慈　직공이된다고 해방운동을 위하야 나스는것이아니겟지요 해방
　　을 표방하고 공장에드러가지는 아니햇스니까요.

蔡　물론 그러치요 드러가고시퍼서 드러간사람도 잇겟지만 주선업
　　자에게 꾀여서 드러간사람도 만습니다 하지만 기회가 다르지
　　안습니까.

慈　사회에 나간다고해서 엇재서녀자해방이 됩니까 노-라가 가정
　　을버리고 나간다고해서 녀자해방이 되엇슬줄로 밋습니까.

宋　헬만이 자기안해를 노리개시햇스니까요 사람이라느니보담 장
　　식품으로 대햇스니까요.

慈　하지만 집을쩌나가지안코 도로 그남편을 열복식혀가지고 투쟁
　　해나갈수잇지안엇서요.

泰　퍽어렵겟지요.

慈 아니 노력이업섯지요.

初 일본의 三宅やす子 中條百合子는 남편과 동거하지 안엇답니다
그것은 자기남편에게 참다운예술품 예술다운예술품을 만드러
내게하기위한성의에서 그랫다합니다.

慈 예술만을위해서 사는것은아닙니다 작품내놋는것만이 세상일이
아니니까요.

泰 사회진보를 위하야 그만큼이라도 희생하는녀자가 잇다면 조치
안어요.

慈 그럼가정이라는것은 어쩌게하라고요 가정을써나서 살수잇습
니까

毛 인테리녀성들은 감정적으로 희생되고 구속되기쉬어요 남자들
이 바루 잘나서 그런것이아니라 녀자의천성인 모양이애요 서
양사람도 별수업스니까요.

宋 진징한녀자해빙은 노둥자 농민의해방이 잇는데서 되이질것이
라 생각돼요.

毛 아모리 상식이잇서도 내개는사랑에 구속되구말이요 아주루추
한 구속이지요.


## 家庭問題

蔡 리상적가정을 이루자면 재래와가티 한집안에서 시부모아래에
잇는것이 좃켓습니까 따로 자기네끼리 단가살림을해야 올습

니짜.

慈  소가족제도를위하야 짜로나스는것이 조켓습니다 재래와가튼
대가족제도에는 여러가지 페해가잇섯스니짜.

蔡  어머니는 자식이장가를가면 감정적으로 시기를한다 하지안어
요 올케도역시 그러코……

慈  그러기째문에 될수잇는대로 소가족제도를 취하는것이 조흘것
가태요.

蔡  가정페해중에 녀자향상을 제일 방해하는것이 무엇입니짜?

毛  남편이 제일일것입니다.

慈  아니야 가정의일을 조직적으로 하지못하기째문에 그럴것 가태
요 일을 일다웁게 쑤미면 되니짜요 그것을못하면 결국에 자기
째문에 향상을못한다구박게 볼수업서요.

泰  나는 아버지가 향상을 방해하는것가태요.

慈  엇재서그래요 아버지가 사랑하는 자기자식의 향상을 왜방해합
니짜 나는 자식일것가태요 자식에게는 어머니가 엇절수업시
구속되니짜요.

泰  아버지가 완고하면 할수잇서요

毛  활동잘하는 녀자도 애인이생기면 활동의범위가 주려듭되다.


## 流行問題


蔡  요근래보면 녀자옷에보면 여러가지색채와 문의도친것이 류행

되는데 엇던것을 조와들하십니까.

毛　무엇이던지 상관업지요 색채가 조곰 울긋불긋하다던지 문이가 이상야릇하면 의례쩐 남자들이 욕을하는모양이나 그러타고 입고십흔것을 못입으면 용기가업지요.

慈　색에 절대로 구속될필요가 업서요.

蔡　빗갈도 말입니다 교양잇는분들은 빗갈을마추어 입지만 엇던사람은 너머 야단스럽게 그야말로 신개지(新開地)의 쌔라크풍경과가태서 뒷드라구요.

毛　「요쩨이나신쌔이」지요.

慈　안보다보니까 그러치요 나레루하면 상관업지안어요.

宋　자기가안입든것을 남들이입으니까 품위가쩌러지느니 뭐니하고들 야단이지요.

慈　사실 조선서는 색에대한관념이퍽적어요 리화학교학생들이 색의를 민히입는편인데 학교서는 색만뫼기지고 시치니 머니하고 대반대지요 색잇는옷이라 반드시빗쌉니까 얼마던지 입어야지요.

毛　선진자시군!

(一同笑)


## 女性美는어데서

蔡　녀자의미는 어데잇습니까 다리에도잇다하고 등에도잇다하니

말슴해주십시요.

毛  인격이 제일이지요 얼골의미는 재래적이구요.

泰  체격에 잇슬것입니다.

毛  녀자끼리맛날쌔 처음발견하는미는 인격미애요.

慈  왜 남자들은 녀자를볼째 인격부터 보지안코 미부터봅니짜?

孫  남자들끼리는 어쩌한미를봅니짜

蔡  키가 후리후리하고 잘생긴사람이면 조치요 뭐! 녀자들은 남자
의미를 어듸서발견합니짜?

孫  넥타이에나 얼골에나 쏘 몸맵씨에 관심을갓지안는 수수한인격
자라야해요 남자란쏙 얼골갑을하고마니짜.

毛  미남자는 속갑을 단단히해요.

泰  쩐쩐한남자는 엇전지 가시잇는것갓고 실탄말이애요.

宋  웨! 너무마음을 호려가서 그런데 이것봐요! 웨! 남자들은 신식
·구식의안해를물론하고 잘살고잘지내면서 여자압혜만 안지
면「나는 외로워요!」「가정적고적은 사회의인재를 썩거버리느
니……」하고 고적한한탄을 합니짜?

毛  그래 그래! 아 그러타니짜!

孫  그것참 얄밉고 속쌘해서 도모지 살수업지!

毛  그래야만 그녀자와 잘사괴여놀수잇스니짜 그야말로 상대를쯔
을어야지 그런데 녀자란 알고넘어가니 어쩌케해!

慈  글세 그러타니짜! 아이참 속상해!

宋  속상하다고하면 그것들이 그런행동을 쓴을줄아오 이후부터라
도 녀성자신이 좀더굿세고 의지가강한곳이 잇서야하지요.

慈 옷사치안하고 수수하게채린사람으로 인격잇는이는 그래도 덜
그럴거야.

宋 무엇! 그런남자가 더-그런걸 어쩌케하우 제짠에는 지도니진정
한동무니하고 고무신발에다 의복에서는 짬냄새가 코를찔너도
녀자를대하면 쏘녀자로 아니엇재요 제버릇 개를주나?

毛 그러타니까! 그래서 이번 「新女性」에일천만남성에게 하는글에
다가 그말을썻서요!

蔡 그러나 옷맵시부리고 쌘쌘한사람이 염복이라할찌 녀자를접할
찬스가만으니 그것은 웬일입니까.

毛 자신이 챤스를맨들지 녀자가조와서 짜라가는줄아십니까.

蔡 녀자들의 화장은 왜하십니까?

毛 남자들이 화장하게만드니까 할수잇서요 아주로골적으로 말하
면 교제할째라도 나부터 화장을해야되니까요 남자들은 의례
히 녀자는 파우디를바를깃이거니하고 쏘 바르는깃을 조와하
니까요.

蔡 닙부실텐네 여러분을 오시세해노고 고기넛짐노고 냉방에오래
게시게해서 미안합니다. (閉會)

# 職業女性의座談會

## 새해를마지며

「세배합니다」 1933년…. 동산우에 햇발이 도드매 새해의 첫날은 신시대의 의의(意義)를 갓고 장막을 거덧습니다 이리하야 무성(無聲)의 전파(電波)는 우리의 감각(感覺) 우에 온갖 신호(信號)를 알리고잇습니다 힘잇게 사회일각에 발을내여듯고 새시대의 녀여성으로 씩씩하게 거러나아가는 직업녀성(職業女性)의 굿센 존재는 해를거듭할째마다 사회관심(社會關心)에 한송이의꼿을 픠웁니다 이들이 가지는 결심— 이들이 밧는 수난— 이들이알리는 교훈 들들들— 이는 새시대의 존귀한 생활체험(生活體驗)이요 산교훈입니다 —긔자—의사—간호부—녀점원—류행가수—배우—산파—까소링썰＝쩌스걸들들들—이들은 조선이가진신시대의 녀성이니 이들의 입에서 흘러나오는 마음의고백은 새해의 금자탑(金字塔)이라고아니할수업습니다 젊은녀성—신시대를 힘잇게 거러나아갈아가씨들은 이들의 부르지즘에 귀를 기우려야할것입니다 「쯧잇는새해는왓습니다」 1933년……

侍日　十二月卄四日午後六時

場所　本社貴賓室


出席者　李永愛氏 (銀行員)

　　　　李愛利秀氏 (레코드會社專屬歌手)

　　　　李景雪氏 (女俳優)

　　　　毛允淑氏 (敎員)

　　　　史金女氏 (產婆)

　　　　宋桂月氏 (雜誌記者)

　　　　李明潤氏 (電話交換手)

　　　　郭賢模氏 (데파트店員)

　　　　任玉卿氏 (써스-車掌)

　　　　金奉業氏 (同上)

　　　　南壽熙氏 (齒科醫師)

　　　　以上無順


本社側　李益相　鄭寅翼　李最喚　金源珠



정각에 본사편집국장리익상(本社編輯局長李益相) 씨의 개회사로 좌담회는 열리엇다


세말이오 일긔가찬데 이와가티 다수히 왕림하여주시니 대단감사

니다　그러나　나의직업은원망하고십지안어요　모든것이팔자이니까요…… 저는조선의극게를위하야―생을　밧치여버리드라도　굿게싸우려고합니다

鄭寅翼―사회한사람이　자조여러분에게　말슴하야달라고　지정하게되야서 미안합니다

宋桂月―모다　처음뵈입는분뿐이라　어색해요　각자를　소개하는것이 좃 켓습니다

鄭寅翼―아즉것　아무소개가업섯든가요? 김원주씨……

金源珠―몬저오신분　멋분으로하얏섯지만　다하지는못하얏습니다

鄭寅翼―자- 그러면　여러분각자의　소개를하시기로　하지오? 송선생부터　하시는것이　엇더합니까?

이말을짜라 송게월씨부터　니러서서　인사소개를　하얏섯다

李明潤―여러분께서　아시는바와가티　가누가　통신긔관을마터보는것만큼 매우밧붐니다 통신이라는것은신속하고　정확하게　세상에전하게됨으로　우리의머리는극도로　신경이날커러워짐니다 이전화통신긔관은 국가사업인만큼　중대하고　업지못할긔관인줄로　생각합니다

南壽熙―긴경험이　업서서　감상이업스나　치과의사로서　늣긴바감상은　환자가치료를　밧는것보다도　환자자신을　의사로만들엇스면　조켓습데다 외그러냐하면　병을곳치려　온환자로서　도리혀의사보다몬든것을 더잘아는체하는것은　아모리생각하야도괴이합데다

## 직업으로부터밧는수란

鄭寅翼－그문제는 이만하야두고 다시직업으로부터 밧는녀성의수난을 말슴하야주십시요 또지명하게됩니다만임옥경씨말슴하야주십시요

任玉卿－차장된지가 얼마아니되니까만흔경험은업스나 세상사람이 고요히잠드러잇는새벽 六시부터 노력을하지아니하면아니됩니다 내가외이러한 직업을가지고잇섯나하고 몃번인지탄식한째도잇섯습니다 손님중에도가지가지의손님이만흔데 어쩐째에는 얼큰히취한손님이쓸데업는호기심으로 우리를조롱할째에는 몃번이나거듭히 야주먹을 쥔적도만엇습니다만직업이 직업인만큼 여러번참고참어 이미속이썩어진지가오래입니다

鄭寅翼－우리도 종종보는일이지만 사실그런것이 만핫습니다 김봉업씨는 임옥경씨와 가트신 직업을가지고게시지만 시간적으로 차이가잇는이만큼 또달은밀슴이잇스시리라고 생각합니나 그섬에대하야 말슴하야주시지오?참말로 쩌-스차장은 여러가지로 괴롭기도하거니의 위험도 흰모양이든대오 그리고이번에 기란업시발슴하야 수시면 세상에 발표되야 그런곤난을 제지식힐는지도 모릅니다

金奉業－별거업습니다

郭賢模－상점에들어안저잇기째문에 재미는업스나 하로에도몃천명 몃만명의 손님을대하게되니까 스리린일도만코 배창주가 쓴어지게우수운일도만습니다 어쩐손님은 일원짜리를내고 五원냇다고 부득부득거슬너내라고 조르는분도잇섯고 어쩐손님은 정자옥이나 三월오복점에서는 점원도 친절하고 물건갑도싼데 너의들은 웨그럿케불친절하

고 물건갑도빗싸냐?하는손님도만헛습니다오히려 양복이나 입고 신
사처름보히는이는 도리혀 우리를 조롱하지만은 싀골게신손님치름
보히는분이 도리혀친절히하야준답니다

　鄭寅翼－백화점에서는「엘레벳」에서「엘레벳썰」에게 연애를거는일
도잇습지요 왜요전에 동아백화점에서 그런일이잇섯지요

　郭賢模－그런일은업습니다 지금은 남자운전수가 운전을하니까요
하여튼무슨 취미로 그러는지모르나 공연스레「엘레벳」을타고 멧번식
오르니리는사람도 잇스니까요 그런사람들은 물건을산다는것보다도
작난을하기위하야 오는사람인줄압니다

　鄭寅翼－「데파-트썰」에게 연애를걸어보랴고 폐점(閉店) 시간이갓가
을째면 그부근에서 저벗대는청년들로서의 수란(受難)은업습니까?

　郭賢模－안인게아니라 엇던사나히덜은 치운겨울에도 밧게서썰면
서 기다리는일이 잇슴니다 그런사나히인줄을 알고도 모르느척하고
가노라면 집짜지 뒤를짜러오는 사람도잇습니다

　鄭寅翼－그러한것을 퇴치할방법이업슬까요?

　郭賢模－글세요 아직생각해본일이업서서 퇴치방법가튼것은모르겟
슴니다 스서로 주의할쑨이니까요

　鄭寅翼－문제가 너무탈선되여서 미안하게되엿슴니다「리애리스」씨
말슴좀하시지요.

　李愛利秀－저로서는 아직이러타할만한늣김이업스나 제가너흔노래
중에서 특별히 마음을먹고 너흔것은별노업슴니다 그러니항상 노래
를취입(吹入)할째에 이것이 잘되엇스면하고 마음을조립니다 너흔노
래판이 시장에 나가서팔니게될째에 내가들어보면 엇던것은쓱박게잘

된것갓지마는 대개는 자긔로서도불만족한감을 늣기게되니까 一반사
회에서 평판이엇더켓다는것을 직감하게됩니다


## 직업부인에주의할점


鄭寅翼－이번에는  직업부인된사람으로서의주의점(注意點)을  말슴
하여주십이요－즉후진을위하야 경고될만한것이라던지 그외에현재직
업부인이된여러분으로서의  주의해야되겟다고  늣긴것과  제一선에서
서활동하는데 비결(秘訣)이라고할만한점을  말슴하시지요

宋桂月－학교에서 사회를 바라볼째에는 몰낫섯지만 실제로사회에
나와서보니까 사회는 너무나험악한것을알게되엿습니다 그래서 처음
으로 사회에나와서는 마음이 여러갈내로 방황하게됩니다 그럼으로
사회에 처음나올째는 마음이무장이필요하다고생각합니다  각방면에
대한 수란이퍽만슴니다 녀성들의게 쓸데업는 호긔심을가지고 대하
는남성들이 만키째문에 자긔가신에게 불리힌검이만슴디디 이린째에
잘못하면타락되기쉽슴니다 그런고로이런점을 잘주의하여야될것이라
고생각합니다

鄭寅翼－조선 녀성으로서는  그러한것이고통이겟지요  생각이좁으
니만큼마음도단순하야사회에  대한불안을갓고항상전전긍긍(戰戰兢兢)
할것입니다 그러타고자겁(自怯) 갓게되면 모든일해가는데 지장(智障)
이만흘것입니다

宋桂月－그러기째문에  우리는  용감히싸워야하지요  사회제도에맛

추워서나간다면 자겁이란것도업고 지장도업슬줄압니다

　毛允淑－맛처나가다가 내몸까지 망하면 엇지혜요 조선은과도긔에 잇느니만치 우리들의게 만흔수란을주지요 남성들이 사회에대한 리해가업스니싸 우리들을 항상유혹하고저하니싸요 이점에더욱주의를 해야지요 그럼에도불구하고 우리는 현사회에맛추워나가노라 함에짜라서 그들의게 곱게보인다는것은 불리한일이니싸요

　宋桂月－그러키째문에 우리는 남성들의게 곱게보이랴는행동은 하고십지안슴니다


## 후진에게주는맘준비


　鄭寅翼－직업녀성으로서의후진에게 권하고십흔것을 말슴하지요

　郭賢模－가령 말슴하자면 백화점에나 상업방면에나오랴는사람은 상업학교출신인데 그들은 첫재건강해야하겟슴니다 왜그런고하니 아츰아홉시부터 밤열한시싸지 일을하게되니싸 퍽몸이 고단합니다 건강치못하고 약한사람은 몸을지탕해나갈수업슴니다 그다음은 자긔의 생활문제를 위해서만 생각지말고 상업의지식을 엇기위하야 연구하고 실제경험을싸흐려는결심을갓고 나와야하겟슴니다 그러한준비가 업스면 오래잇지도못합니다

　金源珠－리영애씨도 말슴좀하시지요

　李永愛－차례로해오는데 천천히하지요

　李景雪－녀학생들은 학교를졸업하면은 녀배우(女俳優)가되고저 희

망하는이가적으니윈일인지 몰나요

　毛允淑－조선에서는 자래로녀배우에대한 리해가적은탓이겟지요

　史金女－(생긋우스며) 참그래요

　鄭寅翼－녯날부터 내려오는관습이남어잇스니까요 그위「광대」라는
관념을갓고 오늘날의 배우를 역시그러케보니까요

　毛允淑－녀배우라면 그생활이 음탕하다고생각을 모다들하게되니
배우생활이 사실그럿슴니까?

　李景雪－천만에요 절대로 그러치안슴니다

　宋桂月－참 이긔회에그러면이야기좀들너주세요

　李景雪－제三자로서　객석에안저구경을할째에는녀배우의생활이화
려한것가티보히지만 그리면생활은 참으로 비참함니다 직업이직업이
니만치 녀배우는 비단옷을입지안을수업슴니다 저는평소에무명옷을
조와하나 할수업시비단옷을 입게됨니다 무명옷은 전차를한번만타면
곳주름살이 집히지요

　毛允淑－참 그럴것입니다

　李景雪－그러나 소선의녀배우로서는 정작비단옷은 입을수가업습
니다 영업상관게로―경성에서는 좀낫지만 지방에순업이나간째는 녀
배우들이 무명옷을입엇다가는 一반이그단체는망햇다고들 말하니까
흥행을할수업시됩니다

　毛允淑－그래요

　李景雪－요전에 모보육학교선생님의짜님이 녀배우가되갯다고 지
원을하길내 그러한 비참 생활을 각오하겟느냐고 짜져보앗드니 그러
한곤난한생활은못견듸겟다고합듸다　그러고　그나히二十이넘엇스니

二十넘은이로서 그만한각오가업다면 찰하리 나오지안는편이조흘듯
해서 권하지를안엇습니다 전번에도 전주에서 녀배우를 지원하는이
가 잇섯스나 리면생활에잇서서 수입이업다고말햇더니 그는고만두겟
다고합듸다

毛允淑－제三자로서는 녀배우는 돈이퍽잘생기는줄로아는데요

史今女－월급 제도인가요?

李景雪－아니에요 옛날에는 월급제도도잇섯지만 지금에는 수입을
배당하는데 그중에 좀 잘하는사람은 특별히 돈＋원식이나 더어더쓰
는일이잇습니다 그러노라니 그생활이여북하겟습니까 단체의수입이
업스면 돈구경을못하고사는째도잇답니다

宋桂月－(감격에 넘치는 표정으로) 아이고참그리켓습니다

李景雪－「애리스」도 여기잇지만 레코드취입하는경향이 잇다고 만
흔비판을밧고극단체에서도써리어합니다 그러나수입관게 자연그러케
됩니다 저도얼마안잇스면 「포리돌」 회사의전속이되겟지만……

毛允淑－녀배우의 성(性) 문제는 엇더케됩니까

李景雪－녀배우의 생활이 난잡할것가티 모다들생각하는모양입니
다만 결코그러치안습니다

宋桂月－그러나 녀배우 생활이단순치는안치요?

李景雪－세상에서 그렇케들 생각하기째문에 남배우나 한단체사람
들중에서 차점에를 가자고 하거나 저녁을 먹으러가자고하면 본정가
튼데면 쩟쩟이 드러가지만 종로부근에서는 주저를만히합니다 엇지
되여 친한사람과 차점에만 한번나타나도 발서 연애를한다는소문이
납니다 그러치만 가튼단체의사람이던지 친한이가 가티차잔이라도먹

자고하는데 안간다면건방지다고들하니짜요아니길수도업지요

　毛允淑－남배우와 녀배우에대한 대우문제는 엇더습니까

　李景雪－옛날에는 처음드러오면 남배우의양말을쌜어주는일도잇서지만 지금은그러한일은업습니다그리고도러히남배우들을 만히식히지요 수입문제로보드래도 남배우는 못주고째가잇서도 녀배우의교제라던지 서로대우하는점에잇서서는 사람짜라각각달음니다

　毛, 宋－그러치요 사람짜라 정도문제로되겟지요

　宋桂月－연극단에서는 녀배우가 횡포로구만요

　一場大笑

　李景雪－남배우술을먹고취햇다가 그이튼날시간에 안드러오는일도잇지만 녀배우는그런일이업고 책임잇게 일을잘합니다 그러한관게도잇스니짜요 그러타고녀배우가되라고권고하고십지는안습니다

　毛允淑－경설씨나 애리스씨가튼이가잇서 녀배우의생활이 그러치안타는것이증명되지마는 복해숙이나 리월희가튼이는옛날의유명하던배우이엇섯지만지금은타락생활을하고잇지안습니까 그것은아마 생활문제도 그러께되엿겟지요

　李景雪－녀배우는 연극도잘하여야하지만 극속에음악도잇느만치목소리도조와야됩니다 생활문제도되지마는기능문제로도 방향을전환하게됩니다

　鄭寅翼－「네코-드」는 엇던 것이 잘팔니나요 리애리스씨 말슴하시지요

　李愛利秀－대개 잘팔니는 것은 명곡보다도 보통누가잘아는류행가가 잘팔닌다고 그래요 그러타고 너무나저급도안되고고급도안되고

중간것이잘팔닌다나봐요 그러키째문에 현제명씨나 안긔영씨것은 도
리혀잘팔니지안어서 회사에서손해를보앗다고해요

鄭寅翼—안기영씨나 현제명씨 「레코-드」는서양명곡이만흔만큼 너
우나고상한관게이겟지요

李景雪—아니 그런니야기나 니말이지요 보육학교선생님으로게신
리정숙씨는저하고가치가서 「포리들」「레코-드」 회사에취입을하엿는
데 삼백장에서 오십장밧게안팔녓대요 아마이런것은 인긔문제겟는데
녀배우는인긔가조아서 리애리스씨것이 잘팔니는모양이애요

鄭寅翼—그러나 녀배우로서 인긔가잇는이는 더욱만흔비란을밧게
되는수가만흔모양인데 그런것은 봉건주의와경제조직의영향이겟지요
그러나 지금은리경설씨나 리애리스씨갓흔 조흔분이게서 만히정화되
엿다고봅니다

李景雪—그러나 녀배우로서한가지유감인것은 넘우고상한연극을한
다면 관객이적어서 수입의 관게가되는만큼 일만대중을상대로 저급
한것을하게됨으로 식자게급에게 신분들에게는 싱겁다는비란을듯게
됩니다

毛允淑—그러면은 「팡」문제를해결을하기위한것이니까할수업겟지요


## 장래에나아갈결심과태도

鄭寅翼—이후에 어쩌한태도와 어쩌한결심을가지고 나가시렵니까?

毛允淑—그것은 앗가말슴한것과대동소이한잔습니까

鄭寅翼―장래후진 문제보다도 자긔자신으로서의 어쩌케하시겟다는것을말슴하시지요

毛允淑―정말직업선상에서쑤렷하게나가지못하는 처지니까 이러타고어쩌케하겟다는 것을 결정해말할수업지만은 내가말광량이라는말을 듯더래도 내소신한대로관철할 각오입니다 조선의직업선상에잇는 직업부인들은 사회의비난을밧기가 척하면쉬웁지만은 자래의조선의 인습적도덕을 자바리고 세상과용감히싸우는녀성이 되고저합니다

鄭寅翼―지금의 말광량이 소리듯는것을 쩌리여 무슨일에든지 주저하는것은 도리혀 조선녀성의진취를저해하는것이니까 사상적으로 혁명이잇서야하겟지요

오후 七時十分이되자 모윤숙씨는 사고가잇서 퇴장하엿다.

宋桂月―지는 일부의비난을듯고잇섯습니다 세상의경험이적은만큼 매우놀나고 섭섭히생각하야 쓸데업는고민을하노비고쓸데업시시간을 허비한일도민잇습니다만은 여러가지로 생각한 결과 단연한결심을가지고 압흐로더욱굿센결심을가지고 세상과싸워가랴합니다 자긔의사실이선혀업는잇소문을듯고  눈물지은것두한두번이아이엇고한숨을집흔지도여러번이엿습니다 과거의모든일은일장의꿈으로돌니고 지금은 아모런감정도업습니다

金奉業―쩌스차장이 길가로거러가노라면 녀학생들이 「올라잇」「스톱」하며 「히야가시」를 하겟지요 남학생이비웃는것도억울한데갓흔녀성으로서 그러케비웃는 것은 그심정을모르겟서요

鄭寅翼―그것은 자격지심이겟지요

任玉卿―자격지심도 잇는지몰으지만 사실 그러말을들을째마다 웨

우리는차장이되여이런말을듯는가하는생각이나요

　郭賢模－그런경우에는 직업적심리를더욱굿세게가지고 그런비웃는
것쯤은괘념치말기로하십시다

　任玉卿－그뿐만안이라 한차에근무하는 남자운전수들이다 소친절
히해서 치운째는 손도녹이려고하고 뉘이동생처럼넉이고 괴로움을
생각해줄째 세상에서는얼는 짠소리와짠궁리를하고 차장이와 운전수
가련애를하잔나 이상하다하는등 우리본인들에게는사실억울한비평을
밧는일이잇는데 이런것은넘우가혹한관찰이라고생각합니다

　金奉業－어쩐손님들은 몹시 「히야가시」를하고잔소리를하는데 돈五
전내인것이그러케장한가보와요

　一場大笑

　金奉業－쏘 엇쩐손님은五전짜리표를사며 일부러십원짜리를내이고
밧구어달나고합니다 그런째는 지갑속을들여다보면번연히 잔돈이잇
스면서돈자랑을하는지 차장을괴롭히랴고그러는지 그심리가밉쌀스러
워요

　宋桂月－대개 로동시간은 얼마나됩니까?

　任玉卿－시간은 일정치안치요 녀름과 겨울에짜라서 시간이일정치
안읍니다 보통十六시간가량됩니다 게산이 틀니든지하면 더욱늣게나
가는데 저녁째는 정신이얼쩔쩔해서 틀니는째가만허요

　宋桂月－돈이 틀리는째는 어쩍하나요

　任玉卿－우리가 변상하지요

　宋桂月－남자운전수도 그러케 시간이깁니까?

　任玉卿－네 그럿습니다

鄭寅翼—그러면 화제를 따로 옴기겟습니다

宋桂月—아니요선생님 이분들의사정을 좀더자세히드룹시다 여러분들이 좀항의를제출하여 시간을단축케하시지오 그리고서로 뫼이는 시간도 두시지요

任玉卿—서로마음들이합하야지오 그것도 어려워요

鄭寅翼—李永愛先生 史金女先生 南壽熙先生은 도모지말슴이업스시니 세분의좌담회를 한번열어주십시오

南壽熙—저는 녀자치과의사입니다 그런관계로인지 우리병원에는 녀자환자가 대부분이여서 남자들의 조치안흔 「히야까시」갓흔것은 아직바더본일이업습니다 그런데 내가보는병원과 내가거처하는집의 거리가 멀어서 시간이 상당히걸니는데 압흐로는 내가병원에거처하도록하여 시간의여유를내여이방면의공부와독서를좀더하여볼작정입니다

金源珠—님지들이 일부러 녀자니까 시험해보겟다는생각으로 차저오는일은업습니까?

南壽熙—그린일은 업습니다 대개가녀자손님뿐이니까요

鄭寅翼—史선생은 직업으로보아서 자미나는일이만흐실듯한데 말슴좀해주시지요

史金女—간호원이란사실남모르는 괴로움이만흡니다 남은물론이고 직접부모도잘리해를못해 주는일이 잇는데요 그리하여 연애하려들어간다는둥 간호원은 연애를잘한다는둥 별말이만코 사실남자 환자들은 간호원의 손목이라도 한번작어보고저 들어오는 사람도잇다는말을 들엇습니다 간호원이란직업상 친절이제일 주의인데 우리는 직업

적으로 친절이하여도그들은짠생각을 두기가 일수이고 쏘 의사와 간
호원은 한시간을 써나지못할관게인고로 이에대한오해도 자칫하면
밧기가쉬웁니다 쏘개인병원에가면 의사의 가정내에서까지의심을 두
는일이잇는데 사실 괴로운일이만흡니다 가치차나한번마시려가도곳
이상한눈으로보지안어요

　鄭寅翼―그런 연애병환자를 퇴치할방침이업슬까요

　史金女―그럴스록 더욱친절이할밧게업지오

　鄭寅翼―더욱반해서 발광을하라구요

　李永愛―직업을 가진분은 누구나 당하는일일지모르나 자기는아모
리 성심성의스것하되 웃사람이 리해를못해주는째는곤란해요 그리고
나는조사의임무인고로 조선각가정의사정을 조사하기위하야 방문하
는일이만흔데 일반가정에서는 무슨권유원이 저금을강권이나온듯시
사실 저금을 권유하는것도 자긔들을 위해서 이것만도 퍽 실허하며
면회를 거절하고 쏘 모멸적 대우를 하는일이만허요 이것은 전혀 구
식부인들보다 그래도 식자나 들엇다는 소위신가정부인들에게 이런
경향이더만흠니다 남의직업을 리해해줄만한 아량이 일반가정에잇기
를 바라는바입니다 사회에서는 직업녀성을 리해하는것만은 사실입
니다 그리고 악가 사금녀씨가남녀문제의 오해니야기를말슴하섯지만
은 우리직업녀성은 그러한 오해를밧지안키위하야서는 자긔친척이외
의 남자와는 될수잇는대로 가치 단니지를안토록하는것이 조켓지오

　史金女―우리가 희생이되드래도 이런것을 일반이평범시하도록 그
대로 바른길이면가야하겟지오

　李景雪―그런것은 정도문제라고생각합니다 그런데이것은 짠니야

기입니다만은 직업가진녀성들이 결혼만하면 가정에들어가고 직업을 영버리는경향이만흔데 그건웬일일가요

金源珠―여기 모이신분은 「미쓰」가 만흐신모양인데 그런문제는 참 조흔화제를쓰내섯습니다

宋桂月―아마 그것은 가정의남자되는분들이 부인의직업가지는것을 실혀하여서 그만두는모양인데 사실은녀자가직업을가지는것도녀성의사회적진출의하나인데 될수잇는대로 사회적활동을 계속하는것이조흘것입니다 그리하여가정과사회를 련락식히도록하야겟지오

鄭寅翼―특수한사정에 의하야 가지지못할직업이잇습니다 례를들면 배우와가튼 직업으로서 부모를뫼시고잇스면서도 하기가어려운데 결혼뒤에는 여러가지로 만히잇스리라고생각합니다

李永愛―출가후는 직업을가지기는 어렵습니다 사회적으로 모든생활양식이 변하기전에는 우리의리상과가티 직업을가지고는 원만한가정생활을 하기어렵나고 저는생각합니다

鄭寅翼―생활을 개량하기에는 주로 녀자에게 잇다고생각합니다

宋桂月―그러나 생활을 개량하는데는 무엇보다도경제문제라고 생각합니다

鄭寅翼―송선생말심은 여유잇는 생활만을개량할수잇다는것가티 말슴합니다마는 오날의 조선사람생활은 전체적으로 빈곤한 생활이니가 빈곤한가운데서 개량하겟다는각오가업스면 아니될줄로 생각합니다

史金女―결혼만하면가정충실하는것이 모든문제를해결하는 제일조흔방법인줄로 생각합니다

말이잇서 좀만나자고하엿더니 자긔는학생이요 나는녀배우라고듯지아
니하야 분하기도합듸다 그러든사람이 얼마전에들으니가 「카-페컬」과
가티다닌다고하기에 그후에 그사람을만나 녀배우와는 만날수가업고
녀급과는 동행을하신다고하니 매우깁붐니다하고 말하엿든일이잇섯
슴니다

　鄭寅翼―그것은 인식착오라고할가 부족이라고 할가는몰으겟지만
그건것은 사회일반이 그러니가 학생신분을직히기위하야 그런것이겟
지요 현재사회에 三四十 중년이 이러한것을 리해하야 줄째가오면해
결되겟지요

　郭賢模―저는백화점에잇스니가 처음에는 여러가지욕을 들을줄로
알엇더니만들어가서보닛가생각과는달읍데라　리해성을가지고잇습데
다 그러케 천한대접을해주지는안습데다 우리에게 예상이상의친절을
보여줍데다

　李永愛―직업녀성 이라고하면 일반적으로 리해가업는것갓터요 물
논단순히쌩문제를해결하기위하야 나온분도잇지만 일반적으로 직업
녀성에오로지쌩문제만아니라 자긔네의배운바를 발휘하여 녀성의지
위를향상식히는데 한도움이되게하는것이니 우리는어데까지든지 쩟
쩟하게 나가야되겟지요

　宋桂月―경제문제만을 해결하기위하야 나오는분들은 아마직업의
식이 부족한거겟지요 대우라는것도 그럿습니다 가튼학교를 졸업하
고 가튼지위에잇스면서도 여자는 월금이적고 쏘녀자를채용할째에는
녀자를 일종의 상품시하는경향이잇습니다 즉례를들면 데바트가튼데
점원을모집할째 얼골곱고애교잇는 이를 택할나고하지안어요

李最喚—녀자를 상품시하는것을 의식 하면서 그러한곳에가는것은 여자자신에게 잘못이잇지안습닛가

宋桂月—그것은 할수업지요 제가례를하나들이다 만일가정에서 수다식구가 한끼의 끼를쓰릴 것이업고 한째에 째일나무가업서 긔한을 당할째에 만일그러한 모집이잇다면 누구나 호구지책을위하야 그곳에가지안켓서요(자못흥분된태도를보엿다) 상품시하는것은 저쪽고주의 의견이고 우리는 직업을위한 직업이니가요 어데까지라도 그와싸와나가야겟지요 압흐로도 직업가진 녀성들이 자긔의직업에대한 의식을 곤고히가질필요가잇다고 생각합니다

李永愛—그와가튼 수양과견식을가질나면 무엇보다도 서로의모됨이잇서서 의론하고 깨처줄필요가잇는데 지금현상태로서는 데바트에 근무하고 써스에근무하시는 분들이 나문시간이잇서야모이지안켓습니까

宋桂月—시간을 만드러보도록하지요

李最喚—직업을 구별할것이업시 일반직업녀성들이 유긔석(有機的) 긔관이라도 조직하야 서로연락을취하는것이 사회적대우 문제에잇서서유익할줄압니다 즉말하자면 연락을 취하는데서 조흔대책을만히 강구하게될터이니가요 일반으로 사회에 요구하는것은 업습닛가

宋桂月—지금것이 모두요구입니다

李最喚—오래동안 말삼만히하야주시어서 곰압습니다 그러면 잠깐동안 여러분의 긔념사진을 박겟습니다

宋桂月—그것이 모다녀자를상품시하는것입니다 사진은 백여무얼해요

李最喚—어데 사진은 녀자만박나요 우리는 남자지만지난번 신동아
사좌담회에가서 사진을 여러번이나 박엇답니다

一同大笑

좌담회가 끗나게되니 째는오후八시卅분이엇섯다

지면상관게로  여러분이말심하신것을  다실지못하고  약한것이만어
서  미안합니다

●『매일신보』, 1933.1.1—1.5.

# 제9장
# 편집후기

# 편즙을마치고

★ 이冊이 여러분의손에쥐어질때는 벌서 꼿이만발한째겟습니다. 꼿밧가지찬란하게 꿈여노으려는것이이冊꿈일째의생각이엿습니다만은 날자가느저지게되여 쯧대로못되엿슬것을미리말슴해둘밧게업습니다.

★ 이러케말은하지만 실상은이번책내용을 전혀모를만큼 나는병으로누어서 아무노력도하지못하엿습니다. 전호에쓰기시작한것의게속도 쓰지못하여서 미안하기한이업습니다. 일간어데로수이러갈요량이매 수이는동안에 계속원고는 좀 써질것갓습니다.

★ 미안한말슴을한대신 반가운소식을말슴하지요 신녀성부에 새로히송계월(宋桂月)씨가입사하엿습니다. 녀학생시대부터 씩씩한활동이만어서 신문지상으로 임의여러번째의긔억이 여러분께도잇슬줄암니다만은 이새로운일꾼을더마지하야 신녀성의할략이더한층새로워질것을 여러분과함께깃버하야마지안습니다. 五月호! 五月호! 금상에쏘첨화 五月호를즐거히기다려주십시오. (方)

★ 이번四月號는 경황업는中에서 겨우인제서야편즙을맞나게되엿

습니다. 무슨말슴으로써 謝過의말슴을드려야 조흘지 모르겟습니다.

★ 첫재로 方定煥先生이平素過勞한남어지 病床에 여러날동안을누어 게섯든것과 쓰記者亦是健康치못하야 적이元氣를沮喪한싸닭으로하야 쯧한대로編輯이進行못된째문이엿습니다.

★ 醫師는 靜養을强勸합니다만은 모든形便이如意하지못하야 큰걱정중에들잇습니다. 編輯을마타보든두사람이 모다 健康치못하엿슴으로하야 대단히붓그러운말슴이나 이러케책이느저젓습니다.

★ 그러나 한가지 깃븐소식을 드릴것은이달부터 우리編輯室에宋桂月氏가새로入社하신것입니다. 이번책을꿈이는데 氏의努力이여간하지 안엇습니다. 快活하시고 씩씩한분이시라 우리新女性을위하야 참으로 만흔努力을 애끼지안으실터이며 우리잡지를위하야 큰기대를氏에게 기다리고밋습니다.

★ 벌서 봄빗은 무르익엇습니다. 째아닌눈에 놀내기도하엿지만은 그래도 봄날세는 날로깁허만갑니다. 갓득이나 느저진책을꿈어면서도 마음은하늘로 들편으로 내달니어 퍽싱숭합니다.

★ 그동안 愛讀者여러분의 정성슬어운 편달의말슴과아울너 지성의글을 보내주신것 감사히밧엇습니다. 일일이回答못드린것은죄송하오나 ――히명심하야 압흐로조흔成果를엇기에努力하고努力하겟습니다. (崔)

★ 아즉 修養期에처하야잇는그리고 배움의시기에잇는 나로서감히 잡지편즙을맛하보게된것은 分에넘치는일가튼 생각이업지안사오나 至誠을다하야여러분의긔대에어그러지지안을잡지를 맨들고저힘쓰겟습니다.

★　우리愛讀者여러분께서도저와아울너　신녀성잡지를위하야만흔지시와 편달을 나려주시기바라마지안습니다.

★　쓰려고하는말슴은 퍽이나만습니다만은　압흐로매달뵈옵게될터임으로 그째그째 엿줍기로하고 인사말슴대신하야몃마듸엿준것뿐입니다. (宋)

# 편즙을마치고

★ 왼간 지저분한것을 다써서 흘녀버리고 목욕하고나오는미소년가
티어엽브고 씩씩한 五月이 우리를자저왓습니다. 구름한점업시 쌧긋
한한울 그것은 五月한을입니다. 이쌧긋한한울에 행복이갓득차잇는
것처럼 거룩하고 찬란한햇볏 그것은 五月햇볏입니다. 그리고 눈이 부
시는 新綠 新生의깃븜을노래하는 祝福된新綠 그것도이五月달이가저
오는 삼사한선불입니다. 그러나 健康을닐코서 조용히 수일곳을차즈
면서 붓으로만 이런五月의깃븜을쓰고안젓는마음은 한이업시쓸쓸합
니다. 행여 농정해수시는마음으로 잡지집필에게으름을용서하여주시
면할뿐입니다.

★ 五月호는쏘느저저서미안합니다 그러나 한달치만이라도 아모러
케나속히만모라치려도 마음이미안하여못그러는고로 더속히 되지를
못합니다. (方)

★ 여러분! 새봄을단장하엿든 쏫들도 꿈과가티 자최를감추고 이제
는 짓허가는록음만 퍼지어갑니다. 쏫구경에어수선하든 花綠客들의실

눈도 요새는 번쩍쓰고 활기잇서보입니다. 그리고 해마다 우리들의취
미가달러가는이社會에서 여러분은 짓허가는록음을 무엇으로 마지하
시렵니까.

★ 五月도점은이제 여러분께 이책을보내드리게된것은 참으로낫업
습니다. 그러나애써하느라고하는것이 이러케되엿습니다 널니용서하
야주십시요. 끄트로 本號에執筆하여주신 여러先生님께 미안과감사의
말슴을드립니다. (宋)

★ 靑春의시절! 新綠의째올시다 淸楚한自然은 純雅한 ●力을가지고
우리를 田野로불너냅니다. 五月號로나올책이 六月號가되여버렷습니
다. 저히들의努力이적엇슴은아니오나 널니용서하여주십시요. 압흐로
는 必死의努力을다시맹서할밧게업습니다.

★ 이번號는 좀 싹싹해진험이업지안어잇습니다. 좀淸新하고 愛嬌잇
는編輯을하여보려고 처음에는뜻하엿스나 모든것이虛事가되고말엇습
니다. 그러나滄海 玉琥珍先生의論文과 朱耀燮氏의論文은 모다조흔收集
이엿습니다. 學父兄座談會도 盛況이엿든만치 퍽재미잇섯습니다.

★ 사람은健康이第一인것을 다시새삼슬업게늣기고잇습니다. 不健康
으로인하야 마음까지弱해지고 氣力까지 업서저버리는것은 참으로안
탁가운일입니다. 인제는 炎熱이놉하가는七月에 다시뵙겟습니다. (崔)

●『신여성』 5권5호 , 1931.6.

# 편즙을마치고

　★ 발서 하긔방학이외다. 이책이 녀학생들의손에쥐여질째는 발서 귀향할보찜을꾸릴째겟습니다. 하긔방학을당할째마다우리의안탁가워지는마음 그것은이하긔방학四十일동안이 조곰이라도더 조선에유익하게씨워지기를바라는한가지뿐입니다.

　★ 조선의새로운일꾼이누구냐? 그것은 이어려운처지에서도 선발되야 공부하고잇는학생들이요 그학생들이고향의민중과접촉할수잇는긔회라고는 이방학동안밧게다시업는까닭입니다. 방학째에흐터저도라가는학생늘의 발자최는 전소선방방곡곡 소선사람이사는곳지고 아니미는곳이업스며 맛나지못할사람이업습니다. 그러니 이들이가는곳마다 맛나는이마다한뜻을전하고 한일을하고온다면 그힘이어쩌케클것이겟습니짜.

　★ 고향에도라가는 남녀학생들의 단한사람이라도 이노력에 쌔지지말자게을느지말자 그리하는데에 조곰이라도 필요한 물건이되도록쑤미노라고한것이 이책입니다. 여름은괴로째나 그러나우리가이사명을

이즐수업는몸이매 한시도 게으를수업습니다.

★ 결코 큰일만이 일이아닙니다 억지로크게 벼르지마십시요. 자기 힘으로 할수잇는조고만일에 충실히 노력하는것이 가장효과잇는 일이요 큰일입다. (方)

★ 本誌主催 단오노리는 예상이외에 大盛況으로 여러분께서 자미잇고 또 유쾌하게하로를淸遊하야주심에대하야 저는무엇이라감사한말슴을드려야할지모르겟습니다. 더욱이쓰거운더위를무릅쓰시고 어린 애기를등에업고서와주신분께서는그날저녁에 퍽피로하섯슬것입니다. 위로와감사의말슴을대강붓으로살웁니다.

★ 기다리든 여름방학도 인제 멧츨안남엇습니다. 그립든고향! 사랑하는父母兄弟를맛날깃봄! 그러나 우리는 호화롭지못한나라에태여난 女性입니다! 그것을닛지말고 동시에 우리들이 당장부르짓지안으면안될여러가지중요문제를 철저히선전함과동시에 이들로하야곰 세상의도라가는박휘나 알겟곰한다면 우리앞헤도새빗이 닥아올것입니다. (宋)

★ 六月號 또한絶版! 이번七月號는훨신大增刷를斷行하엿슴은 本社와아울너 愛讀者諸位와가티 깃버할일이라고 밋습니다. 갓가운將來에 本誌는 一層페이지와紙面을更生식혀 이感激을報答하겟습니다.

★ 임이七月! 벌서 編輯室안은 웃통을벗고법석들입니다. 그런中에 실어진 本號의特色잇는 記事! 우선 靑燈夜曲의崔獨鵑 李瑞求兩氏의 奇談을비롯하야「戀愛十字路」「職業線上에서感想을쓴다」等 求하기어려운記事로 가득차진것은 참으로滿足에滿足입니다.

★ 그대신 記事가넘치어서 豫告하엿든記事中멧가지는 不得已다음달로미루어젓습니다. 용서해주십시요.

★ 本誌主催端午노리는盛況中에마치엇습니다. 讀者여러분께서 來參하시엇스나 特別한대접이 짜로업섯서서 여간황송치안엇습니다. 그리고 混雜한中에未安한바도업지안엇사오나 너그러우신마음으로용서하야주십시요. 明年에는今年의混雜에미루어 緻密한計劃으로 조곰도여러분께 不便이업도록 유쾌한원유회를 열겟습니다.

★ 인제 學生들은 여름방학으로모다歸鄕하실터이것만 우리는編輯室속에서 八月號를어쩌케 꿈여야 훌늉할가 그생각에 머리를썩힐것입니다. 그런中에 여름은갈것이지요. (崔)

●『신여성』 5권6호, 1931.7.

# 편즙을마치고

★ 무엇보다도 먼저本誌를編輯하시든 方定煥氏가腎臟炎으로 入院을 하시어 이번號는격정과근심중에서남은두사람의손으로 편즙을마치엇 습니다. 入院한經過는良好함으로未久全快되실적입니다.

★ 한손이쌔진데다가 어쩌케든지定期에내노토록더위를무릅쓰고 東奔西走 多幸히 우리事情을보아 日氣가더움지안어서얼마큼이나도음이 되엿는지요. 그러나 이日氣의急冷으로 農産物에큰影響이잇다고하니 고맙든생각도날너가버립니다.

★ 밧그로나단이랴 밤에서붓과싸호랴日氣가서늘하다하나그래도여름! 등에줄쌈이줄줄흘넛답니다. 그런중에 밧부게꿈여진이책그래도꿈여노코보니 대견한생각이듭니다.

★ 그러면 뒷겻바람 다름질처몰녀오는마루우에서 매암이소리들니는 綠陰밋헤서 쏘는 물결소리시원한바다가에서 이책을손에쥐시고 지리한 여름에 한적은위안이나마 바드신다면 고맙겟습니다. (宋)

★ 오늘은 初伏날 그러나 날이씃밧게서늘합니다. 무슨凶兆가잇슬

늣 더울째더웁잔으니까 약한人間의마음은겁이납니다. 그러지안어얌
얌히생각타가 감기가들니워허덕지덕입니다.

★ 方先生이入院하신덕택에 우리들은쌍지게를지고 쌩쌩돌앗습니
다. 多幸히原稿가뜻대로모히어책은퍽탐탁하게된듯생각합니다. 그런
데 讀物이뜻밧게페이지를잡게되어 뒤로물너슨記事가 퍽만슴은 未安
한일입니다.

★ 그리하야 不得不 印刷까지準備된職業婦人戰野偵祭·映畵大地의
뜻까지女人사룬等의記事를뒤로밀게되고 連載中인살님살이講義 現代
法律과女性의地位等의記事도다음달로밀니어갓습니다.

★ 그다음 이번달의記事충찬을여야하겟는데 하도 충찬하고십흔것
이만하서 그만두겟습니다. 다만讀物特輯을낸것은 가장큰자랑이요쏘
여러분도 興味만흐실것으로밋습니다.

★ 이즘 編輯室은 大狼狽中입니다. 方先生의入院그리고微笑李定鎬氏
의盲腸炎야-단낫습니다. 어린이八月號編輯은中斷形便입니다.

★ 하도 일에몰녀 멋츨밤새고나서 이붓을잡으니 더다른쓸말이생각
안나고 말도 더니어지지안슴니다 그러면 여러분 더위에몸조심하시
고부대건강하신중에이여름을 보내주시옵소서 (崔)

●『신여성』 5권7호, 1931.8.

# 편즙을마치고

★ 오호 小波先生은가시엇습니다. 一九三一年七月二十三日午後六時五十四分 아까운 三十三歳의짧은生涯로 그는가시엇습니다. 울고붓잡는 先輩와後進과 밋親知와家族들을 뿌리치고 그는가시엇습니다.

★ 부즈런히공부하시요. 힘써일하시요. 남은일을부탁합니다. 짧은 유언을남기어노코 그는 안탁가운눈을감엇습니다. 오-先生이 이러케 일즉가시닷게 先生을 밋고일하는 우리들은 너무나 意外요 너무나 突然한바이라 손에맥이푸러젓습니다.

★ 무슨말을써야 哀痛의이슯허하는 이가슴이마음을表現식힐수잇스며 무슨글ㅅ를가지고 이기맥히는事實을 낫낫치 記錄할는지요 先生의遺作을읽으면서 새삼스러운 눈물을 몃번이나 뿌리엇는지요.

★ 小波先生은 참으로 미덤성잇는城廓이엇습니다. 의지해버텨갈수잇는 울타리엿습니다. 그를일코나니 지금까지밋고잇든터전은 뷘들과갓습니다. 오호! 先生은-어찌하야 그가심을 이가치일즉하시엇나이까.

★ 몸약하다고 늘근심을끼치든이몸이 先生의遺稿를 모으고 先生의一生을적어 이책을꿈이어노타께요. 참으로 뜻밧깁니다. 참으로뜻

밧깁니다. 누가이릴줄을알엇습니싸. 虛無中의虛無요  無常中의無常입
니다.

　★ 이책을編輯할째힘써주신 崔瑨淳 鄭淳哲두분先生과  밋水原申鉉益
先生께감사한말슴을드립니다.  그리고  여기실은遺稿는  모다先生의生
前의생각과말하든바의一端을보혀주는바잇는것을  뽑아실엇습니다. 少
年時代의創作「그날밤」도실흐려하엿섯스나 원체長篇이되여서 못실은
것은 참으로유감된일입니다 先生은「어린이指導理論」에대한붓을잡으
려고잡으려고하엿스나 閑暇한時間을못엇고 그대로세상을쩌나가신것
은  참으로  안탁갑습니다. 入院하시기前에 이여름엔 좀靜養을하여가
며생각해가지고 써노켓다고하드니 그대로가버리시엇습니다.

　★ 이번號는 編輯이뜻대로進行안되여 時日이 퍽걸니엇습니다. 책이
째느저나가게된것을  讀者여러분께謝告합니다.  그리고  生은身病으로
不得不 이달로써 여러분과作別하겟습니다. 좀더 잇섯스면하는생각도
잇섯습니다만은몸의衰弱이더해갈쑨아니라   衰弱한몸이라여러가지로
誠意잇는編輯을못하는것은 서로서로未安과損失이라고생각하와  이자
리를물너갑니다. 그동안 여러가지로 指導鞭撻해주시든 諸先生께와 아
울너讀者여러분께 感謝의말슴드리며 淺識拙才로 그동안어러가지未安
을끼친것을 너그러히용서해주시기바람니다. 내내安康하시옵소서 (崔)

　★ 가시덤불이어우러진 좁듸좁은골목을지니다 넙고넙은 白沙場벌
판을것는듯한마음! 벌서 가을입니다. 쓸업혜 코스머스가 그애처러운
자태을보입니다 가을이왓다는소식이외다 이가을을 반가히맛고 앳겨
보내고 만흔거둠을어더주소서. 벌서이해도 점은길로 잡아섯습니다.

　★ 이번號는 애처롭게세상을쩌난方定煥先生의  遺稿를모앗습니다.

生前의그를생각하시며 읽어주시옵소서.

　★ 方先生의보시던　本社主務일과　아울러本誌編輯發行人으로　前　編
輯局長으로게시든車相瓚氏가일을보시고　前日本社에게시든申瑩澈氏가
새로編輯局長　자리로나아오섯습니다. (宋)

●『신여성』 5권8호, 1931.9.

# 編輯餘言

◎ 여러분 한달사이에 安寧하섯습니까 나는오래간만에 故鄕에를 잠간 단일러왓든길에 지금 이漁村의女性들을 여러분에게 紹介하려합니다.

여기는 고기잡어먹고 사는 한漁村이외다. 좁되-좁은 市街에는 고기기름냄새로 차잇습니다. 이것이 이한촌의 자랑인가봅니다. 그러나 놀나시마서요 이곳婦人들은 經濟的으로 確實히獨立하엿스며 이婦人들의子女敎育熱 아마 全世界를通하야 자랑할만큼 훌륭합니다. 비록 이늘은 의복에서 고기냄새가나고 구루마를끌고 팔은거더올렷다고하나 이들의 정신은 샘물처럼맑게 淸算되여 노동노서아의 부인을 조곰도 부러워할것이업시 훌륭합니다. 싯흐로 우리들朝鮮一千萬女性도 이만큼만 모다 生覺이잇다면 우리들의참다운 曙光은 며칠안남은줄압니다.

◎ 이번책은 더욱여러분께서 읽어有益을어들것이만타고생각합니다. 더욱히 微笑(李定鎬)先生님께서 이달부터 新女性에 關係를 가지시게되야 李先生의만흔힘으로 제긔한에내여놋케된것을 우리는가티깁

버합시다. 그러나 한가지섭섭한 것은 崔泳柱先生께서 身病으로 因하야 社를써나시게된것입니다. 近 一年동안이나 讀者여러분과 가지가지 고생을하면서 편즙하시다 나가신것이 몹시도섭섭합니다. 압흐로 李先生과가티 여러분의 긔대에 어그러지지안토록 힘써보겟습니다. ─
─(北青에서 宋)──

◎ 오래동안 新女性을 爲하야 만흔애를 쓰시든 崔泳柱氏가 健康問題로 갑작이 退社를하시게되야 아모것도모르는 내가 이달부터 이책에關係를갓는 重責을 지게되엿습니다. 압흐로 여러분의 만흔指示와鞭撻을 바라고 힘써보겟습니다.

◎ 우리新女性은 다달이 大好評大人氣中에서 絶版을 거듭하고잇습니다. 이것은 純全히 여러분의 絶對한 愛讀과 聲援의德澤인同時에 쏘한 內容이 다달이 새롭고 무게잇서가는까닭이라고 밋습니다. 압흐로 좀더 奮發하시여 朝鮮에 오즉 단 하나뿐인 이册을 크게 북도다주시고 쏘한 만히 勸告하시여 이册으로因하야 밧는바의 有益을 단한사람에게라도 더널니 덜처주시는 恩情을 앗기지말어주소서

◎ 발서 十月이니 가을도 임의깁허젓고 이해도 점을기시작하엿습니다. 가을! 가을은 內省의철입니다. 압흐로 이해도 겨우 두달밧게업스니 이해의끗이 단하로라도 더갓가워지기전에 우리들은 지나온過去를 눈압헤펼처놋코 ──히省察해볼 必要가잇습니다. 우선 年初에配定한生覺과 計劃의 단 半分이라도 이루어논 무엇이잇는가를 가장嚴密히 檢討하고 內省하여야겟습니다. 그리하야 넘치고 不足되는것을 서로 折衝補缺하야 아조깨끗이淸算하고 다음해로넘어갈 準備를 지금부터 하여나가야겟습니다.

◎ 이번號는 닑어보서도 아시겟지만 여러가지로 조흔記事가 만습니다. 우선 槿友會問題를 비롯하야 日支衝突의梗槪 前衝女性의思想檢討 戀愛의階級性 新婦의經濟學等 새롭고 有益한記事가 굿득한것은 이달號에 큰 자랑입니다

◎ 씃흐로 한가지 未安한것은 李敬媛氏의 「記憶」을 이달號에 실리지못하게된것입니다. 이 뜻을삼가 筆者의 讀者께 謝하옵니다. (李)

●『신여성』 5권9호, 1931.10.

# 編輯餘言

◇ 한만코 눈물만흔 이가을도 멧칠남지안어서 겨울에 정복되려는
가봅니다 그만-큼세월이빠름에짜라 우리의 一生生活도 늘 變貌되여
가는것을우리는 알어야하겟습니다.

그리하야 이大自然의法則과 한가지로생각한다면 일하는우리힘과
그참다운功의보수가멧칠안남어 우리앞혜다다르리라고생각합니다.

◇ 한가지 여러분에게 간절히 간절히부탁하고십흔것은 우리는女子
이니짜 우리가 우리의 처리를못한다는 인습적사회에서 汚名을 벗기
위하야 우리는 가정에서나 쏘學校에서나 社會에서나 한가지로 힘써
일합시다 그리하여 남자그들과 힘을합하야 우리의 나갈곳을 나가는
것이 우리女性의任務가 아닐까요!

그리고 이후부터는 여러분쎄서 혹가정내에서의불평이나 쏘한학교
에대한불평 쏘는 사회에대한불평그것을사양치말고 본사로 보내주시
면 언제든지 실니여드리겟습니다 우리는우리의긔관인 이新女性雜誌
를통하야 이過渡期의 애타는서름을서로알고 서로도웁시다 그리하야

우리는 우리의暗黑한 前途를開拓하기위하야 노력함을 서로 맹서합시
다. (宋)

○ 전달치가 보름갓가이 발행되여서 팔리기는비상히 잘팔려서 의
외의호황이엿습니다 우리는 한책이라도 더만흔사람에게 닑혀지기만
바라는터인고로 이럿케 몹시 잘팔려가는것을볼째에 적지아니한깃븜
을 늣깁니다. 이럿케 이럿케 긔세좃케 만히잘팔려야 널리퍼저서 신녀
성의 내용을 지금보다도 몃배나 더좃케 곳칠수잇게되는까닭입니다.

○ 「요즘의신녀성은 차차그내용이조와갑니다」…하는편지와 督勵의
글을바들째마다 쏘한 우리는깃버서 깃버서 엇절줄모른답니다. 그러
나 그럿타고 우리는 거기에끗치지안코 내용을 좀더충실히할것을긔
약합니다. 모-든 階級의여러분의 유일한마음의벗이되고 필요한상식
의寶庫가되고 쏘진실한지도자가 되기에 붓그럽지안은 노력을하겟습
니다.

○ 지난十月호에 큰힘을어든우리는 이十一月호의편즙을꼿내면서
곳十二月호편즙에눈코쓸사이가업시 광열적(狂熱的)분투를하고잇습니
다. 그리하야十二月호를 十一月하순에는 꼭내여놀생각입니다.

그쑨아니라 이신녀성을 획긔적(劃期的)조흔잡지를 만들어 여러분
의애호와 성원의만족한감흥을 드릴결심입니다. 우리들의 쓰거운정성
속에서비저질 十二월호가 얼마나 굉장할지 손꼽아기다리십시요.

○ 이번호에도 특별긔사가 만흔중 「조선녀성의三大難」 「청산할戀愛
論」 「新女性評壇」 「女人論壇」을 비롯하야 새로히녀은 「가정經濟欄」은
여러분에게 적지안흔 유익을 드리리라고 밋고자랑해 마지안는바입
니다.

○ 가을도 느젓고 발서 눈소식이 사처에서전해옵니다. 업는사람들에게 정히어려운째가 쏘 닥처오는 것입니다. 우리중에 누가더잇고 더업는사람이잇겟습니까? 떨리는마음으로우리들모다의건전을 빌어 마지안을쑨입니다. (李)

●『신여성』 5권10호, 1931.11.

# 編輯餘言

★ 금년일년은 이러이러한 프로그램밋헤서 우리의일을 전개식히리라!하고 생각헷슬쩍에는 비록 적은힘을가진 내손일지라도 능히 천군만마를 물니칠만한힘을 가저본적도잇섯것만 발서 이해의력서가마지 막쩌러짐을 볼째에는 새삼스레 붓그럽고 미안한생각에 얼골을 붉힐 쑌입니다.

★ 세해를입두고 생삭하니 새옷입고 쩍국먹을생삭보다도만주의피란동포를비롯하야 리역객창의수학하는친우 쏘는 옥중에갓치인 동지들이 눈물나세생삭기워십니다. 이들에게새해가잇다한들 무엇이깃부고무엇이즐거우랴? 오 동포여? 동무여 건강해지이다하고 빌쑌입니다.

★ 이번호는 닑어보서도 아시겟지만 두사람이잇는힘을 죄다기우려 폅즙한만치 다른호의 몃배이상 조흔내용을갓추우고도제날에발행된 것을깃버합니다. 여러분은 우리들의이노력과정성을생각하시여 단한 사람에게라도 더권고하시고 더널니선전하시여 단하나쑌인 이잡지의 성장발전에 크듸큰힘을 더저주시기바랍니다. (宋)

★ 지난달호는 다른째의약배나더늘녀박엇것만 출간된지 불과몃칠 동안에 절판이되야 미안한일이나 웃절수업지 나종주문하신분에게는 다음달호를 보내드리기로하엿습니다. 우리들의노력도 노력이지만 여러분의 힘과정성일것을밋고 감사히 생각하는바입니다.

★ 이잡지의부수가 이럿케늘고 쏘긔세가 그만큼커짐을짜라현재의 인원으로는 도저히 이를감당하기어려움으로 금년봄에 동경고등사법을맛추신 白世哲씨를 새로히 모시여왓습니다 이분은 동경에게실째에도 익명으로 여러잡지에글을발표하시고 쏘日文잡지에도 긔고를하시든 숨은재사로 이달부터 본사의잡지를통하야 여러분쎄 새로운선물을 드리게되엿습니다.

★ 이번호는 읽어보서도아시겟지만 주로 론문과 독물을만히실은것과 론문까지 순국문으로쓴것이 다른호보다큰특색이겟습니다. 그리고 이동좌담으로「내가리상하는남편」은 참례해주신분의씨명을보서도 짐작하시겟지만 조선의 인테리층녀성을 총대표하엿다고해도 결코과언이아닐만치 각방면인사들의 숨김업는고백이라 조선녀성들의 결혼리상을 여실히 그려노은귀중한긔사로 특히자랑해마지안습니다.

★ 쯪흐로 이해를 마지막 보냄에잇서 특히 생각키워지는것은 본지와어린이의 예전편즙겸발행인인 故方定煥선생과 쏘한 본지의편즙인으로게시던 崔泳柱兄이외다. 고인으로 쏘는 건강문제로 다가티 본지와의인연이 쓴어진두분을생각할째 눈물겨웁게 그리워집니다. (李)


•『신여성』 5권11호, 1931.12.

# 編輯餘言

◆ 십이월호는 의외에도 너무 늦게 나오게되여 여러분에게 무엇이라고 사죄햇스면조흘지 모르겟습니다. 다른째보다 일즉이 내놋는다는게 부득이한사정으로 도리혀늣게되엿습니다. 오즉여러분의 넓으신 량해를 빌뿐입니다.

◆ 해가밧귀는 요째에잇서 우리는 아무흔적도업는 과거를 반성하고 째리시 一九三二年의새해를 우리의리상덕투쟁의 전환긔로마저 힘과 열을다하야 사회의일원으로써의 책무와공헌을 다하지안어서는 인되껫습니다. 사성녁으로 솜더 새로운 좀더의의잇는 가정을 만들기에 노력이잇서야할것이요 쏘한사회덕으로 분투와노력이커야할것을 우리는 약속해야하겟습니다. 자아 그러면 새해에 복만히 바드시기바랍니다. (宋)

◆ 새해! 새해! 오래동안 기다리든 새해가 그여히 우리의 압혜 닥드럿습니다. 새해라고 별다를것이잇슬것이아니요 새해라고 별다른째가 아니것만 그래도 우리가 이새해를 기다리는것은 묵은해에못니루

어진일이 묵해은에 마음대로되지안튼일이 이새해에는 니루어질수가 잇고 쏘생각대로 될수잇서지기를 바라는거기에 큰의의가 잇는것입니다.

◆ 이달호편즙은 년말을경게선으로하고 밤을낫으로니여 고심분발한결과 예정한 날자에 발행은되엿스나 여러가지 말못할부득이한사정으로 내용에잇서 우리들의마음대로 못된것이 유감이라면 유감이겟슴니다. 그러나 이것은 우리들의 고의가아닌그만치 너그러우신량해가 게서야하겟지요.

◆ 지난달 十二월호는 우에도 말슴하엿거와 부득이느저저서 미안하기 씃치업섯스나 그래도 여러분의애호와 성원으로 보통째이상의 조흔성적과 쏘한 비상히격찬의글을 만히던저주시여 참말눈물이나게 감사하엿습니다. 아모쏘록 이마음 이사랑이 영원히변치마시고 우리신녀성우에 덥혀지기를 바라옵니다.

◆ 이달호에 함께쎠드린 부록 「신녀성카렌터」는 특별히 돈을만히 드려가지고 만든것이요 쏘한 우리들의 정성의표현인만치 금년한해가 맛도록 곱게간직해주시고 금년내내 건강과 아울러 만흔행복이 여러분에게 게서지기를 두손합처 비옵나이다. (李)

●『신여성』 6권1호, 1932.1.

# 編輯餘言

★ 一九三二年의 새봄을 마지하면서 우리는 더욱 큰힘을내여서 여러분에게 두번째의 책을 드리게되엿습니다. 더욱이올해는 여러분들의 새로운 기대에어그러지지안을정도에서 더-한층힘써努力할려고합니다. 더욱히 밥부신여러분께서 편지로消息을만히 전하여주심에대하야우리는무어라고 감사에 말슴을엿주엇으면 조흘지모르겟습니다. 압흐로는 디욱 더욱 鞭撻을 바라는바이외다.

★ 더욱 工場과 農村에서 게신 여러분께서 밥부신中에도 그곳(?)의 消息을전하여 주심에노 불구하고 우리는 이것을 실지못함을 몹시 未安해하는 바이외다 널리여러분의 양해를빌뿐입니다. 그러나 이새로운곳에서 늠늠한글씨로 나날이 편집국 책상에우에 노이여지는것을 생각할째에 엇지깁분지 모르겟습니다. 우리는 씃치지말고 그곳消息을 만히 전하기로 약속합시다. 그리고 新女性이잡지는 참으로 새로운 여러분의 적극적 支持와 熱誠잇는 援助 밋헤서라야만 完全히 발전되여나갈수 잇다고생각합니다. 그러면 평안하신중에 건투를빕니다. (宋)

★ 새해긔분의 연장으로서인지 매우 어수선한중에서 이달호의편즙을 맞내엿습니다. 특히 금번호는 주로 금춘에 각녀학교를 맛출졸업생문제와 직업부인 이동좌담회의 이두가지 특집으로 짜여젓습니다. 조선의인테리녀성들의 동향과 경제적 자각아래서 진검한분투를 보여주는 이분들문제가 결코 적은문제가 아니엿기때믄에 쏘는 금춘의 졸업하는 지식급의 녀성들의 사회적진출! 이것은 곳 직업녀성과 서로 관련 되지안을수 업는 문제이겟기에 이를 서로련결하여노흔것입니다.

★ 신녀성에는 예고만하여놋코 이를 실행하지안는다는 비란이 일부독자에게서 들려옴을 들엇습니다. 사실에잇서 그러한실레가 업지안엇스나 여기에서 억지로 변백하려고까지는안사오나 이것은 엇지못할원고를 선전뿐에 맞치려 한고의의소치가아니라 사실에잇서 임의죄다 어더노은 홀륭한긔사를 오즉 페지수의관게로 넛치못하야 그러한오해를 사게되엿든것입니다.

이것도 엄정한의미로 본다면 억설이아니라 본지에 필요한긔사이면 엇쩌케해서라도 실으려는 편즙자의 안타까운 심정의발로로 볼수도 잇지안을까요.

★ 이번호에야 처음으로 애독자 작품특집란을 너엇습니다. 우선들어온것중에서 「詩歌」만몃편추럿습니다. 압흐로는 「詩歌」쑨만아니라 小說·評論·小品·實話등 무엇이나 간단한것으로 써보내주시면 호를걸르지안코 실어드릴작정입니다. 만흔분발을 고대합니다.

★ 발서 二월입니다. 이새봄을마지한 본지는 쏘다시 여러분의긔대의만족한 선물을 만들기위하야 좀더 비약적노력을 할 결심입니다.

만흔애호와 성원을 이우에다부어주소서. (李)

●『신여성』 6권2호, 1932.2.

만흔애호와 성원을 이우에다부어주소서. (李)

# 編輯餘言

★ 四月! 봄도 바야흐로 짓허지기 시작하엿습니다. 나뭇가지마다 물이오르고 쏫봉오리마다 틈이 벌엇습니다. 양달진 압집(운형궁) 잔디우엔 어린아기의 봄노래가 요란하고 궁장넘어로 실실이 느러진 물오른 수양버들은 짜스한봄바람에 하느적 하느적 춤을 춥니다.

이리하야 온갖것이 신생의 이거룩한 봄품안에 숨여드러 달듸단 꿈을 쑤고잇습니다.

★ 지난 三月號에 여러가지로 잘못된점이만코 이번 이책의 내용이 예정대로 되지못한것은 내가 私情으로 지방에갓다가 불행히도 독감과종긔로 十여일동안 上京치못 하엿든 관게와 쏘는 본지 부인긔자 宋桂月氏가 역시 신병으로 갑잭이고향에 나려가지안으면 안되게된까닭에 그리된것이오니 너그러히 용서해주시기를 바입니다.

★ 그중에도 三月號에 제일미안하엿든일은 貞操問題論議에 處女貞操論(崔義順氏執筆)은 全然 내용이다른處女의宗敎心이라하야 別頁로드러갈것이내가 업섯든관게로 잘못 편입된것입니다. 筆者쎄는물론이요

여러분 독자께 편집자로서크게謝하옵니다.

★ 그리고 이번호의 豫告중「졸업생언파레드-」는 宋氏의이상 부득이한사정으로 넛치못하엿사오며「日中事變과 中國女性」「女性의 行路」등 긔타몃몃긔사도 이것을써주실 선생의특별한사정으로 넛치못하엿슴을 또한 거듭 謝하옵는바입니다.

★ 그러나 나도 이제완쾌되엿고 또宋氏도 불원간상경할것이라 내월호(五月號)는 지난호의잘못을 충당하위하야 배전의노력을하야 여러분의긔대에 결코 어그러짐이 업슬 특별한내용과 산듯한 편즙을 보여드릴것이오니 손꼽아 기다려주옵소서!

★ 그리고 내월호부터 특별히「紙上顧問欄」을 싸로 두고 우선 衛生·法律·育兒·常識(一般質疑) 등 각가지로분류하야 衛生에는 尹泰權先生·法律에는李仁先生·育兒에는李先根先生·常識은本誌編輯局에서 일일히친절하게 응답하여 드릴것이오니 조곰도 주저마시고 문의하여주십시요.

★ 이번호에 너은「特輯梨專詩帖」은 원래 지난 三月號에너으려든것이 역시 筆者여러분의 사정으로 이번에야 드러긴짓입니다. 죠신의 너자최고학부요 특히 文科卒業生여러분의것이라 모다 珠玉가튼조흔 노래일것을밋고 일독을 간권하는바입니다.

★ 그리고 이번호에 학생만세사건으로 만일개년만에 출옥한 許貞淑氏방문긔를 너으려햇스나 許氏의 불건강으로인하야 부득이 다음긔회로 미루엇슴을말슴해둡니다. (李)

●『신여성』6권4호, 1932.4.

# 編輯餘言

★ 발서 五月입니다 하눌이 유특하게 조와젓고 해ㅅ볏도 조와젓스며 ㅆ 공긔까지조와젓습니다 ㅆ한 모-든자연이 눈이 부실만치 새로워젓습니다 이리하야 一년중아모째보다도 가장 몸이갓든하고 가슴이 싀원하고 정신이산쯧하야 새원긔와 새정력이 써처나는 째가 이五月입니다.

★ 이럿케 왼一년중에 제일 조흔 두 번다시업슬가절에 야외산보 쏫구경 한번못가고 이달치편즙에 머리를 괴롭히엿습니다. 본지 부인긔자 宋씨가 병으로 고향에 나려간후 경과가 량호치못하야 아죽썼정양중에잇는관게로 이달치도 오로지 혼자서 도맛허하노라고 컴컴한 사무실에 파뭇치여 펜과 씨름만한것입니다

★ 하로도몃번씩 갑갑한 마음은 참을수업서 펜을집어던지고 쒸처나가고십흔 생각이간절하엿스나 그럴째마다 단한초동안이 길만치 초조하게 이달치책을 손쏩아 기다리실 여러분의 생각을하고는 그만 ㅆ 다시 주저안고 주저안고 한째가 한두번이 아니엿습니다 잡지편즙

자란 여러가지란관이외에 쏘한 하소못할 이러한 고정이숨어잇는것
입니다

　이달치에는 특별히 五月메데-에관련되는긔사를만히취급하게된것
은 다른호를압도할특색이며 자랑이겟습니다. 어느어느것을 짜로지적
치는안트래도닑어보시면 편즙자의고심을 짐작하시리라고밋습니다
그리고 「하엿지만?」의네가지특집긔사와 「내가만약 녀학교 당국자이
면?」은 특히 그러한환경과립장에잇는 조선의 모-든녀성과 쏘는현학
교당국자제씨에게 다소의 참고 재료가 될수잇다면 우리들의 생각이
그럿케 무의한데 도라가지 안엇다고 밋는점에서 저윽이 만족을 늣길
것입니다.

　★ 그리고 특히 사(謝)하올것은 지난달(四月)호긔사중 薛義植氏의 「
혼긔를압둔「미쓰」들에게」속에漢字와 발음의 오식이몃자잇섯든것입
니다. 이것은물론편즙자의큰실책인동시에 인쇄교정시그런착오가생
겨진것입니다. 하여간 필자와 독자 여러분에게 적지안은 불케를 드
린것을 퍼그나미안하게 생각하는바입니다 압흐로 절대로 그러한실
책이업슬노력을하겟습니다 그리고 본지를게속 애독히시는분은 다소
짐작이게실것이지만 금년 정월호부터 신녀성에는 우에 특별한론문
을젯처놋코는 되도록 순언문으로 곳처 쓰는데서 그러한 잘못이 생겨
지는것입니다 이점만은 필자여러분과 독자여러분의 량해가 게서야
하겟습니다

　★ 쯔트로 오는六月호는 「신록특집호」로 배전노력하야 여러분의
마음에 만족하실 특별긔사로만 채울것이며 더욱 새롭고 어엽븐맵시
로 곱게편즙하야 내여 노흘것을 미리약속해드리겟습니다 그리고이

책의 편즙을 긋내이면서 병으로신음하는 宋씨의 건강이 하로밧비 완
쾌되야 전과가티 만흔도움과 활동이 잇서 지기를 마음속으로빌어 마
지안습니다. (李)

●『신여성』 6권5호, 1932.5.

# 編輯餘言

◇

　세월이란 참으로 쌔르다 本誌編輯兼發行人의責任을지고 多年間苦心奮鬪하던　小波方定煥同志의最後訣別을한지가어제와가튼데　벌서一週年이되야 도라오는 二十三日에 그의小忌祭를 지내게되엿다. 펜을멈치고 故人을생각하니 스사로雙淚가 流下함을 禁하지못하겟다.

　이달부터 다시活動을 繼續하리라고 豫告하엿던 本誌記者宋桂月君은 아즉노　健康이快服되지못하야　在家療養하는中　업친데덥치는격으로 本誌편즙일을 마터보는 李定鎬君은 前月末부터 쏘 神經痛으로 病席에 누어 아즉도出勤을 못한다.

　平素에도 일이밧버서 눈코뜰새가업는데 本誌의責任者들이 이와가치病魔에 사로잡히게되니 이달호의編輯은 참으로困難하얏다 그러나 우리는萬難을排除하고 全社員의非常出勤으로 不眠不休-이달호를내노

케되얏다.

◇

이달호는 이와가티 총망중에 편즙을하느라고 내용이預期보다 좀불만족한점이업지안타 그러나 다른잡지에비하야 그다지遜色은업슬줄안다 여러분은 만히愛讀하야주기바란다.

◇

편즙責任者들이 이처럼病으로 일을못보게되니 갓득이나밧분데 다른편즙마튼이가 손을나눌수가업서서 새로女記者한분을 마저들이엿다.

◇

이분은 培花女高를마치신秀才인데 平素부터操弧界에만흔생각을 가지고잇든분으로서 文筆과手腕이아울너能한분이다 아프로만흔活躍이잇겟스니 미리期待하라. 일흠은 張德祚 오는달에는 李定鎬君과새로드러온女記者두분이 힘썻活躍하야 새로운 面目을가지고 나올 것을 미드라. (車)

◇

처음으로 記者生活을하랴니까 여러 가지가 설음설음합니다. 그러나 첫술에배부르랴고 차차하면 무엇이나 잘되리라는自信을가지고 압흐로活動해보랴합니다. (張)

●『신여성』 6권7호, 1932.7.

# 編輯餘言

★ 거의二十여일동안이나 자리에 누어알노라고 지난七月號는 순전히 다른분의 정성과 노력으로이루워젓습니다. 아즉도완쾌되지못하야 약을게속복용중이나 책임상 쏘는안타쌉이이달호를고대하실 여러분을 생각할째 그저 누어잇기에는 너무도민망하와 지난달二十七日경부터 다시 社에얼골을빗최게되엿습니다.

그간 나로인하야 社의여러先生께 적지안은페를씻첫슴과 쏘는 밧그로 親友여러분의짜듯한 慰問을 못내 감사하는바입니다.

★ 이달호는 몹시 더운째인고로 특별히「八月滌署讀物號」로쑴엿습니다. 다른째보다 썩썩하고 딱딱한論文을적게한대신 흥미를主로한「讀物」을 만히너엇습니다 반드시 다른號에서 어더보지못하든새롭고시원한늣김을 가즈시리라고밋습니다. (李)

★ 入社初에 불행히도 가티편즙하여야할李氏의病으로 모-든것이처음인데다 모자라는힘을억지로쥐여짜 七月號의편즙을끛내놋코 마음속으로몹시초조하하엿더니 意外에七月號의成績이조와서 겨우안심을

하엿습니다.

　★　八月號는　다행히李氏의病도　多少차도가잇고해서　倍前의힘으로
더위를닛고　동분서주하야　이만큼만드러노앗습니다.　그러나　처음솜씨
라　어쩌케여러분의　마음에빈틈업는　만족을드릴수잇겟습닛까?　社여러
先生의만흔指示와　애독자여러분의만흔鞭撻이잇서지이다하고　바라마
지안습니다. (張)

　★　오래간만에나도여러先生님모르게社의비밀한가지를넌즈시알려드리
지요　지난六月二十七日午後세時쯤──편즙실의車·蔡先生은　第一線校定
째문에印刷所에가시고　申·金·李·張先生만게신동안에이러난「초코
레트」騷動記!　새로드러오신張先生님이어쩌케「초코레트」를조와하시
는지언제나핸드쌕속을여시면　울긋붉긋한그西洋과자가　쏘다저나오는
데　이것을눈치채신　白先生님역시「초코레트」同好者이시라.　이날은맛
치쥐노리는고양이가치 (쉬! 白先生쎄야단맛날라) 張先生님의핸드쌕을
노리시다가　급기야채여다보섯스나　失敗　大失敗　이날만은　반드시드러
잇서야할초코레트는　한개도업고　그대신에現金六十一錢이쏘다저나왓
습니다.　아모려나조와라고白先生님!　즉시나를命하야「초코레트」를사
오라하섯습니다.　그러나문제가이럿케순조로나갓스면　무슨이야기거
리가되겟습니까?　만은　욕심쟁이白先生이돈을손에늣코보니「초코레
트」외에　조와　하시는「탕슈육」생각이간절하옵신지　三十錢은　문둥이
자지째먹듯(失言!)　쑥잡어쎄시고　三十錢만내노시는바람에　다른先生님
들이일제히반대를하옵섯다.　그러나白先生은여전히벗틔시여급기야三
十錢어치만사왓더니　白先生님은끗까지욕심을부리시여송도리채쎄서
가지고　혼자만자시는바람에　여긔서부터─大騷動이이러낫습니다.　白

先生의脱走　申·金량선생의追跡.　이야말로活動寫眞의活劇가튼場面그
대로엿습니다.―그結果는?　그거야쌘하지안어요　李先生은참레나　안하
섯지만　쌔쌔마르신(失禮!)　申先生님이야　긔운이　잇서야덤비시지요　그
러닛싸　金先生님과白先生님만맛붓터서싸호는바람에「초코레트」는白
先生님손에서맷돌에콩갈려나오듯줄줄흘러쩌러지고　金先生은명예의
승리는　하섯스나　손바닥에　한치가량의부상을당하섯습니다…이통에
관망만하시든申先生님! 싸흠째마다쩌러지는흐늑흐늑한「초코레트」를
주어잡수면서　히히　하하……(李給仕)

# 편즙을마치고

★ 발서 九月입니다. 달로는 新凉의째이나 이번호의 편즙은 녀름중에도 가장무더운八월달에 이책을 꿈이노라고 성치도못한몸이 적지아니 고생을하엿습니다. 그러나 다달이『신여성』이 誌界의호평을 밧고 싸라서 점점수효가 느러감을 볼째 저윽이 심신의위안으로 밧는바입니다.

★ 이번호에는 특별긔사가만흔중 특히「女性의SOS」實話三節은 애독자여러분에게 크듸큰충동과 아울러 만흔참작이 잇서지리라고 밋습니다. 지금의 우리들사이에 그와쏙가튼 사실은 아니라고하드라도 가튼류의 비슷한사정을들춘다면 限이업슬줄압니다. 그리고 몃달전에 예고만하엿든 모델戱曲의「夫婦」라는것을 지면관게로 이번에야 실게되야 미안합니다.

★ 李泰俊氏作「久遠의女像」은 정말 대호평중에 씃을막엇습니다. 다음에 쏘다시 게속하야 장편창작을 실어볼싸하옵는데 이번에는 본사에서作者를 선정치안코 특히 여러분애독자의 高意를 참작하야 부

탁할까하오니 이책懸賞頁에도 말슴한바와가티 어느분의小說을실렷
스면 조켓는지 거기규정대로 적어보내주십시요 그러면 조흔小說닑고
쏘賞까지타시게될것이니 이야말로—擧兩得이 아니겟습니까? 이번에
는 한분도 싸지지마시고 투고하여 주십시요.

★ 씃흐로 張씨가 역시 身病으로고향에서 료양중이다가 지금은 헐
신나어서 올너왓스니까 오는 十月호는 더한층생긔발날한 특별한솜씨
를 보여드리겟습니다. (李)

★ 드러온지 얼마되지도 안는 몸이 각금 알어서 社의여러분 선생
님과 특히 李선생쎄 페를만히 끼치게됨을 미안히생각합니다. 이번호
는 순전히 李선생혼자 편즙하시다십히되야 고향에서 병으로 누어잇
스면서도 어쩌케 마음속으로 불안을늣기엿는지모릅니다. 역시 건강
이 회복되지못하신 李선생에게 모-든일을 맛기고 이곳 大邱에온지도
근 二週日이나되엿습니다. 지금은 病이 순조로 나어서 불일간 上京할
것이니 그代價로 오는十月호에나 배전의 노력을해볼까합니다. (大邱
에서張)

● 『신여성』 6권9호, 1932.9.

# 編輯餘言

　★ 十月! 이제는확실히 가을이되엿습니다. 하눌맑고물맑고──우리의마음까지 명쾌해지는조흔철! 이조흔절긔를긔하야 편즙실안에는 일대변동이생겻습니다.　오래동안　건강문제와기타사정으로본사와한동안인연이끈키윗든　本誌의前編輯人　崔泳柱씨가　다시入社를하엿고 짧은동안이나마　本誌婦人記者로　만흔수완을보여주든 張씨가 자긔사정으로 그만둔대신 역시병으로인하야 오래동안정양중에잇든 宋씨가건강이회복되야 上京한것입니다.

　★ 그리하야 崔씨는 금년一百一號부터 쏘다시再革新을하게된『어린이』잡지의전책임을맛기로하야 발서그소임에착수하엿고 작년十月부터 만一개년동안革新과아울너『어린이』편즙에 만흔힘을 이바지한 申씨는『別乾坤』편즙의임을맛헛스며 전『別乾坤』편즙과아울너 本社四大誌에表紙을 담당하든 金奎澤씨는 금번부터순전히表紙와插畵는물론이요 漫畵를전문으로 맛허보기로 하엿스며 宋씨는 종전대로 본지의婦人記者로서의 새로운노력을하기로되엿습니다.

★ 이러케變動·革新·增員으로 이루어진十月號! 各誌를通하야읽어보서도 아시겟습니다만 그전보다 훨신 달너진점이만흐리라고밋는동시에 아울너이제부터의편즙실은 가장완전한인원의정돈을보게되엿스니 호를짜라 점차로 새로워질 本社五大誌는 글자그대로 정말 誌界의 獨步的偉容을 유감업시 낫타내일것을 단언하는바입니다. (李)

★ 「병을이기여야합니다! 이기는것이勇士지! 決코저서는 안되오! 十七世紀 노서아혁명당시에는병과싸워이기는것도 한 개의 투쟁이라고 나는보앗소!」

여러분의이러한 참된격려장으로단연코 나는다시 여러분과친하게대엿습니다. 비록이왕만못한약한체질이나 결코 몬저와가튼독한병마에는 결니지안을예산으로 사방이注射의철조망으로수비하고잇습니다. 여러분의지지를바랍니다.

★ 가을도 기어코 차저왓습니다. 뜰압헤하느적거리는 코스모스의 꼿포기에도——옷섭스치고지나가는바람결에두 가을소시은확연합니다. 우리는이가을이모습을애상적으로 마지할것입니까? 아닙니다. 새로운력사적사명을 이바지하기위하야 이가을에서 그진리를이기보지안으면 안되겟습니다.

★ 귓드램이의목청도 제법커젓서요. 얼마나 고향생각이납니까? 마음산란한때 저녁산보하실째 이한권을책상압헤작만하섯다들고보서요. 세상의괴롬도쓸쓸함도 온대간대업서질것입니다. (宋)

•『신여성』 6권10호, 1932.10.

# 編輯餘言

★ 발서 十一月이니가을도 임의깁허지고 겨울이닥드릴날도머-지안 엇습니다. 날이 차차치워오니 겨울사리준비가 쏘한 걱정입니다. 다- 가치 가난한 우리들의 살님사리라이것이어찌한적은걱정이오릿까?

★ 이달호는 다른호보다 좀더 애쓴보람이잇서보입니다. 특히 지난 달호에짜로너은 社告에도 말슴하엿습니다만 부득이한사정으로 우리 들의마음과쯧대로 되지안엇슴을 지극히유감으로 생각하엿기째믄입 니다. 다달이 당하는 이고정(苦情)이나마지난호에잇서는 다른째보다 몃배더혹심하엿슴에 가슴압하할뿐이로소이다.

★ 이제로부터 편즙실안은정말 몹시밧버야 할째가되엿습니다 어느 해라고 안그랫겟습닛가만 이번호의 편즙을쯧내이면서곳十二月호는 물론이요 新年號짜지아울너편즙을하여야하는것입니다. 특히新年號에 잇서는페지를늘리고 부록을붓치고 내용의정선! 참말밤을낫으로니여 서 고심에고심 노력에노력을거듭하여야겟습니다.

★ 이번호 第四二頁의 社告와가티여러분에게新年號에시를原稿를모 집하기로하엿습니다. 다른호와다를쑨아니라 모-도가여러분의실재체 험을 주로한이만치 만이응모하시여 이책으로 하여금한층더보람잇고

무게잇는내용을 갓추게하여주시기기바랍니다.

★ 이달부터 다시여러분의作品欄을넛키로햇든것이 지면관게로부득이못실엇습니다. 압흐로는특별한경우를제하고는 호마다게재하려하오니 힘잇고무게잇는작품을만히보내주십시요 특히詩에만 한한하는것이아니니實話도評論도小說도 기타무엇이나 특장게신대로투고하여주십시요. (李)

★「무엇이 제일행복이냐? 병업는것이제일행복이다」 지극히 평범한말가트나 알는사람에게는 이것처럼 늣겨지는격언은 업슬것입니다. 나는현재이것을 절실히늣기는처지에잇서서 이것든행복을차즈려고 니를악물고병마와싸호고 잇습니다.

달마다알른소리만해서 독자제씨에게 미안합니다. 그러나 내월만해도 압흐다는말을아니하기로하겟습니다 그것은병을 내월쯤은확실이 굴복식힐자신이잇는까닭입니다.

★ 이달호의「신녀성」을보십시오 자화자찬이아니라 지난호에비하야확실이내용이충실하게되여잇습니다. 글씨주신분들의렬성과 사원들의노력이한층더한것이분명합니다.

★ 래월호는 이달호보다 더훌륭하게맨드러내랴합니다. 이러한 생각을다달이하고 지나오는바이지만 사실이번에는더한층늣겨지는동시에용기까지납니다.

독자제씨도아울러한층더편달해주시는동시에 래월호를손꼽아기다려주시옵소서. (宋)

•『신여성』6권11호, 1932.11.

# 編輯餘言

(원문훼손)……여실하게 말해주는바이며 동시에 이현상은 新女性雜誌에서만볼수잇는 특별한것이라고 밋습니다. 이번十二月號도 처음예 정한제목대로 꿈여지지를못하고 별지사고와가티 유감슬어운바가만치만 今年의마지막책인만큼 힘쓴자최를편즙자스스로 자처낼만큼 훌륭하게 꿈어젓습니다.

★ 이쌔까지 다른잡지에서는 감이제목조차 차자보지못하든 통쾌한 題目의 「現代女性과結婚의職業化」는 新人安懷南氏의 붓으로 유감업시 우리의夢想과 空想을 쌔트러주고 새指示를 차저보게하여주는것이외다.

(원문훼손)……남의일가치 보여지지안는 것이라고 생각합니다.

★ 新女性誌에 처음으로 붓을드신 裵成龍氏의 結婚難時代! 이글도 우리女性들에게 깁흔늣김을 부어주는글이라고 생각합니다.

★ 萬年雪—韓雪野氏의 「새날」 春海—方仁根氏의 「愛」 이번의小說欄은 이두편으로 찬란한빗을 낼줄압니다.

★ 그다음 이번부터 色刷特輯페이지를 부처보앗습니다. 처음인만큼 퍽서툴릅니다만은 다음달에는 단연 이채잇는편즙이되여질것입니다.

★ 一九三二年 생각하면 생각할수록 우리女性의 템포가 ……(이하 원문훼손)…… 十二月號 마지막페이지를 싯막읍니다. (宋桂月)

● 『신여성』 6권12호, 1932.12.
● 1932년 12월 편집후기는 원문이 상당부분 훼손되어 자세히 실지 못하였다. 훼손된 부분을 제외하고 확인된 부분만 싣는다.

# 편즙을마치고

들창박게는 눈보라가 사나웁습니다. 멋장안남은 달력을 치어다보고 치어다보면서 꿈인책이 이번신년호올시다.

편즙부원제씨의 애쓴보람이 페이지 페이지마다 보혀집니다. 눈보라를무릅쓰고 나가서 돌아단인곳에 간신히 新年號의 마지막페이지까지가 完了되엿습니다. 이제남은일은 檢閱과 印刷뿐입니다.

처음으로 편즙해본 十二月號가 여러분에게 엇던批評은 밧고잇는지 퍽이나궁금합니다

이제 이책이 여러분에게쥐여지는날! 그날은 밝은새해새날의 明朗한太陽이 여러분의얼골을 빗치겟습니다. 그리고 새計劃 새決心을 하시는 여러분의 책상머리에 노혀질것입니다.

깃븜의連名狀!(깃부든 그날!) 處女座談會! 女俳優漫談! 等等 新春벽두에 조흔 讀物이리라고 미듭니다. 거기다가 「毒을마시기까지」와 「石井漠과나의關係」는 新女性特別讀物로 異彩가진것이라고 생각하며 리별四重奏! 新舊家庭爭議! 잇처지지안는 美人! 新撰流行小曲集等도 好評記

事라고 생각합니다.

　이번新年號는 이것으로 여러분에게 선사해들이고 二月號는 더욱 嚴新한편집과 記事를採擇하야서 一千九百三十三年誌界의 가장새로운 길을 밟고나가면서 謳歌를부를것입니다. 깁히 사랑하고 옹호해주시며 편달을나려주시옵소서.

　그리고 여러분우에 더욱健康하심과 아울러 깃븜과和樂하심이 길이길이 머물러게시기를 삼가바라마지안읍니다. (泳柱)


●『신여성』 7권1호, 1933.1.

# 編輯後記

새해를마지한후로 발서 한달이흘러갓습니다. 이러케 작고만 세월은물가티흘러내쌔고 한살 하로래도 쉬일째업시늙어가는것을 생각하면 가슴이싹씀합니다. 이럴째마다 우리는 자긔가 지금에 매여달려잇는事業에 더욱더 全心全力할것을 결심하고 짜라서이「新女性」을 더욱더 훌릉한물건으로 맨들어가지고 여러분압해 내여노흐랴는努力이 생기는것입니다.

×

되도록 일즉 내여노켓다고 社員一同은 애를쓸대로썻스나 조곰느저젓습니다. 그러나 다음號부터는 결단코發行날자를 어김업시할작정이니짜 이것도 스스로히 安心이되는일이오며 號를짜라 內容에잇서서 더욱 充實하여질것을 自信하는바이니 오히려 용소슴치는 勇氣와깃븜이 倍加하여지는것을째닷게됩니다.

×

이번號는 第二夫人問題特輯號로 맨들엇습니다. 第二夫人에對한 論評

이머리에실리고다음으로 各方面의名士에게請託하야 이에대한 意見을 드러왓스며 긋흐로 興味滿點인 實話를실려 問題를세토막으로내여가 지고 아주具體的으로 짜저노앗습니다. 아마이것이 이달에잇서서는 가장 讀者여러분의 注目을사게될것이라고밋습니다. (宋)

×

總角座談會는 特別讀物의하나일것입니다. 구차한說明을피하거니와 그들은무엇을어쩌케말하엿나? 재미잇게읽어주시기를 바라는바입니 다. 그들은한참 潑溂한靑年들인만큼 무엇이든지 쩌리지안코 숨기지 안코 자긔들의 생각하는바와말하고십흔것을 그대로披進하엿다고봅 니다.

讀者諸氏여 읽으시고 무슨 感想이나 不滿인點을發見하시거든 당장 反駁을보내주서서그들 總角의모르고 그릇된것을톡톡히 쑤지저주시 기를 기다리십니다.

×

한가지섭섭한것은 늘身病으로고생하시는宋桂月氏가 갑작히병이더 하야 가지고잇는誠意에 다짜를만콤 實行이 相伴치못한것인대 요지음 은 좀 差度가잇는편이고하니짜 氏의 健康을빌어마지안흐며 압흐로는 新女性이 全혀氏의힘으로 여러분의期待에 어그러지지안흘터인대 밋 고보아주시옵소서. (懷南)

●『신여성』 7권2호, 1933.2.

# 編輯餘言

날로에서는 석탄불이 이글이글타고잇것만 창틈으로아렴풋이 핑겨드는봄향긔는 책상에기대여서노곤히 한잠자기를 권하니아마도봄은 긔여코 온모양이지요 그럿킬래하픔이싹싹나고 사지가 술이 곤죽된 몸처럼 착착옥으라듬을늣겨 봄마즐깁븜보다도 봄맛는괴롬이 한칭더 합니다.

이책이 여러분의손에쥐여질쌔는 아마 봄잔듸 푸르르고 봄물결의 교향악이일우워지는 양춘의가절일것이외다.

이번만은 꼭정긔에내노아야만한다고 긔염은톡톡히토하엿서도실행 업는긔염은 안윗치기만못한 한개유희에지나지안엇슴을생각하니 다시 여러분에게할말좃차 막혀지고맙니다.

그러나 여러분의 지극한원조와 지성한지지아래에서나날이 커져가는 新女性誌는 조곰도 타잡지에뒤지지안는 진중한내용의긔사로 일관

해실엇슴을아니자랑할수업습니다.  筆者曺在浩  先生의 『今日의女性』
韓鐵鎬氏의『社會時評』史又春氏의『校長先生님께』하는 論文과陳情文
은 여러분독자에게 만흔 깨우침이잇슬것입니다. 쏘한 여러분의 지식
을넓히기위하야  이달부터는특별히  通俗社會科學講座—海外文學講座
를 실게되엿습니다. 만흔취미와 열성으로읽어주십시오.

　쏘 여러분이 이제  책을보시면아시겟지만『久遠의女像』으로임이여
러분과 친하여진 李泰俊氏께서 오래오래 예고만으로 여러분의 마음을
졸느던『法은그러치만』이란 長篇小說과 푸로레타리아작가로써『露領
近海』에서임이 여러분이익히잘알고잇는 李孝石氏께서『朱利耶』라는
長篇小說을 執筆하게된것을 여러분과함께 깁버하는바입니다. 이두편
의小說은 첫회부터독자여러분에게  과연어쩌한늣김을줄는지는 모르
지마는 이두편의작품에낫아나는인물들은 실로 여러분의 압길에반로
자로알고 작품에인물과친하여가티웃고 가티울어주소서. —宋—

# 編輯餘言

쯧하지못한사정으로해서 지난 三月號가 매우 느저젓습니다. 그것이 비록 不可항력에갓가운것이라고도 하것지만 억지책임을 우리편집인이 지지아니할수업는것인지라 여긔에독자여러분께 사과의말슴을 드리는바입니다.

그러나 그대신 이번 四月號는 긔어코금음안으로 내어노흘뿐아니라 내용에잇서서도 더욱더욱조코 재미잇스며 게다가유익하도록 꿈이기를 노력하엿습니다.

四月號는 직업부인문제특집으로내이게되엇습니다.

시대의 필연한 추세이겟지마는 조선에도 녀자들을아직업전선으로 동원을식히되 그것이 하로라도 급격하게 더해가는 지금에잇서 가장 유의한 일일가합니다.

바라건대 현재 조선에잇서서 직업전선에나선 백만의자매들의 조혼 참고와 말동무가되기를 바라는바입니다.

더욱히 금년에 학교를졸업하고 일자리로 취직하여 나오는이들에게 시기가알마즌동무가 될것을잇는바입니다.

우리사의 부인기자—여러분과 극히친한송게월씨가 그동안병으로 신음하고잇섯습니다.

물론 오래지아니하여 쾌차할것이지만 독자여러분과 한가지로 그의병이 하로라도밥비 전쾌되기를 바라는바입니다.

•『신여성』 7권4호, 1933.4.

# 編輯餘言

벌서五月!

들판에흐터진 가진 꽂들은 유혹의손을들고서불너내며 욱어진녹음 골작이물들은 소리를놉혀웻처불으고잇습니다. 어듸를보든지 누구의 소리르듯거나 들로 산으로 나가고만십흔화창한날입니다.

처음시집온 색시격으로 별안간 자리가 박귀는통에 실녁업는이몸 에 어리둥절 정신을 차릴수가업고 박그로댕기고만 십흡니다 감히독 자여러분의편달과애호만밋습니다.

사실로五月號편즙에는 쑹쑹한金혼자만쌈을짜고 동이다럿지 나로 선아모런보탬도보람도업섯답니다.  그저압흐로  나좀더용긔와노력을 다해서여러분쎄정성만은 뵈여들이려고합니다. (孫盛燁)

「신녀성」잡지를위하야 주야로 애쓰시던 宋桂月씨는 그동안아르시 던병이 갑자기중해저서 고향으로 도라가시고야 말엇습니다. 섭섭한 이말슴을 여러분쎄 먼저드리고,

「신녀성」잡지에대하야 별경험을갓지 못한제가 헐수업시 이번五月호를 편집하게되엿습니다. 제짠에는 별재조를 좀부려볼싸하고 덤벼는 보앗습니다만은 원래가둔재라 호랑이를그리랴한것이 강아지가되지안엇는지도 모르겟습니다.

이번호는 「유-모어, 넌센쓰 특집호」로해서 될수잇는데로 독자여러분을 웃겨드릴싸해본것입니다 그런데조선서는 웬일인지 만담이며, 만화며, 기타유-모러스한글을 쓰시는분이 몃분안게신듯합니다 그래서 먼저 계획하든바와는 아주짠것이되여버렷습니다 그러나 쓸쓸히 불만한것이만을줄압니다만 엇더케 생각하시는지요. (金奎澤)

● 『신여성』 7권5호, 1933.5.
● 송계월이 『신여성』에 근무한 1931년 4월부터 사망한 1933년 5월까지의 편집후기를 모았다. 그중 1932년 3월호(6권3호), 1932년 6월호(6권6호)의 편집후기가 원본에서 누락되어 확인하지 못하였다.

작품해설

# 식민지적 모순에 대한 비판적 도전
## —송계월의 삶과 문학

송계월의 삶은 식민지 과도기를 살아낸 한 신여성의 미시사가 아니다. 신여성이라는 존재론적·사회적 근거를 바탕으로 현실을 냉철하게 인식하고, 적극적이고 투쟁적인 방식으로 당대와 길항하였다. 이것이 굵직한 식민지 역사와 겹쳐질 때 송계월의 삶은 식민지 여성사가 될 수 있는 것이다.

더불어 송계월은 삶의 목적의식을 문학의 주제의식과 일치시키고자 노력했던 인물이다. 그것이 세련되지는 못했을망정 최소한 정직하고자 했던 자기 결백의 인물이었다. 핍진한 삶의 경험으로부터 발생한 사회적 쟁점들—젠더, 계급, 조직의 문제는 강렬한 주제의식으로 송계월의 서사를 지배하게 된다.

현재까지 송계월의 작품에 대한 분석은 물론이거니와 작가연보, 작품연보 및 목록, 발표 장르 등에 관한 연구는 전혀 이루어지지 않고 있다. 이는 송계월이라는 신여성이 발굴되어야 함이 전제되는데『송계월전집 1, 2』는 후행하는 연구를 위한 토대로서의 기반을 마련하고자 하였다.

송계월은 1911년 12월 10일 함경남도 북청군 신창면에서 부 송치옥과 모 이순희의 장녀로 태어났다. 송계월의 가족사항에 대해서는 거의 알려진 바가 없지만 여학생 만세운동 당시 신문조서를 보면 부모와 형제자매 등 8명의 가족이 북청에서 전답을 소작시켜 그 수입에 의해 중류생활을 영위하고 있다고 기록되어 있다. 송계월의 수필에 보면 "어려서 아버지(송치옥)의 영향으로 사회과학 서적을 탐독"하였다고 기록되어 있고 이러한 이유로 독서와 문예방면에 취미가 있었다고 한다.

송계월의 북청시절 즉 태어나서 신창공립 보통학교를 졸업하고 서울에 상경하기 전까지의 15년 동안은 수필 등을 통해 감상적으로 전해진다. 문 앞으로는 동해의 아름다운 바다가 펼쳐져 있고 등 뒤로 험준한 산으로 둘러싸인 신창에서의 추억은 아름답게 서사화된다. 특히 송계월은 척박한 환경에서 최선을 다해 생을 일구는 함경도 여성의 강인한 생명력과 정신력을 높이 찬양하며 식민지의 여성들이 함경도 여성처럼 되어지기를 희망하였다.

이후 송계월은 문학과 사회에 대한 열정을 안고 15세 때 홀로 경성행을 감행하여 경성여자상업학교에 입학한다. 이후의 여고시절은 '동맹휴학의 주도—학교의 고발—서대문형무소 구류—집행유예—당국의 요시찰 대상으로 지목'으로 요약된다.

송계월이 동맹휴학을 주도한 주요원인은 학교의 불법적 행위(교장의 친일척 교사채용, 교사의 부당해임, 학교설비 미비)에 있었다. 학생들의 피해, 면학분위기 침해 등을 이유로 여러 차례 학교당국에 건의를 하였으나 변화가 없자 동맹휴학을 주도하게 된 것이다. 여상시절 3번의 맹휴를 주도하였고 이로 인해 서대문형무소에 2번이나 구류된다. 이처럼 송계월은 일찍부터 사회의 불합리와 부조리에 대한 문제의식을 적극적이고 투쟁적인 방식으로 실천하였으며 이를 실행함에 두려움 없는 강인한 성격과 의지를 갖고 있었다.

1930년에 일어난 서울 여학생 만세운동은 1929년 광주학생운동의 후발적 성격을 지닌다. 이 사건은 당시 여학생들이 민족문제와 여성문제

에 직면하여 함께 사회적 역할을 수행한 중요한 사건으로 근대 신여성
문화운동의 전범이 되었다. 일찍이 여상의 맹휴를 주도하는 등 여학교
내에서 투사로 이름이 높았던 송계월은 여학생 만세운동의 핵심적 역
할을 수행하게 된다. 자신의 하숙집을 만세사건을 도모하기 위한 회합
의 장소로 제공하였고(송계월의 하숙터는 현재 서울시 독립운동의 역사 현장으로
보존되어 있다) 만세운동 당시 경성여자상업학교의 대표로 학생들을 주동
하여 격렬히 시위를 이끌었다. 결국 이 사건으로 송계월은 표면적 역할
을 수행하였다하여 징역 6개월을 언도받았고 약 2개월의 감옥생활 후
집행유예로 풀려나게 된다.

여학교 시절의 경험 즉 동맹휴학과 서울 여학생 만세운동은 송계월
의 민족의식과 여성의식 등 당대 사회에 대한 깊이있는 인식을 기반으
로 한 투쟁의 기록이다. 이때의 경험은 송계월 스스로 밝히듯 자신의
삶을 사회를 위해 바칠 수 있었던 뜻있고 행복한 시간이었으며 이러한
경험치는 이후 송계월이 부인기자와 여류문인으로서 역할 할 때 중요
한 지침이 되었다.

송계월의 삶의 이력 중에 가장 독특한 지점은 여상 졸업 후 정자옥
데파트 걸로서의 삶이다. 일반적으로 여상의 학생들은 졸업 후 은행원
이 되기를 희망하였으나 식민지 현실상 은행원이 되기는 요원하였고
대부분의 학생이 전공을 살려 데파트 걸이나 상업 방면으로 진출하였
다고 한다. 시기상으로 볼 때 여상을 졸업(1931.2)하고 개벽사 기자가 되
기(1931.4) 전인 약 1~2달 정도의 짧은 기간인데, 이 시기가 의미있는 것
은 사회적 쟁점을 발견하고 그것을 교정시키고자 했던 문제의식의 출
발점이기 때문이다. 학교와 사회의 괴리, 전공과 직업의 문제, 직업여성
의 사회적 고충, 여성의 사회적 역할 등 수많은 단상이 이때의 경험으
로부터 시작되는 것이다. 이러한 문제의식은 개벽사 입사이후 다양한

글쓰기를 통해 표면화된다.

개벽사에서 발간한 『신여성』은 근대 잡지사에서 상업여성지의 첫출발이자 신여성과 관련한 다양한 풍속과 담론의 재현물이었다. 송계월은 1931년 『신여성』이 복간된 뒤 잡지의 재건과 흥행을 위해 개벽사에서 전략적으로 영입한 인물이었으며, 그 문명(文名)으로 개벽사에서 발간하는 4개(『혜성』, 『별건곤』, 『신여성』, 『어린이』)의 잡지를 넘나들며 글쓰기를 수행하였다. 특히 『신여성』에서는 기자, 작가, 편집 등 주도적인 역할을 하였고 송계월 입사 후 이전보다 여성주의적 기사나 문예가 훨씬 더 강화된 양상을 보여준다. 이러한 이유로 송계월이 개벽사에 입사하여 쓴 첫 번째 글에 주목할 필요가 있다. '송적성(宋赤城)'이라는 필명으로 발표된 칼럼 「내가 신여성이기 때문에」는 신여성으로서의 어려움과 질곡, 사회적 부조리를 비판하는 날선 목소리로 가득 차 있다.

현재까지 확인된 송계월의 작품은 약 50여 편가량이다. 소설 4편, 일기 · 수기 · 서한 7편, 평론 4편, 수필 9편, 칼럼 5편, 방문기 · 참관기 9편, 인터뷰 3편, 자단히 5편 등이다. 하지만 송계월이 송(宋), 송적성(宋赤城)의 필명을 사용하였고 송경(宋璟), 송영순(宋英順) 등의 확인되지 않은 필명으로도 활동한 것으로 보아 실제 송계월의 작품은 이보다 더 많을 것으로 추정된다. 송계월의 작품 편수가 그간 알려진 것보다 방대함에 자료적 실증은 더욱더 요구된다. 또한 50여 편에 달하는 작품이 15개월(송계월이 개벽사에 입사한 것이 1931년 4월이고 병사한 것이 1933년 5월이다. 약 2년 정도의 기간을 개벽사에 근무한 것인데 그중 와병으로 귀향한 1932년 2월부터 재상경한 1932년 9월까지의 7개월의 기간, 1933년 3월 재귀향) 정도의 짧은 기간에 쓰여졌다는 사실은 놀라운 일이다.

일례로 『신여성』 1932년 11월호의 목차를 보면 '송적성'의 필명으로 칼럼 「시대의식으로 본 내 고향, 함남북청 편」, 송계월의 이름으로 평론

「조선의 콜론타이, 허정숙 론」, 「데마에 항하야」, 소설 「바닷가」 등 모두 4편의 제명을 확인할 수 있다. 물론 본문에 칼럼과 평론 「허정숙 론」이 빠져있기는 하지만 당시 송계월의 활약상을 일면할 수 있는 현장이다.

이처럼 많은 양의 문학적, 사회적 글쓰기는 문학에 대한 높은 열정과 사회적 문제를 공적 글쓰기를 통해 쟁점화하고자 했던 송계월의 치열한 문제의식의 결과였다. 여류문인과 여기자로서 활약하는 중에도 모교(경성여자상업학교)에서 맹휴사건이 일어나자 졸업생 대표의 자격으로 학교장과 교섭을 벌이고 인터뷰를 통해 사회에 호소하는 등 적극적인 사회운동을 벌였으며, 이로 인해 맹휴를 선동하였다는 혐의로 검거되기도 하였다. 송계월은 글로써 행동으로써 신념을 실천한 가장 신여성다운 '신여성'이었다.

1932년 2월 조섭을 돌보지 않고 원고지를 들고 동분서주하던 송계월은 건강에 심각한 위협을 받게 된다. 여동생과 친우들은 고향으로 내려가 공기 좋은 곳에서 요양을 하고 돌아오라고 등을 떠밀었지만 계월은 끝끝내 고집을 피웠다. 결국 여학생 만세운동 때 감옥에서 얻은 위병과 폐렴이 겹쳐져 죽음에 가까운 고통을 받고 폐결핵 진단을 받자 고향으로 요양을 떠나게 된다. 이러한 와중에도 『신동아』에 여기자 인터뷰, 여학교 졸업생 기사(『신여성』), 평론, 2편의 수필, 처녀작 「가두연락의 첫날」을 『삼천리』에 발표하여 문단의 관심을 받게 된다.

사회 내의 남녀 불평등, 계급의 문제 등을 전투적으로 서사화하던 송계월의 후반기의 삶은 아이러니하게도 실체없는 소문과의 싸움이었다. 요양차 북청에 내려와 있던 송계월은 자신에 관한 어처구니없는 소문을 듣게 된다. 민족주의 운동을 하던 중 얻게 된 질병으로 요양차 귀향한 사건이 처녀임신과 출산이라는 추문으로 되돌아왔을 때의 충격이란

실로 대단했을 것이다. 더욱더 놀라운 것은 소문이 동료 여류문인 C의 입에서 시작되었다는 점, 동지적 입장에 있었던 S가 널리 퍼트렸다는 사실은 더욱 절망하게 만든다. 이 소문을 듣고 극도로 흥분하여 서울로 올라가겠다는 것을 의사와 가족들이 간신히 말렸다고 한다.

병이 호전되고 더 이상 북청에 머물 수 없었던 계월은 그해 9월 경성으로 돌아온다. 상경하자마자 개벽사에 복귀하여 기자로서의 업무를 수행하게 된다. 잡지사의 일로 바쁜 나날을 보내는 도중에도 여기저기서 소문과 관련된 이야기를 듣고 속을 끓인다. 병이 완쾌되지 않은 가운데 혹사된 몸과 정신으로 결국 늑막염에 각혈과 혼절이 연속되는 시간을 보낸다. 하지만 사(社)에 나가서는 창백한 얼굴일망정 절대 낯을 찡그리거나 아픈 티를 내지 않으려고 하였다.

그러던 중 일이 터졌다. 이갑기가 『여인』 가십란에 "S처녀의 옥동자 운운하며 아기 아버지가 어디에도 있고 어디에도 있다는" 기사를 실은 것이다. 송계월은 이 기사를 보고 잡지사로 쫓아갔으나 이갑기는 이미 시골로 내려가고 없었고, "이번 가십란에 쓴 글은 여류문인 C의 이야기를 듣고 쓴 것인데 사실이 아닌 듯하니 취소하여라"라는 엽서만 던져져 있었다. 하지만 이미 잡지는 발행된 뒤였고 송계월은 탄식할 수밖에 없었다.

하지만 송계월은 추문 속에 웅크리거나 침묵하지 않았다. 오히려 실체없는 정체불명의 소문을 공론의 장으로 끌어들여 데마고기(demagogy)로 규정짓고 평론을 통해 적극적으로 항변한다. 자신의 소문에 대한 반박글 「역선전에 대한 일언」(『제일선』), 「데마에 항하여」(『신여성』)를 연속해서 발표한다. 소문의 생산자에게 직접적인 공세를 벌임과 동시에 이런 소문을 가십이라는 이름으로 잡지에 실은 부르주아 저널리즘을 평론의 형태로 공격한다. 송계월은 소문을 수사학이 아닌 정치학으로 쟁점화한 것이다. 이처럼 추문에 대항하는 독특한 대응방식은 송계월의 강렬한 주체성과 저항성, 결벽성을 반증한다.

소문에 대한 역공의 글을 쓰고, 여성 좌담회에 참석하고, 소설을 집필하면서 그렇게 1932년을 간신히 넘겼다. 하지만 신념과 열정을 몸이 감당해 주질 못하였다. 1933년 3월 다시 일어설 수 없겠다는 의사의 선고를 듣게 되자 제대로 걸을 수조차 없는 걸음을 옮겨 북행 열차에 몸을 싣는다. 이번에는 꼭 완쾌하여 돌아오겠다는 약속을 전별 나온 문우들에게 남기고 떠난 지 채 두 달을 되지 못해 1933년 5월의 마지막 날 꽃다운 23세의 생을 마감하게 된다.

1911.12.10.   함경남도 북청군 신창면 신창리 271번지에서 부 송치옥과 모
              이순희의 장녀로 출생
1926.         신창공립보통학교 졸업
              서울에 대한 동경심과 향학열로 홀로 경성행 감행
1927.4.       경성여자상업학교(현 서울여자상업고등학교)에 입학
              종로구 장사동 214번지에서 하숙
1928.4.11.    여상의 한국인 교사로서 당시 교무주임이었던 신상철(申尙澈)
              이 별다른 이유없이 파면된 것에 항의하여 맹휴를 단행
1928.5.2.     여상 맹휴 중 수업중인 2학년생 교실에 침입하여 교무를 방해
1928.5.12.    폭행 및 수업방해 혐의로 검사국 송치
1928.5.19.    서대문 형무소에 9일간 구류되었다가 기소유예의 처분으로
              석방, 이후 경찰의 요시찰 대상이 됨
1929.12.      여자고보생인 김신복을 통해 허정숙(근우회)을 알게 됨
              김신복의 권유로 광화문통에 거주하던 허정숙을 만나게 되고
              그로부터 광주학생사건의 이야기를 듣게 됨
1929.12.      학교 설비가 불완전하여 정비를 학교 당국에 신청
              이 일로 경찰에 인치되었으나 그날밤 석방
1930.1.14.    여상의 송계월과 이화여고보 최복순이 주동이 되어 여학교
              대표자 십여 명이 송계월의 하숙(종로구 가회동 48번지)에 모
              여 대표자 회의를 열고 다음날 광주학생운동(1929.11)을 후속
              한 제2차 여학생 만세운동을 계획
1930.1.15.    광주학생운동을 후속한 제2차 여학생 만세운동을 벌임
              경성여자상업학교의 대표로서 각 학교 대표들과 연락하고 이

|  | 후 모교의 전교생 만세운동을 주도하며 시위에 참여하려 하였으나 함께 하기로 중동학교 생도들이 오지 않아 만세를 부르지 못하고 시험이었던 중 백지답안을 제출 |

1930.1.16.  전일 만세운동의 실패로 일반학생들을 배반한 것 같아 이날 일제히 학교에서 만세를 부름

1930.1.31.  보안법 위반으로 검사국에 송치

사상전문 이등(伊藤) 검사의 담임으로 취조를 받고 서대문 형무소에 수감

1930.2.11.  여학생 만세운동으로 구속된 삼십여 명 중 이화여고보의 최복순, 최윤숙, 임경애, 김진현 네 명과 여상 송계월, 근우회 허정숙과 여자미술학교 박계월, 이화전문 이순옥 등 여덟 명만 보안법 위반으로 기소되고 나머지는 전부 석방

1930.3.18.  여학생 만세운동 제1회 공판

경성지방법원 제4호 법정에서 동법원 금천(金川) 재판장의 단독으로 고등법원 사상전문 이등(伊藤) 검사의 입회, 변호사 김병로, 이인, 양윤식, 이창휘 등의 열석으로 개정

1930.3.19.  여학생 만세운동 제2회 공판

이등 검사가 보안법 7조를 적용하여 구형

피고 박계월, 송계월, 최윤숙, 임경애, 김진현은 표면운동으로, 피고 허정숙, 최복순, 이순옥은 이면운동으로 활약하여 최복순(20) 징역 십월, 김진현(20) 징역 유월, 최윤숙(19) 징역 유월, 허정숙(26) 징역 일년, 이순옥(18) 징역 유월, 임경애(19) 징역 유월, 박계월(20) 징역 유월, 송계월(19) 징역 유월을 구형, 변호사들은 피고들의 무죄를 주장

1930.3.22.  여학생 만세운동 판결 언도

허정숙 징역 일년, 최복순 징역 팔월, 이순옥 징역 칠월 집행유예 사년, 김진현, 최윤숙, 임경애, 박계월, 송계월 징역 유월

집행유예 삼년간의 판결을 언도 받음

1930.3.24.　　판결 언도 당시 공소권을 포기하고 당일로 출옥할 예정이었
　　　　　　　으나 공소권 포기 수속(피고들이 미성년자임에 미성년 피고
　　　　　　　의 법정대리인, 또는 부형들의 동의가 필요)이 제대로 이루어
　　　　　　　지지 않아 출감 지연

1930.3.25.　　송계월, 임경애만이 공소권 포기 수속이 끝나지 않아 사건 담
　　　　　　　임 변호사들이 책부보석으로 출감 주선

1930.3.26.　　여학생 만세운동의 피고 여덟 명 중 여섯 명(이순옥, 김진현,
　　　　　　　최윤숙, 임경애, 박계월, 송계월) 출감

1931.2.　　　경성여자상업학교 졸업

1931.2.　　　부모의 도움없이 독립해야 한다는 경제적 필요와 전공과 직
　　　　　　　업의 연관성을 고려하여 정자옥 데파트 걸로 취직

1931.4.　　　전공을 살려 데파트 걸이 되었으나 취미가 문예와 사회운동
　　　　　　　에 있었던 바 이직을 고민하던 중 일약 개벽사 여기자로 발탁
　　　　　　　신여성으로서의 어려움과 질곡, 사회적 부조리를 비판하는
　　　　　　　첫 번째 칼럼 「네가 신여성이기 때문에」(『신여성』, 1931.4)를
　　　　　　　'송적성(宋赤城)'이라는 필명으로 발표

1931.5.27.　　경성여자상업학교 2년생들이 부정사건으로 퇴직한 선생의
　　　　　　　복직문제로 동맹휴학을 결의하자 송계월은 졸업생의 대표 자
　　　　　　　격으로 여상 교장을 방문하여 협상을 벌임

1931.5.31.　　학교에서 맹휴생의 요구조건(부정교원 파면 등)을 수용하기
　　　　　　　로 하여 맹휴를 해지하고 전원등교 함.
　　　　　　　하지만 학교에서 맹휴 수모자에게 정학의 조치를 취하고 경
　　　　　　　찰서에 사건을 의뢰하자 다시 분위기가 안좋아짐

1931.6.12.　　경성여자상업생도들이 재차 맹휴를 협의(당주동 팔번지 김소
　　　　　　　랑의 방)하다가 종로서 고등계의 현장출동으로 이십여 명이
　　　　　　　검속

|  | 송계월은 졸업생 대표로 교장에게 질문을 하였다 하여 개벽 |
| 사 근무 도중 검거 |
| 1931.6.14. | 경성여자상업학교 맹휴를 선동하였다는 혐의로 검거되었던 |

송계월은 졸업생 대표로 교장에게 질문을 하였다 하여 개벽
사 근무 도중 검거

1931.6.14.  경성여자상업학교 맹휴를 선동하였다는 혐의로 검거되었던
송계월은 무혐의 판정을 받고 석방

1931.10-1932.1.  4달 동안 개벽사에서 발간하는 4개 잡지 (『신여성』, 『제일선』,
『혜성』, 『어린이』)를 넘나들며 본명과 필명으로 상당한 글을
발표함

이외에도 『동광』, 『삼천리』, 『매일신보』, 『중앙일보』, 『문예
월간』 등에 글을 기고 (작품연보 참조)

1932.2.  조섭을 돌보지 않고 원고지를 들고 동분서주

여학생 만세운동 때 감옥에서 얻은 위병과 폐렴이 겹쳐져 죽
음에 가까운 고통을 받자 고향 북청으로 요양을 떠남

1932.3.  잡지 『삼천리』에 처녀작 「가두연락의 첫날」을 발표, 문단으
로부터 관심을 받기 시작함

고열과 심한 기침, 각혈, 위통, 신경통까지 겸하여 몸을 움직
이지 못할 만큼 위독하여짐, 북청의 가족들은 밤잠을 이루지
못하고 온갖 정성으로 간호

간신히 잠이 들면 '결코 죽을 수 없다'는 잠꼬대를 하였다고 함

1932.4.  병이 호전, 간호하는 동생(송정덕)과 함께 바닷가 산책도 하
고 일광욕도 해가며 몸이 튼튼하여 지도록 집중함

1932.5.  병상에서 일신에 관한 좋지 못한 소문을 듣게 됨

S모라는 사람이 출판회에서 자신에 대하여 비열한 소문(아이
를 출산하러 고향에 내려갔다)을 퍼뜨렸다는 것을 알게 됨

이 소문을 듣고 극도로 흥분하여 서울로 쫓아 올라가겠다는
것을 의사와 가족들이 간신히 말림

1932.9.  병이 호전되어 서울로 돌아옴.

1932.9.23.  원고 청탁 차 신문사에 들렸다가 C씨로부터 흉악무비한 데마

를 듣고 돌아옴

인사동 R친구로부터는 데마의 계획적 소문자의 실명까지 전
해 들음

1932.9.30.     병이 완쾌되지 않은 가운데 잡지사의 일로 바쁜 나날을 보냄

갑자기 신열과 함께 몸이 떨려 병원에 찾아가니 늑막염으로
인해 어깨와 가슴, 옆구리의 통증이 발생한다는 진단을 받음

1932.11.     이갑기가 『여인』 가십란에 "S처녀의 옥동자 운운하며 아기
아버지가 어디에도 있고 어디에도 있다는" 기사를 실음

자신의 소문에 대한 반박글 「역선전에 대한 일언」(『제일선』),
「데마에 항하여」(『신여성』)를 연속해서 발표

1933.2.     『신가정』에 연작소설 「젊은 어머니」의 제2회를 발표

혼절과 각혈의 연속

1933.3.     다시 일어날 수 없겠다는 의사의 선고를 듣고 고향으로 돌아감

전별 나온 윤성상의 손을 잡고 하소연함

1933.5.31.     귀향한지 칠십여일에 촌보도 옮기지 못할 정도의 위중한 상
태가 지속

굵은 비 내리는 오후 1시 5분 북청군 신창면 자택에서 23살
의 나이로 사망

공식적인 사망원인은 장결핵

● 작품연보


「내가 신여성이기 때문에」,『신여성』5권4호, 1931.4.
「학교의 반성 없으면 사회에 호소」,『매일신보』, 1931.5.29.
「누구의 잘못인가? 맹아원에서 들은 이야기」,『신여성』5권5호, 1931.6.
「해외밀사 이준 씨 부인 이일정 여사 방문기」,『신여성』5권9호, 1931.10.
「명사가정부엌 참관기(基一)」,『신여성』5권9호, 1931.10.
「우리 가을은 내일 아침에!」,『신여성』5권9호, 1931.10.
「약혼 중 애인에게 정조 허락함이 죄이냐?」,『삼천리』3권10호, 1931.10.
「직업전선에 나선 여성들(五)」,『매일신보』, 1931.11.8.
「어촌 어린이 생활」,『어린이』, 1931.11.
「육개국을 만유하고 돌아온 박인덕 여사 방문기」,『신여성』5권10호, 1931.11.
「명사가정부엌 참관기(基二)」,『신여성』5권10호, 1931.11.
「세상일기」,『삼천리』3권11호, 1931.11.
「어촌 있는 동생에게―비료회사에서 노동하는 동생에게」,『어린이』, 1931.12.
「공장소식」,『신여성』5권11호, 1931.12.
「북청의 점묘」,『삼천리』3권12호, 1931.12.
「악제도의 철폐」,『동광』29호, 1931.12.
「이동좌담―내가 이상(理想)하는 남편」,『신여성』5권11호, 1931.12.
「1932년을 당하야 조선 신진여성의 포부와 주장」,『중앙일보』, 1932.1.1.
「각여학교졸업생 언파레드, 여자상업학교 편」,『신여성』6권1호, 1932.1.
「신시대의 어머니를 찾아서」,『신여성』6권1호, 1932.1.
「조선 최초의 여경제학사 최영숙 씨 방문기」,『신여성』6권1호, 1932.1.
「시골 동생에게」,『어린이』, 1932.1.
「조선문인의 프로필」,『문예월간』2권1호, 1932.1.
「직공 딸에게」,『어린이』, 1932.2.
「직업여성 이동좌담회」,『신여성』6권2호, 1932.2.
「직업여성의 술회 학원시대와 실제생활―잡지기자 송계월 양」,『신동아』,

1932.3.

「각여학교졸업생 언파레드, 숙명여자고보 편」, 『신여성』 6권3호, 1932.3.

「가두연락의 첫날」, 『삼천리』 4권3호, 1932.3.

「여인문예가 그룹 문제―최정희 군의 '선언'과 관련하여」, 『신여성』 6권3호,
        1932.3

「가고 싶은 곳 만나고 싶은 사람」, 『삼천리』 4권3호, 1932.3.

「봄과 추위」, 『혜성』 2권3호, 1932.3.

「봄과 감옥여성」, 『신여성』 6권4호, 1932.4.

「병상의 편상―북국 어촌에서」, 『신여성』 6권6호, 1932.6.

「육아문제 이동좌담회」, 『신여성』 6권10호, 1932.10.

「부인기자의 일기」, 『신동아』, 1932.11.

「신창 바닷가」, 『신여성』 6권11호, 1932.11.

「데마에 항(抗)하야」, 『신여성』 6권11호, 1932.11.

「역선전에 대한 일언」, 『제일선』 2권10호, 1932.11.

「북국의 동무」, 『신동아』, 1932.12.

「남성에 대한 선전포고 각계신구여성의 기염(二)」, 『동아일보』, 1933.1.2.

「직업여성의 좌담회」, 『매일신보』, 1933.1.1-1.5.

「진정한 새해 새날은 오리니!」, 『매일신보』, 1933.1.7.

「명일을 야속하는 신세대의 처녀좌담회」, 『신여성』 7권1호, 1933.1.

「젊은 어머니」, 『신가정』, 1933.1-5.

「청량리 정거장에 사라진 소년」, 『제일선』 3권2호, 1933.2.

「난파선」, 『별건곤』 8권2호, 1933.2.

● 참고문헌


▶ 신문기사

「17명 여상교생 상금 유치 취조중 종로서 문전에 밤새는 학부형 교당국을 원망」, 『중외일보』, 1928.5.5.

「여상검속생도 오명은 유치장」, 『매일신보』, 1928.5.7.

「교육계 불상사 여상 맹휴생 송국, 5명은 폭행죄로 취조, 교당국 속수무책」, 『중외일보』, 1928.5.10.

「교육계 불상사, 여상 맹휴생 송국, 5명은 폭행죄로 취조」, 『조선중앙일보』, 1928.5.10.

「여상생 5명 폭행죄로 송국, 외 팔명은 불구속으로 여자학계의 초유사」, 『중외일보』, 1928.5.12.

「여상생 오명송국 불구속 합해 전부 십삼명」, 『매일신보』, 1928.5.12.

「폭행업무방해 검사국으로 넘어가 여상 교생 오명」, 『동아일보』, 1928.5.12.

「여상교의 맹휴생 출옥, 옥문전에 모인 동문보고 울어」, 『조선중앙일보』, 1928.5.21.

「여상맹휴생 불기소석방」, 『동아일보』, 1928.5.23.

「각여교 대표 삼십여명 집합」, 『동아일보』, 1930.1.31.

「시내여교만세사건 금일검사국 송치」, 『동아일보』, 1930.1.31.

「이등검사 담임」, 『동아일보』, 1930.1.31

「육십여명은 석방 이십구명은 송국」, 『매일신보』, 1930.1.31.

「구속자 중에도 팔명 만 기소 기소유예 등의 형식으로 입오명은 금일출옥」, 『동아일보』, 1930.2.11.

「주모자를 제한 외엔 기소유예와 불기소 전도를 생각한 관대한 처분 만세사건관계여학생」, 『매일신보』, 1930.2.11.

「시내 가회동 송계월 가(家)에 회합」, 『조선일보』, 1930.2.11.

「허정숙 이하 8명, 보안법으로 기소」, 『중외일보』, 1930.2.11.

「시내 여학생 공판」, 『동아일보』, 1930.2.15.

「시내여학생 사건, 래 20일에 공판개정」, 『동아일보』, 1930.2.16.

「십육명회합 삼개조항 결의」, 『동아일보』, 1930.2.16.

「허정숙 등 팔 여생 공판, 경성지방법원에서 내 이십일에 개정」, 『중외일보』,
　　　1930.2.16.

「최초엔 입일을 십오일로 변경」, 『동아일보』, 1930.2.17.

「제2차 만세학생 잔여 십사명 송국」, 『중외일보』, 1930.2.17.

「시내 만세 여학생 공판은 무기연기」, 『중외일보』, 1930.2.21.

「여학생 공판 개정일상 미정」, 『동아일보』, 1930.3.9.

「시내 여학생 사건 팔명 금일 공판 개정」, 『중외일보』, 1930.3.18.

「공소사실요략」, 『동아일보』, 1930.3.19.

「만세사건에 관련된 팔여학생 초공판」, 『매일신보』, 1930.3.19.

「범죄사실은 대개는 시인 설곁눈질하며 미소하야 정내는 도리혀 애애」, 『매
　　　일신보』, 1930.3.19.

「시내 만세 여생 공판 속보」, 『중외일보』, 1930.3.19.

「시내 여학 만세사건 제1회 공판개정, 전번에 무기 연기됐다가 별안간 공판」,
　　　『동아일보』, 1930.3.19.

「피고 등 태도」, 『동아일보』, 1930.3.19.

「제이차 학생만세 사건의 주모 여성 팔 명 공판 개정」, 『중외일부』, 1930.3.19.

「법짓 소셩(小景)」, 『중외일보』, 1930.3.20.

「최고 일년 최하 유월, 만세여학생에 구형」, 『중외일보』, 1930.3.20.

「여학생만세사건」, 『매일신부』, 1930.3.20.

「만세여학생 구형 일년괴 육개월 징역」, 『동아일보』, 1930.3.20

「허정숙도 사실을 시인」, 『동아일보』, 1930.3.20.

「구십 명 중에서 팔 명만은 기소 주모자 엄벌주의를 취할 것」, 『동아일보』,
　　　1930.3.20.

「여학생사건의 판결」, 『매일신보』, 1930.3.23.

「수속에 문제부터 여학생 출감 지연」, 『동아일보』, 1930.3.24.

「만세여학생, 금석에 출감」, 『중외일보』, 1930.3.25.

「유예된 여학생 금일에는 출옥 대개는 수속이 끝이 날 듯」, 『동아일보』,
　　　1930.3.25.

「일초마다 일분단장! 오열과 환소의 교향악」, 『동아일보』, 1930.3.26.

「출옥한 여학생들」, 『동아일보』, 1930.3.26.

「송계월 양 외 3명을 인치 취조 여하로 확대」, 『조선일보』, 1931.6.14.

「여상생 밀의소 습격 학생입팔명 검거, 주인부부와 송계월 씨도 인치」, 『동아
　　　일보』, 1931.6.14.

「맹휴를 선동했다고 졸업생을 검속 교장에게 질문을 한 것도 원인 주목끄는
　　　여상분규」, 『매일신보』, 1931.6.15.

「여상생 28명 검거, 주인부부와 송계월도 인치」, 『중외일보』, 1931.6.15.

「여상졸업생 무죄로 석방」, 『매일신보』, 1931.6.16.

「송계월 양 영면」, 『조선중앙일보』, 1933.6.1

「송계월 양」, 『매일신보』, 1933.6.1.

「여류신진문인 송계월 양 서거」, 『동아일보』, 1933.6.2.

「고 송계월 양 추모식 거행」, 『조선중앙일보』, 1933.6.7.

「조서한 여류문인 송계월 양 추도 이십육일 신흥사에서」, 『동아일보』,
　　　1934.5.25.


▶논문

강민성, 「한국 근대 신문소설 삽화연구-1910~1920년대를 중심으로」, 이화여
　　　대 석사논문, 2002.

강숙자, 「한국여성 근대화의 보편성과 특수성」, 『인문과학연구』 9, 성신여대
　　　인문과학연구소, 1989.

개벽사 동인 일동, 「송계월 군의 약력」, 『신여성』 7권7호, 1933.7.

고미숙, 「근대계몽기, 그 생성과 변이의 공간에 대한 몇 가지 단상」, 『민족문
　　　학사연구』 14, 민족문학사연구소, 1999.

권희영, 「1920~1930년대 '신여성'과 모더니티의 문제-'신여성'을 중심으로」,
　　　『사회와역사』 54, 문학과지성사, 1998.

권희영, 「1920~1930년대 '신여성'과 사회주의」, 『한국민족운동사연구』 18, 한
　　　국민족운동사연구회, 1998.

김경일, 「일제하의 신여성 연구」, 『사회와역사』 57, 문학과지성사, 2000.

김기림, 「직업여성의 성문제」, 『신여성』, 1933.4.

김명석, 「이동규 소설 연구」, 『우리문학연구』 23, 2008.

김문집, 「신춘창작대관(6)-<수난의 기록>과 <패강랭>」, 『동아일보』, 1938.
1.21.

김미영, 「1920년대 여성담론 형성에 관한 연구-'신여성'의 주체형성과정을
중심으로」, 서울대 박사논문, 2003.

김복순, 「'범주 우선성'의 문제와 최정희의 식민지 시기 소설」, 『일제말기의
미디어와 문화정치』, 깊은샘, 2008.

김수진, 「신여성-열려있는 과거 멎어있는 현재로서의 역사쓰기」, 『여성과사
회』 11, 2000.

김연숙, 「사회주의 사상의 수용과 여성작가의 정체성」, 『어문연구』 128,
2005.12.

김옥란, 「여성작가와 장르의 젠더화-희곡과 수필을 중심으로」, 『탈식민의 역
학』, 소명출판, 2006.

김은실, 「식민지 근대성과 여성의 근대 체험-여성경험의 서사화와 경험 해
석에 관한 방법론적 모색」, 『글로벌라이제이션과 성의 정치학』, 이화
여대 출판부, 2001.

김자혜, 「늦어진 편지답장」, 『신여성』 7권7호, 1933.7.

김정순, 「『개벽』지의 잡지사적 가치 연구」, 『출판집지연구』 9, 2001.

남화숙, 「1920년대 여성운동에서의 협동전선론과 근우회」, 『한국사론』 25, 서
울대 국사학과, 1991.

묘윤숙, 「니의 교유록 원로여류가 엮은 회고」, 『동아일보』, 1981.8.31.

문혜윤, 「근대적 글쓰기의 형성과 글쓰기 장의 재인식-1930년대 수필의 장
과 장르의 역학」, 『반교어문연구』 29, 2010.

민병휘, 「여류문사에 대하여-동지 안함광 군에게 보내는 일편서신」, 『비판』,
1933.3.

민병휘, 「조선푸로작가론」, 『삼천리』 4권9호, 1932.9.

박경혜, 「어조의 분열, 유폐와 탈주의 욕망 사이-김명순론」, 『여성문학연구』
2, 한국여성문학학회, 1999.

박명규, 「식민지 역사사회학의 시공간성에 대하여」, 『현대 한국사회 성격논쟁

－식민지, 계급, 인격윤리』, 전통과현대, 2001.

박용규, 「일제하 여기자의 직업의식과 언론활동에 관한 연구」, 『한국언론학보』 41, 1997.

박용옥, 「신여성에 대한 사회적 수용과 비판」, 『신여성』, 청년사, 2003.

박용옥, 「한국여성사연구의 동향」, 『이대사학연구』, 이화사학연구소, 1985.

박정애, 「송계월, 사회주의 여성 해방론 눈떠 현실 맞서 홀로 싸우다 요절」, 『한겨레』, 2002.8.12.

박정애, 「어느 신여성의 경험이 말하는 것－여기자 송계월」, 『여성과사회』 14, 한국여성연구소, 2002.

박춘호, 「광복 50주년 특별기획, 독립운동비사」, 『조선일보』, 1995.7.14

박현옥, 「여성, 민족, 계급－다름과 집합적 행위」, 『한국여성학』 10, 한국여성학회, 1994.

박혜란, 「1920년대 사회주의 여성운동의 조직과 활동」, 이화여대 석사논문, 1993.

박화성, 「열창냉어 감상비판 주장」, 『동아일보』, 1934.6.7.

백악선인, 「현대 '장안호걸' 찾는 좌담회」, 『삼천리』 7권 10호, 1935.11.1.

백  철, 「1933년도 조선문단의 전망」, 『동광』 40, 1933.1.

백  철, 「개벽사 편집실 풍경」, 『중앙일보』, 1969.5.8.

백  철, 「개벽시대」, 『대한일보』, 1969.4.7－1970.12.10.

백  철, 「창작계 총평」, 『신동아』, 1932.11.

백  철, 「신춘문예평」, 『신동아』, 1933.3.

사우춘, 「거리의 굴뚝새! 풍문제조업자」, 『신여성』, 1932.12.

소  영, 「연작소설 『젊은 어머니』에 대한 촌평」, 『신가정』, 1933.8.

소현숙, 「여성 스스로 해방하는 날, 세계가 해방할 것이다－1920년대 여성운동과 '근우회'」, 『20세기 여성사건사』, 여성신문사, 2001.

손혜민, 「소문에 대응하여 형성되는 '신여성'의 기표」, 『사이』 7, 2009.

송봉우, 「여류작가 인물평」, 『삼천리』, 1936.1.

송연옥, 「1920년대 조선 여성운동과 그 사상－근우회를 중심으로」, 『1930년대 민족해방운동』, 거름, 1984.

송연옥, 「민족주의와 페미니즘의 불행한 결렬－1930년대의 한국 '신여성'」, 『페미니즘연구』, 한국여성연구소, 동녘, 2001.

송연옥, 「조선 '신여성'의 내셔널리즘과 젠더」, 『신여성』, 청년사, 2003.

송정덕, 「언니를 영원의 길로 보내며」, 『신여성』 7권7호, 1933.7.

송지현, 「1930년대 여성문학론 고찰」, 『한국언어문학』 30, 1992.

송진우, 「창간사」, 『신가정』, 1933.1.

송호숙·김진송 외, 「식민지 근대화와 신여성―김명순, 최승희, 나혜석, 윤심덕」, 『역사비평』, 역사비평사, 1992여름.

신수정, 「한국근대소설의 형성과 여성의 재현양상 연구」, 서울대 박사논문, 2003.

신영숙, 「일제시기 여성운동가의 삶과 그 특성 연구―조신성과 허정숙을 중심으로」, 『역사학보』 150, 역사학회, 1996.

신영숙, 「일제시기 여성운동가의 생활과 활동양상」, 『한국여성학』 13, 한국여성학회, 1997.

신영숙, 「일제하 신여성의 사회인식」, 『이대사학』 21, 이대사학회, 1985.

신영숙, 「일제하 한국여성사회사 연구」, 이화여대 박사논문, 1989.

신용하, 「언론독립투쟁」, 『한국일보』, 1988.4.7.

심진경, 「문단의 '여류'와 '여류문단'―식민지 시대 여성작가의 형성과정」, 『상허학보』 13, 2004.

심진경, 「문학 속의 소문난 여자들」, 『파라21』, 2003봄호.

심진경, 「여성문학은 어떻게 만들어졌는가」, 『한국근대문학연구』 19, 2009.

안함광, 「문예시평―두 가지 제문을 가지고」, 『비판』, 1932.12.

외돗생, 「동아, 조선, 중외 3신문사 여기자 평판기」, 『별건곤』, 1929.12.

유숙렬, 「23세 요절한 여기자 송계월 1900년대 여성운동 재조명」, 『문화일보』, 2002.6.3.

윤백남, 「서도미인과 영남미인」, 『삼천리』 7권5호, 1935.6.

윤성상, 「그 길이 그렇게도 바빴소」, 『신여성』 7권7호, 1933.7.

이무영, 「여류작가개평」, 『신가정』, 1934.2.

이상경, 「『부인』에서 『신여성』 까지」, 『신여성』, 케포이북스, 2009.

이상경, 「1930년대의 신여성과 여성작가의 계보 연구」, 『여성문학연구』 12, 2004.12.

이서찬, 「벽소설에 대하여」, 『조선일보』, 1933.6.13.

이석훈, 「유성-고 송계월의 애도」, 『신여성』 7권7호, 1933.7.

이석훈, 「이효석, 송계월, 심훈, 백신애, 김유정 등 고인회상」, 『삼천리』, 1949.12.

이은상, 「나의 신가정 편집장 시절」, 『여성동아』, 1967.11.

이찬, 「동무의 회상, 송계월 양의 삼주기에」, 『조선중앙일보』, 1935.5.30-6.2.

이혜정, 「억울한 여류작가」, 『신여성』, 1932.8.

이혜정, 「지상논단 여성전선」, 『신여성』, 1932.5.

정영자, 「한국 현대 여성문학사의 흐름과 그 특성」, 『여성문학연구』 창간호, 1999.

정주환, 「수필문학의 장르적 명칭과 정착 과정」, 『비평문학』 9호, 1995.

최명표, 「소문으로 구성된 김명순의 삶과 문학」, 『현대문학이론연구』 30집, 2007.

최정희, 「1933년도 여류문단 총평」, 『신가정』, 1933.12.

편집부, 「가인춘추」, 『삼천리』 4권5호, 1932.5.

편집부, 「게시판과 벽소설」, 『집단』 2, 1932.2.

편집부, 「내외문단잡록」, 『별건곤』 47, 1932.1.1.

편집부, 「만국부인싸론」, 『만국부인』 1호, 1932.10.

편집부, 「문단춘추」, 『삼천리』 5권9호, 1933.9.

편집부, 「문예잡화」, 『삼천리』 4권5호, 1932.5.

편집부, 「문인서한집」, 『삼천리』 5권3호, 1933.3.

편집부, 「여류문인 다병(多病)」, 『동광』 36, 1932.8.

편집부, 「여상의 비약과 한교장 인물」, 『삼천리』 10권5호, 1935.5.

편집부, 「여학교 재원 순례기」, 『신여성』, 1931.1.

편집부, 「오호! 송계월양 요절」, 『별건곤』, 1933.7.

편집부, 「직업여성의 술회 : 학원시대와 실제생활-잡지기자 송계월 양」, 『신동아』, 1932.3.

편집부, 「천하대소인물평론회」, 『삼천리』 8권1호, 1936.1.

편집부, 「편집후기」, 『별건곤』, 1931.11.

편집실, 「『개벽』에 얽힌 회상」, 『신인간』 283, 1971.2.3.

편집실, 「여명기의 개척자들」, 『경향신문』, 1984.7.28

한국여성연구회 여성사분과 편, 「근우회 운동」, 『한국여성사』, 풀빛, 1992.

허은주, 「죽어야 사는 여성 연예인들의 인권」, 『젠더리뷰』 13, 2009.

홍구, 「1933년 여류작가군상(속)」, 『삼천리』 5권3호, 1933.3.

홍의동자, 「미인박명애사 : 조서한 문단의 명화 송계월 양」, 『삼천리』, 1935.3.


▶단행본

강진호 엮음, 『한국문단이면사』, 깊은샘, 1999.

고미숙, 『한국의 근대성, 그 기원을 찾아서－민족·섹슈얼리티·병리학』, 책
　　　세상, 2001.

국사편찬위원회, 『한민족독립운동사자료집』, 국사편찬위원회, 1986.

권보드래, 『연애의 시대』, 현실문화연구, 2003.

권영민, 『한국근대문인대사전』, 아세아문화사, 1991.

권영민, 『한국현대문학작품연표1』, 서울대학교출판부, 1998.

김경, 『디오게네스의 연인들』, 한국기독교연구원, 1992.

김경일, 『여성의 근대, 근대의 여성』, 푸른역사, 2004.

김복순, 『페미니즘 미학과 보편성의 문제』, 소명출판, 2005.

김수진, 『신여성, 근대의 과잉 : 식민지 조선의 신여성 남론과 젠더정치』, 소
　　　명출판, 2009.

김연숙, 『그녀들의 이야기, 신여성』, 역락, 2011.

김은실, 『글로벌라이제이션과 성의 정치학』, 이화여대 출판부, 2001.

김응교, 『사회적 상상력과 한국시』, 소명출판, 2002.

김주리, 『근대소설과 육체 : 한국근대소설의 몸지도』, 한국학술정보, 2009.

김진규·정근식·강이수, 『근대주체와 식민지 규율권력』, 문학과학사, 1997.

김진송, 『서울에 딴스홀을 허하라－현대성의 형성』, 현실문화연구, 1999.

김진영, 『여성문화의 새로운 시각, 1-8』, 경희대학교 인문학연구소, 1999.

김현주, 『한국 근대 산문의 계보학』, 소명출판, 2004.

김호일, 『한국근대학생운동사』, 선인, 2005.

마이클 로빈슨, 신기욱, 도면회 역, 『한국의 식민지 근대성』, 삼인, 2006.

문학사와비평연구회, 『한국 근대문학 연구의 반성과 새로운 모색』, 새미, 1997.

박길수, 『차상찬평전』, 도서출판 모시는사람들, 2012.

박용옥 편, 『여성 : 현재와 역사』, 국학자료원, 2001.

박용옥·신영숙 외, 『한국 역사속의 여성인물』, 한국여성개발원, 1998.

박지향, 『제국주의-신화와 현실』, 서울대 출판부, 2000.

벨 훅스, 박정애 역, 『행복한 페미니즘』, 백년글사랑, 2002.

상허학회, 『일제말기의 미디어와 문화정치』, 깊은샘, 2008.

서울시사편찬위원회, 『서울독립운동의 역사현장』, 편찬위원회, 2008.

서정자, 『한국 근대 여성소설 연구』, 국학자료원, 1999.

스피박, 태혜숙 역, 『다른 세상에서』, 여이연, 2003.

신용하, 『한국근대사회사상사연구』, 일지사, 1987.

안승현, 『한국노동소설전집』, 보고사, 1995.

여성사연구모임, 『20세기 여성사건사』, 여성신문사, 2001.

연구공간+너머 근대매체연구팀, 『매체로본 근대여성 풍속사 : 신여성』, 한겨레신문사, 2005.

염무웅, 『분화와 심화 어둠 속의 풍경들』, 민음사, 2007.

우줄라I. 마이어, 송안정 역, 『여성주의철학입문』, 철학과현실사, 2006.

윤혜동, 『근대를 다시 읽는다』, 역사비평사, 2006.

이경훈, 『오빠의 탄생』, 문학과지성사, 2003.

이명재 편찬, 『북한문학사전』, 국학자료원, 1995.

이상경, 『한국근대여성문학사론』, 소명출판, 2002.

이희경, 『신여성 : 매체로 본 근대 여성 풍속사』, 한겨레신문사, 2005.

임금복, 『현대여성소설의 페미니즘 정신사』, 새미, 2000.

임형택, 『한국문학사 어떻게 쓸 것인가』, 한길사, 2001.

정영자, 『한국 페미니즘문학 연구』, 좋은날, 1999.

정진석, 『한국언론투쟁사』, 정음사, 1975.

조남현, 『한국문학잡지사상사』, 서울대학교출판문화원, 2012.

조동걸, 『현대한국사학사』, 나남, 1998.

조동일, 『지방문학사-연구의 방향과 과제』, 서울대 출판부, 2003.

천정환,『근대의 책읽기』, 푸른역사, 2003.
태혜숙,『한국의 식민지 근대와 여성공간』, 여이연, 2004.
편집실,『한국인물대사전』, 정신문화연구원, 1999.
한국민족운동사연구회 편,『한민족과 민족운동』, 국학자료원, 1998.
한국여성문학학회 편,『한국 여성문학 연구의 현황과 전망』, 소명출판, 2008.
한국여성연구소 여성사연구실,『우리 여성의 역사』, 청년사, 1999.
한스J.노이바우어, 박동자·황승환 역,『소문의 역사』, 세종서적, 2001.

● 진선영(陳善榮, Jin Sun Young)

문학박사. 1974년 강릉에서 출생하여 이화여자대학교 대학원 국어국문학과를 졸업했
다. 「한국 대중연애서사의 이데올로기와 미학」으로 박사 학위를 받았으며 현재 이화여
자대학교에서 강의하고 있다. 대중문학에 대한 관심에서 출발하여 잊히고 왜곡된 작가
와 작품의 발굴에 매진하고 있으며 젠더, 번역 등으로 연구 영역을 확대하고 있다. 주
요 논문으로는 「유진오 소설의 여성 이미지 연구」, 「마조히즘 연구」, 「전통적 세계지향
과 도덕적 인간학」, 「부부 역할론과 신가정 윤리의 탄생」 등이 있다.

저서

『최인욱 소설 선집』(현대문학)
『한국 대중연애서사의 이데올로기와 미학』(소명출판)

● 송계월 전집 1 -서사편

인  쇄 2013년 10월 21일
발  행 2013년 10월 30일
편  자 진선영
펴낸이 이대현
편  집 박선주
디자인 이홍주
펴낸곳 도서출판 역락
      서울시 서초구 동광로 46길 6-6(문창빌딩 2F)
      전화 02-3409-2058(영업부), 3409-2060(편집부)
      팩시밀리 02-3409-2059
      이메일 youkrack@hanmail.net
      등록 1999년 4월 19일 제303-2002-000014호
ISBN  978-89-5556-094-7  94810
      978-89-5556-093-0 (세트)

정 가 28,000원

* 잘못된 책은 구입처에서 바꾸어 드립니다.

■ 이 도서의 국립중앙도서관 출판시도서목록(CIP)은 e-CIP홈페이지(http://www.nl.go.kr/ecip)와 국가자료
공동목록시스템(http://www.ml.go.kr/kolisnet)에서 이용하실 수 있습니다.
(CIP제어번호 : CIP2013020743)